水の出会う場所

魚住陽子

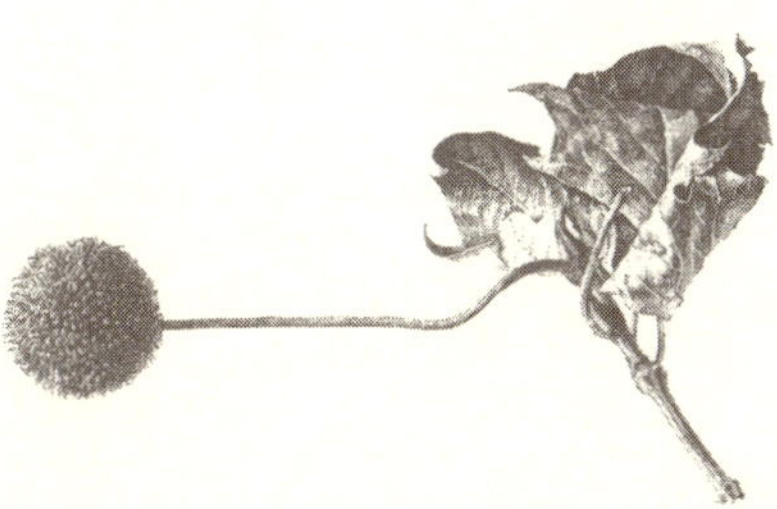

駒草出版

―― 目次 ――

装画　加藤閑

水の出会う場所

緑の擾乱

midori no joran

㈠　今日子

草を刈るのはウタ子さんの役目だ。庭とその地続きの畑と、母屋から山裾までの墓地を含む丘陵のすべて。正確にどのくらいの広さか知らない。千坪にしても二千坪にしても、そこの草を刈るのが鷲頭家の当主であるウタ子さんの仕事であり、権利であり、身長一メートル五十三センチの七十三歳の老女の生命の源であり、存在理由のあらかたなのだ。

そしてウタ子さんの領土の左右に広がる畑と、梅と栗と桃と柿の木が植えられている果樹園、わずかな茶畑の畝だけが嫁である私のサンクチュアリであり、一日の大半を過ごす職場でもある。

「めし、出来たよ」

畑にいる妻と、今朝一番の草刈りをしている母親に向かって手を振っているのが夫のカイだ。彼は五十六歳の私より十歳若い。

「今朝はごちそうだぞ。新鮮な卵が五個。夕べの蕗味噌《ふきみそ》とマヨネーズを塗ったパン。お袋には芹の卵とじも作った」

食事係だからといって、カイが料理好きというわけではない。土地や山はあるが、現金収入の乏しい田舎暮らしの生活は地味でつましく、凝った料理や高価な食材などとはまるで無縁だ。

「昔、船の上でキャビアを食べたことがある」

私はパンの上に乗った黒っぽい蕗味噌の連想で急に喋り出した。キャビアという言葉に反応したのはウタ子さんだけだ。カイは眉ひとつ上げず、マヨネーズをぼてぼて垂らして、トーストの耳を齧《かじ》っている。

「キャビアって、あの金持ちの食い物？　黒くって、ぶちぶちした蛙の卵みたいなものだろ」

黒くてぶちぶちした蕗味噌を唇につけたままカイがにっと笑う。するととても中年の男とは思えない可愛い笑顔につられて母親と妻は仕方なしに一緒に微笑む。三人一緒に笑うなんて、一日のうちでそうあることではない。

「キャビアは食べたことがないけど。船はいいねえ」

「そういえば一度お袋と船で川下りをしたことがあったなあ。空梅雨で、水量がえらく少なくて浅いのに、お袋一人がきゃあきゃあ騒ぐから恥ずかしかった」

卵とじを食べながらウタ子さんが満足げな薄笑いをする。どうだい、十歳年上でも、あんたは当時カイがこの世にいることさえ知らなかったろ。息子はその頃は私だけのものだったんだ。

キャビアを食ったことがあるなんて、今の三人の生活では何の役にも立たないんだよ。

ウタ子さんの心が透き通るように私にはわかる。本当は認めたくないけれど、一緒に暮らし始めてから、私の反応や連想はウタ子さんのそれとますます相似形になりつつある。

「ああ、うまかった」

「ごちそうさま。カイが作る朝飯はいつも上等だから、また食い過ぎちゃったよ」

四月になった途端、日はどんどん勢いを増して、もう土間の半分まで金色の光が差し込んでいる。

「十時になったら、公民館の節子さんがドレスの注文に来るから、俺はすぐアトリエに行くよ」

カイは空の皿を全部積み上げ、たった一度で台所に運んで行きながら言う。手首から肘にかけてまだ皿が五、六枚積めるほどの長い腕だ。

「七十近いのに、せっちゃんはまた発表会用の服を新調するんかい。まったく、いい身分だねえ」

ウタ子さんが少しひがみっぽい口調で悪口を言う。

「いくつになってもおしゃれしてもらわないと、商売あがったりだよ」

私はもう十年は着ているズボンの裾を引っ張りながらカイに目配せをする。

「節子さんが来たら、梅酒出したいんだけど。一昨年のはどこにあるのかな、お袋」

「じきに今年の梅酒を仕込まなきゃならないから、台所の床下に移した。ちょっと味見をしたら、いい頃合いだったけど。客に昼間っから梅酒出すこともないだろ。酔っ払ったら困るよ」

ウタ子さんは公民館の館長をしている節子さんが嫌いだから、本当は梅酒をごちそうしたくないのだ。一昨年は梅の出来が特別良かったので、梅酒も近年にないほどの特上の仕上がりになった。私とカイが二階に引き上げた後、自分がひっそり楽しむ量を彼女は充分確保しておきたいのだろう。

「ああ、わかってる。炭酸で薄めるよ」

「だけど、カイ。ソーダで割った梅酒なんて、薄ら甘いだけで飲めたもんじゃないよ」

梅酒を漬けるのは私の係りだから、つい意見を言うとウタ子さんが怖い目をして睨んだ。

節子さんは東京から嫁いできて数年で寡婦になった。未亡人になってからは公民館で働き、忘れ形見の久美さんを女手ひとつで育てあげた。娘をかつて自分の夢だったという音楽家にさせるため東京の音大に通わせ、定年後には公民館で娘が開いているピアノ教室の助手までしている。

「今日子さん、これはおみやげ。春になったらご自慢の庭にたくさんお客さんが来るだろうから、お茶受けにでもしてよ」

玄関で節子さんから受け取った袋には煎餅やビスケット菓子が詰め込まれていた。

「毎回お客様に気をつかわせちゃって、すいません。カイがアトリエで待ってますから」

養蚕をしていた別棟を縫製場兼アトリエに改装したのは、カイと私が引っ越して来て間もなくのことだった。今でこそカイが一人で内職程度の仕事しかしていないけれど、当初は有名なアパレルの下請けだけではなく、ファッション雑誌に載るような高級婦人服やプレタポルテまで引き受けていた。バブル期のアトリエには量産出来る工業用ミシンの他に、高精度な縫製機を入れて、近所の洋裁の出来る人をパートで数人雇っていた。

春夏のファッションと秋冬ファッションが入れ替わる時期には、昼夜もなく聞こえていた縫製機の音も途絶えて久しい。今はひっそりしている別棟に続くチューリップや水仙に彩られた長閑《のどか》な道を、節子さんが太った身体を揺らしながら遠ざかっていく。

アトリエには接客用の小さなキッチンもあるので、お茶を出すのはカイに任せて、私は予定通り、今日の仕事場である梅林の中に入った。

花が終わって、下草が生え出した頃に念入りに草むしりをしたはずなのに、いつの間にかもうびっしりと雑草がはびこっている。梅の梢も緑が濃くなって、隙間なく繁った小暗い枝に目を凝らさないと、梅の実なのか葉っぱなのか区別がつかない。

「花はいまいちだったけど、実の方は良さそうじゃないか。今年の寒さは気まぐれで、あったかくなったと思うと、まるっきり真冬並みに戻ったりしてさ。あちこちで年寄りが死んだだろ。こんな年は梅は豊作だよ」

農協で買った特大の日除け帽をかぶり、草の染みが飛び散った上っ張りに長靴姿のウタ子さんが、鎌を持ってすぐ後ろに立っていた。まったく何年経っても、ウタ子さんの神出鬼没な現れ方には慣れることが出来ない。顔をうつむけて動悸を鎮め、立ち眩《くら》みを用心しながらゆっくりと立ち上がった。

「確かに、正造さんも、蔵屋敷のおばあさんも節分が済んでから亡くなりましたねえ」

私たちは話しながらアトリエの方から聞こえてくる音楽に耳を澄ます。

「甘ったるい匂いがする。あれが何の曲か、あんた知ってるかい」

漂ってくる音色を片っ端から刈り取ってしまいたいとでも言うように、ウタ子さんはアトリエに向かって鎌の刃を向ける。

「いい匂いがするのは刈ったばかりの草のせいですよ。確かにきれいな音色だけど、私はクラシックなんか興味ないから、曲の名前まで知らない」

「違うね。草の匂いなんかじゃない。あの音楽のせいだよ、匂いがするのは。あれがアトリエから流れ出てくると、木や花だけじゃなくて、泥や枯木だって甘ったるい匂いにまぶされたみたいになるんだから」

ウタ子さんと並んで、これ以上アトリエの方を睨んでいても仕方がない。「知らない」と言ったけれど、私だって流れてくる曲がバッハの『音楽の捧げもの』だということくらい知っている。曲の名前だけではなく、そのCDをくれたのが、節子さんだということもわかっている。

「カイの凝り性にも呆れるね。いい齢をしてあんな西洋音楽にかぶれちゃってさ」

節子さんのクラシック崇拝を知らない者はこのあたりには一人もいない。当然ウタ子さんも、息子の最近の音楽好きが彼女の感化だということくらいよく承知している。

「今日はもう草刈りはおしまいですか。こう陽射しが強くなったら、バテるでしょ。家に入って、一休みしたらどうですか」

「何言ってるの。まだ十時ちょっと過ぎで一休みなんてとんでもない。そんな柔なこと言ってたんじゃあ、夏までもたないよ。草刈りは戦だからね」

案の定私の挑発に乗ってウタ子さんが鎌を振り回しながら遠ざかっていくのを見て、つい笑みが漏れた。強情っ張りで勝気だけれど、単純でわかりやすいのがウタ子さんのいいところだ。これで私が外にいる限り、彼女の方が早く母屋に引き上げることはないだろう。

ウタ子さんが梅林とアトリエに背を向けて草刈りを再開するのを見届けてから、私は痛む腰をかばいつつゆっくりと伸びをした。四月の光の眩《まぶ》しさ、風の爽やかさ、樹液の匂い。そして、確かにあたり一面に光とともに振りまかれている甘やかな音色。あれはピアノではなくて、チェンバロに違いない。ピアノよりももっと快活で飛び跳ねるような調べが波状となって、どんどん領土を広げていく。その源は室内の奥、ずっと遠くのたった一枚のＣＤなのに、どこまでも広がって留まる気配もない。

高みへと上がり、うねったり、ジャンプしたりしながら、音は雲のように庭全体を覆っていく。どんなに聞こえないふりをしていても、ウタ子さんの背後にもゆっくり迫り、彼女の苛立ちなどものともせず、すべてを抱え込んで滑らかに邁進し、丘を上り、墓の集まった所まできらきらした粒子となって滑っていく。

眩しいのと、うっとりするので思わず目を閉じると、節子さんの胸にメジャーを巻いているカイの腕や、その腕の全部で測られている気分に陶然としている彼女の姿がはっきりと見えてくる。

以前だったら、嫉妬や不安にいても立ってもいられなかっただろう。けれど今は、感情という楽器に搔《か》き立てられ、共振する怖れも嫉妬も一時のことだとわかっている。私は自分を含めて、この家も、この家に住む人も、つまり私を取り囲むすべてのものを、遠くから、まるで一本の木や川のように眺めることが出来る。

魂はちっぽけな身体を抜け出して、「あそこにあんなふうに生きている人たちがいる」と透き通った視線だけになってすべてを俯瞰《ふかん》する。自分がいなくなって、すでに長い歳月が経った地上を静かに見下ろしているように。

そう。企みも秘密も四月の空のように透き通っている。節子さんの自慢の娘は私より二十歳くらい若い。公民館のピアノ教室に入会者が多いのは母親の手腕より、講師の美貌によるのだという噂も知っている。あんな行かず後家、とウタ子さんはことあるごとに言うけれど、三十九歳では行かず後家とは言えないし、高齢出産には充分間に合う。ましてカイは私より十歳若い。妻に先立たれた四十六歳の男と、音楽に熱中し過ぎて婚期を逸した四十歳の花嫁はむしろ似合いのカップルになるだろう。

そこまで考えて、私は思わず首を振る。この瞬間を狙い定めたように、ヴァイオリンの音が突然静謐《せいひつ》な世界にひびを入れる。私はまだ生きてここにいるのに、ウタ子さんもカイもそして代々続く鷲頭家の墓も、息をひそめて待っているのだ。美しい四月が待ち焦がれている生と死。鷲頭家の跡取り、カイの赤ん坊。ウタ子さんの孫。

誕生と死。その企みと秘密を私はずっと以前から知っている。

(二) カイ

作業台に広げたエメラルドグリーンの生地の上を気がつくともう何べんも撫でている。撫でながら、低く流している「マリアンナの嘆き」に耳を澄ませる。

——私を棄てるのなら　どうぞ殺して下さい
悲痛な嘆きの言葉を繰り返す女の、高く澄みきった声を今日子に聞かせるわけにはいかない。

いくらなんでも、それはあんまりかわいそう過ぎる。

あなたを愛したあまり、私は民も国も棄てたのではありませんか。棄ててこんな島にまで逃げて来たではありませんか、と悲劇の王女は哀切な声で掻き口説く。どうぞ、どうぞその船に乗せて下さい、私一人島に置いていかないで下さいと、逃げる男に向かって叫び、懇願する。

こんなに音を絞っているのに、俺の頭の中にその歌声は天上の声のようにアトリエの梁《はり》と梁の間から大音響となって降りかかってくる。

この生地のエメラルドグリーンの色は王女マリアンナを棄てる男を運び去る波の色だ。俺の名前と同じ櫂が分けていく澪の色だ。

「来月のピアノの夕べの招待券です。ううん、ちっぽけな公民館じゃなくて、K市の新しいホテル。結婚式も出来るチャペルのお披露目も兼ねているから、かなりゴージャスだと思うのよ。券は一枚しか残っていなくて、申し訳ないんだけど。いいでしょ。奥さんの今日子さんも、もちろんウタ子さんも、こういう会は嫌いだから。カイさんが来てくれさえしたら、私も久美も大喜び」

仮縫いの一回目の打ち合わせが終わった時、節子さんはレースのいっぱいついた袋から券を取り出して、このエメラルドグリーンの生地の上に置いた。マリアンナを棄てる誘惑の舟を浮かべるようにそっと。

なぜ受け取ってしまったのだろう。「ホテルなんてしゃれた場所、俺には向いてないですよ。着ていくものだって、持ってないし」そう言って上手に断るのはたやすかったのに。昔、先生のクチュールでアシスタントをしていた頃、さんざん使い慣れた手口は、今だって充分有効のはずなのに。

多分梅酒のせいだ。ちょっと飲み過ぎた。節子さんがあれほど酒に強いとは思わなかった。梅酒を入れたデキャンタを取って、手酌で飲むなんて。お袋と同じで年寄りの女は怖い。自分で飲むだけじゃなくて、素人の未亡人があんなに上手に酒を勧めることが出来るんだから。

とかなんとか言って、結局俺は自分の疚《やま》しさを紛らわすために薄みっともない言い訳を言っているだけだ。この招待券を見せられた時、ちょうどかけていた「音楽の捧げもの」のチェンバロの音が金属の破片となって突き刺さってくる気がした。きらきら光って痛いものがそこら中に飛び散るみたいで、眩しいほどだった。デザインのラフを描いていた手が止まって、俺はつい窓の外を見た。今日子とお袋の姿を確認するみたいに。そんなわかりやすい連鎖反応を節子さんが見逃すはずはない。

まったく幾つになっても俺の単純と小心は始末が悪い。まあ、年寄りの女に滅法弱いのは、十歳上の今日子にすっかり下心を見透かされた頃とちっとも変わらないけれど。

それにしてもこの生地は久しぶりに扱う上物だ。さらっと軽いのに、滑らかでわずかな吸着性がある。こんな田舎にいたらこれほどの触感で、発色のいい生地は滅多に手に出来ない。節子さんも地方都市のディナーショーで着るにしてはずいぶん張り込んだものだ。麻二十パーセント、シルク七十パーセント、後はある程度の落ち感と伸縮性を持たせるためにレーヨンが入っているのだろう。

地方都市のホテルといってもランチではなくて、ディナーならたっぷりめの襞《ひだ》にしようか。ウエストのくびれは無理でも年寄りの豊かな胸を生かすデザインにすればいい。幸いなことに、公民館に勤めていた節子さんは田舎の強い紫外線の影響を受けていないので、肌が白い。エメラルドグリーンはグッドチョイスだった。生地屋のアドバイスじゃあなくて、こういう衣装を着慣れている娘の久美さんが選んだのかもしれない。

『桐生久美のノクターン（夜想曲）とバラの夕べ』

招待券の文字を何度も確かめる。もし行くとしたら内緒で行かなければならない。ばれたところで、今日子は咎《とが》めたり焼きもちを焼いたりしないけれど、厄介なのは母親の方だ。それでなくても、お袋は最近俺のＣＤについて、しょっちゅう嫌味を言う。

「一日中西洋音楽ばっかり聴いて。近所迷惑じゃないにしても、何を叫んでるかわからない曲を大音響で聴かされる身にもなってもらいたいよ。私も今日子さんも岩田さんちの乳牛じゃないんだから、ピアノやヴァイオリン聴いて、乳の出がよくなるわけじゃなし」

今朝だって節子さんの悪口をくどくど言っていた。化粧が派手だとか、でしゃばりでインテリぶってるとか。そして必ず最後には娘の久美さんの噂に行き着く。

「きれえだ、きれえだって言っても、もういい齢だろ。結婚して子どもを産むにはぎりぎりだね」

探りを入れるお袋の目つきの露骨さと言ったら。我が母親ながら呆れるほどだ。

まったく女っていうのは、齢をとると怖いもんだ。行かず後家になりそうな自分の娘のためなら、企みが見え見えでも平然としている女親と、しらばっくれながら虎視眈々と首尾を見守っている老母と。

俺はまだ酔いが斑《まだら》に残っている頭をぐらぐら揺らす。女というのは怖ければ怖いほど、運命を手なずける力を持っているのかもしれない。

もうとっくに『マリアンナの嘆き』は終わっている。いつの間にか音楽は俺にとって、酒よりも強い、薬に近いような麻痺と陶酔をもたらすようになってきている。

「カイさんはこんな田舎にはもったいないクリエイティブな才能をお持ちだから。ファッションて芸術でしょ。クラシックは美意識を磨くし、精神の高揚だってもたらすはずよ」

一年前、公民館に初めてコンサートを聞きに行った時、途中で眠ってしまったお袋に聞かれないように、節子さんは俺の袖を引っ張りながら囁《ささや》いたのだ。

その時は一人娘が「大人のためのピアノ教室」を開講するから、営業をしているのだろうと軽く受け流していたけれど、後にスーツのオーダーに来た節子さんに貰った一枚のCDが俺に新しい世界の扉を開くことになった。

ああいうのをきっと運命のいたずらって言うんだな。ましてその時の曲が『音楽の捧げもの』だったなんて。

生まれてからずっと、お袋が子守唄代わりに歌っていた歌謡曲や、学生時代から耳に馴染んだポップスやニューミュージックくらいしか縁がなかった。クラシックなんて、一部のインテリしか理解出来ない退屈なものだとはなから決めつけていたから。

それから一ヵ月もしないうちに、節子さんはシルクのワンピースの直しの依頼に来た。肩のパットをはずして、替わりに三本目立たないギャザーを入れて、弛《ゆる》んだ首筋と丸くなった背中を目立たないようにしただけのリフォームをえらく喜んで、また新しいCDをくれた。クラシック入門みたいな歌や短い曲がごちゃごちゃ入った廉価版の一枚。

「娘の久美もこの曲が大好きなの」

自慢げに太った身体を揺らしながら口ずさんだのは「わが母の教え給いし歌」だった。

あの甘く親しげに流れる旋律の美しさ。音楽を聴いてうっとりするという経験は初めてのことだった。まったく俺の感性なんて、思春期の中学生並みだ。その時から心の中にまだろくすっぽ話をしたこともない久美さんへの憧れと賛嘆の気持ちが刷り込まれてしまったのだから。

ステレオを切ったのを潮に、エメラルドグリーンの生地を仕舞うと、まだかすかに残っている音楽と梅酒の酔いを振り払うように、アトリエの窓近くに寄った。梅酒と音楽のもたらした興奮が覚めてみれば、俺がたとえ一時でも、お袋と今日子との生活を棄てるなんて到底ありっこない、気狂《きちが》い染みた妄想に過ぎないとわかる。

俺が今日子を裏切るなんて。そんなこと絶対有り得ない。特に今はまだあの出来事からたった半年しか経っていないのだから。

最近では頭のどこかに彫り込まれて消すことの出来ない秘密。

半年前、お袋が老人会の旅行で熱海に行った時だった。稲刈りも終わった農繁期の後、二人で柿を採っていた。俺が背負子《しょいこ》いっぱいの柿を縁側に置いて戻ってくると、今日子が柿の木の根元に奇妙な形にうずくまっていた。

「あたし、変。目の周りとか、外や中もみんなまっか。力が抜けて、頭が痺《しび》れてるみたい」

語尾がかすれて、舌がもつれかかっている。不自然な形に投げ出された身体が鮮やかな柿の葉に埋もれていくようにだらりとしていた。

「カイ。もしかして、あたし、死ぬの。ひとりで。いちばん先に。ねえ」

苦しそうな息で途切れ途切れに言って、今日子は俺のシャツにすがりついてきた。もう顔色も唇の色も変わっていて、口の端が痙攣《けいれん》していた。それでもひしと俺の目を見据えて「サイショニ、シヌノハ、イヤ、ゼッタイイヤ」と首を振った。その時の必死の形相を俺は一生忘れないだろう。

「軽い脳梗塞の発作です。よく調べないとわかりませんが、これが初めてじゃあないと思いますよ」

医者の声がまだありありと耳に残っている。俺は正体もないように眠っている今日子のそばでただ子どもみたいに怖くてぶるぶる震えているばかりだった。

「絶対にウタ子さんに言わないで。もし言ったら、今度こそあんたを許さない」

知り合って二十年、今日子に「あんた」と呼ばれたのは初めてだった。俺は夢中で頷いた。見知らぬ女のように面変わりした今日子が怖くて怖くて、そのくせかわいそうで、かわいそうでたまらなかった。

CDをかけていないのに、背後でピピッというかすかな音がして、振り向くと十一時半にセットしたアラームの音だった。節子さんが帰ってから三十分が過ぎたことになる。そろそろ昼飯の支度にかからなければ。

早くリセットすることだ。考えてみればすぐに答えを出す必要もない。深刻に思い詰めるのは俺の悪い癖だ。ドレスにしたって、今から張りきるほどのことじゃあない。素材がどれほど上物でも、所詮既成服が着られない太った年寄りの服なんだから。オリジナルのデザインや、最新のラインを求められているわけでもない。

畑仕事をしながら数日で仮縫いを済ますことが出来る。演奏会に行くか、断るかはその時に決めればいい。デザインが決まったら、前もって見積書を作ろう。木曜日に公民館に行けば、ピアノ教室に来ている久美さんの演奏がまた聴けるかもしれない。

音楽も酔いも一掃した頭の中に、久美さんが少し前こごみになってピアノの鍵盤に指を走らせている清らかな横顔がレリーフのようにくっきりと浮かぶ。うねる白い指と、流れ出しそうにつややかに光る黒い目が執拗にリセットを阻む。

「カイ、せっちゃんは今度、どんな服を作るの。また学芸会で着るみたいな尾引きずりかい。いい齢をして、お姫様みたいなレースをてんこ盛りにしたら、服を作ったおまえの評判までガタ落ちだよ」

お袋は俺の茹で過ぎたうどんも一緒に責めるように、尖った声を張り上げる。返事をしないで、汁の中にやけくそみたいな量の七味を入れる。心底、不味い。うどんも汁も同時に吐きそうになる。東京にいる頃はいっぱしのグルメだった今日子が、文句も言わずこんなひどいものを黙って食べているのが不思議なくらいだ。

「年甲斐もない派手な服を着て笑われようが、カイが恥をかこうがあたしたちには関係ない。ねっ、そうだろ」

お袋はこんな場合だけ姑根性を丸出しにして今日子に同意を求める。

「ウタ子さん。クラシックの音楽会の場合、ああいう衣装、普通よ。ドラマチックでたまには楽しいと思うけど。もともとカイはクチュールの出なんだから、華やかできれいなシルエットを出すのが得意なんだもの」

まだ半分以上残っているうどんの器を前にして、ごちそうさまの目礼をしながら今日子が答える。午前中ずっと梅林で草取りをしていたのだろう。顔色が熟れそこなった梅の実のように青い。

「せっちゃんのことはしょうがない。カイも仕事だからね。だけど午後もずっと西洋音楽をかけっぱなしにするのはやめとくれ。頭の中に耕運機が入ったみたいな気がするから」

茶碗を片づけるふりをして今日子が台所で食後の薬を飲んでいる。欠かさず飲み続けていても、あんな年寄りの医者の処方箋なんか当てにならない。やっぱり一度大学病院できちんと検査をしてもらった方がいい。まだ腹六分にもなっていなかったけれど、器を片づけて今日子のそばに行った。

「ひどい顔色だ。午後はもう草取りはやめた方がいい」

今日子は素直に頷いて、水をもう一杯飲む。顔色だけじゃなくて、唇の色も悪いし、白目が少し青味がかっている。ここに来た時は愛嬌が増すくらいだったそばかすが、鼻筋から頬にかけて点描のように広がっている。病気がわかってから、まるで今日子だけに家族中の時間が襲いかかるみたいに、どんどん老けていく。

「俺、午後はタキ子伯母さんちに筍掘りに行くから、一緒に行こう。少しはゆっくり出来る」

唇の端に散らかっていたそばかすの一列を引っ張るように今日子がうれしそうに頷く。

「あたし、筍大好き。タキ子伯母さんも」

「わかった。お袋に邪魔されないうちに、すぐ車を出してくるよ」

夫婦揃って外出するなんて言えば、さんざ嫌味を言うだろうと覚悟していたけれど、「そうかい。夕方は雨になるって言うから、早く帰ってきた方がいいよ」と洗い物をしながら案外あっさり送り出してくれた。

タキ子伯母さんと会った人は誰もが最初は妹だと思うらしいが、実はお袋の方が四歳若い。鷲頭の家は姉が他家へ嫁いでしまったので、妹が婿を取って継いだのだと大方の人は思い込んでいる。しかし事実は先に結婚したお袋が俺を産み、跡継ぎがなかなか出来ない姉夫婦を追い出したというのが真相だ。幸いにと言うべきか、当時の事情を知っている親戚はほとんど死んでしまったし、今ではそうしたことを云々する年寄りもめっきり少なくなった。だが、それがたとえ半世紀近い昔のことでも、当の二人にとってはなかなか解けないこだわりとして胸の奥にくすぶっているらしい。

らしいと言うのは、俺は鷲頭の家の跡取りとしてしつこいほど両親にその間の事情を聞かされて育ったけれど、直接伯母さんからは愚痴も打ち明け話も聞いたことがないのだ。

「俺、おばさんちの子どもに生まれたかった」

子どもの頃、口うるさい母親に責められたり、父親にこっぴどく怒られたりするたびに、タキ子伯母さんの家に避難しては何度も言った。高校時代に隠れて煙草を吸って停学になった時は、ずっと白根の家に泊まり込んでいたくらいだ。伯母さんは「仕方ないねえ」と言うだけで、どんな小言も非難もしない。当時役場に勤めていた伯父さんがあまり露骨に歓迎すると、軽くたしなめる程度で、大体は放っておいてくれた。

子どもには恵まれなかったけれど、伯母さん夫婦は本当に仲が良かったから、役場を定年してすぐに伯父さんが癌で死んでしまった時の、伯母さんの憔悴ぶりは見ていられないほどだった。家に閉じ籠《こ》もって誰とも会おうとしなかったから疎遠になった時期もあったけれど、今日子と二人で実家に戻ってからは、子どもの頃に増して頻繁に行き来するようになった。

「いらっしゃい。あら、今日子さんも一緒なの。うれしいな」

これから筍掘りだからお袋と同じような農作業スタイルだけれど、伯母さんの首には虹色をした微妙なニュアンスのスカーフがぐるぐる巻きにされている。

「私も来ちゃいました。タキ子さん、そのスカーフとってもきれい」

たった十分ほど車の中でうたたねをしただけなのに、今日子はずいぶん疲れの取れた様子で、にこにこ笑いながら伯母さんのそばに走り寄った。

「カイが来るっていうからおしゃれしちゃった。きれいでしょ。この間公民館のサークルで草木染めしたの。ほんとは失敗作。むらができちゃって。でもいっぱい染めたから、今日子さんにもあげるね」

二人ともいつものように話が弾んで、お喋りは延々と続きそうだったので慌てて、筍用の鍬《くわ》を手に取った。

「竹林に早く行かないと、どんどん筍がでかくなる。たくさん掘っても直販所の『朝掘り』では売れなくなるよ」

俺の掛け声で大人しくついては来たものの、まるで女学生のように二人は熱心にお喋りを続けている。俺は鷲頭の家の跡取りだから、伯母さんの子どもにはなれないけれど、もともと他人である今日子はタキ子伯母さんの義理の娘くらいにはなれるかもしれない。

「いい気持ち。竹って人の心にまっすぐ入ってくる精気みたいなものがありますね」

タキ子伯母さんと一緒だと今日子の口調は東京で出会った頃のように生き生きする。大手のアパレルで外国へ出張もしていたキャリアウーマンだった彼女の半生を、俺がすっかり狂わせてしまった。今考えればずいぶん小狡《ずる》い手口で騙すように。

ふかふかした竹林の上を歩きながら、苦いものが込み上げてくる。そして二十年後に、俺はこともあろうに、マリアンナを置き去りにする男のように密かに裏切りを夢見ている。

「どうしたのカイ。もっとちゃんと足元を探らないと、出てきてる筍に躓《つまず》くよ」

伯母さんの声ではっと我に返る。確かに竹は人の内部を垂直に割ってみせるようなエナジーを発しているらしい。

「ほら、ここ」

「あっちもよ、カイ。さっさと掘らないと見ているうちにむくむく大きくなっちゃう」

「あーあ、もうこんなに大きくなっちゃって。竹の節の中でかぐや姫が怒ってるよ、カイ君」

伯母さんも今日子もすっかりはしゃいで竹の葉をすくったり、足で蹴ったりしながら俺にまとわりついてはうるさく騒ぐ。

「年寄りの犬がふざけてるみたいに大騒ぎするのはやめて、少しは手伝えよ」

指摘された場所を慎重に鍬で掘り出しながら、こっちもつい子どもっぽい声をあげる。

「年寄りの犬なんてひどいことを言う男を手伝ったりするもんか」

今日子は途中で拾った枯枝で俺の足元をつついて笑う。

「だけど、今日子さん。農協でたくさん筍を売らないと、狙っていたものが買えなくなるの。分け前をあげるから協力してよ」

伯母さんは持参した小さなシャベルであちこちの土を持ち上げては、俺が掘りやすいように目印をつけていく。

「狙ってるものって。タキ子さん、また通販で何か買うつもりなの」

シャベルの手を休めて伯母さんがうれしそうな笑い声をあげる。伯父さんが死んで五年が過ぎた頃、やっと一人暮らしに慣れた伯母さんが「悪い病気」のように通販の買物にはまったことは、俺たちの間で恰好のジョークネタになっている。

掘っているうちに四月の太陽はどんどん高くなって、竹林は蒸されたように暑くなってくる。大小取り混ぜた筍が籠《かご》にごろごろ溜まる頃には、全身汗だらけになってしまった。掘った筍を乾かさないために適度に泥を残し、見栄えよく小刀で根の処理をしていく二人もしきりに「暑い、暑い」を連発する。

「大体掘り尽くしたな。こんなに蒸し暑かったら明日は一雨降るかもしれない。今日はこのくらいにして、また来るよ」

俺が鍬を投げ出してへたり込んだ隣で、今日子も伯母さんも腰を下ろす。

「疲れて足腰は痛いけど、いい気持ちだねえ。汗もいっぱい出て、なんだかすっきりした」

「タキ子伯母さんは筍を売って、また買物が出来ると思うと余計うれしいんじゃないの」

「そう、ほくほくだね」

笑い声が風に乗って、竹林が揺れる。横になって耳を澄ますと葉ずれの音が遠くで響くリコーダーのように聞こえる。汗と竹落ち葉で首筋がちくちくしなかったら、アトリエでミカラ・ペトリの奏でるヴィヴァルディに聞き入っていると錯覚してしまう。クラシックの演奏家には意外と美人が多いけれど、リコーダー奏者のミカラ・ペトリの美しさは群を抜いている。栗色の髪に緑色の瞳。整った顔立ちは古典的な気高さを湛《たた》えている。久美さんの彫りの深い横顔は、ほんの少しミカラ・ペトリに似ている。

「カイ君。うたたねしてる場合じゃないよ。早く直販所に持っていかないと明日の荷にも間に合わなくなる。ついでに今朝私が採っておいた山菜も届けてよ。準備はちゃんとしてあるから」

「えっ、こんなにたくさんの筍だけじゃなくて、山菜もあるの。伯母さん、稼ぐねえ」

背中についた葉とともに、うたたね直前の夢想を叩き落としながら軽口を言うと、二人が仲良く顔を見合わせて笑った。

「あたし、筍と山菜で儲けて、すっごくきれえな鍔《つば》の広い帽子を買うことにしたの。ひとつ今日子さんにもあげるね。だからせっせと筍掘りに来て」

伯母さんの魂胆はわかっている。筍や山菜やキレイな帽子より俺と今日子にもっと頻繁に会いたいのだ。

「筍や山菜の次は何？　山芋掘りでも棘だらけの山椒捥《も》ぎでもなんでもしてやるよ。最近は服のオーダーなんて滅多にないから、伯母さんちへ二人で出稼ぎに通って来てもいいくらいだ」

「そんなことまで頼んだら、ウタ子が怒って怒鳴り込んでくるよ、きっと」

冗談に紛らせて三人で笑ったけれど、お袋と伯母さん、つまり鷲頭家の姉妹の確執はそれほど単純なものではない。山芋の根より深く、山椒の木より棘だらけで、甘やかされて育った一人息子の俺なんかの裁量でどうなるものでもない。伯母さんのために一度は鷲頭の人間になった白根さんも、覚悟して婿の道を選んだ親父も解決することが出来なかったのだから。

「急いで掘りたての筍と、伯母さんが採っておいた山菜を農協と直販所に届けてくるよ。直販所の雅史と相談ごともあるから、ちょっと遅くなる。おつかいがあったら、言ってくれ。なんでも買ってくるよ」

お袋もタキ子伯母さんもどっちも大切だ。だけど鷲頭家の姉妹のことは男の手には負えない。和解や解決の糸口すら摑《つか》めないけれど、今はこうして二人の間をなるべく軽やかに往復するしか俺に出来ることはない。

「ありがと。忘れるといけないから、山菜の袋のそばにメモしといた。栄屋マーケットにもついでに寄ってきて」

俺は出荷すればいいだけになった筍を背負子に放り込んで、竹林を急ぎ足で出た。伯母さんの家に来る途中で今日子には、二人でゆっくりお茶でも飲んで骨休めをしろと言っておいた。ついでに病気のことも相談した方がいいと勧めると、今日子はすぐに強くかぶりを振った。

「どんなに犬猿の仲でも、姉妹は姉妹。私のことは二人にとって、カイのこと。カイのことは鷲頭の家のこと。どんなふうにこじれるかわからないから、言わない」

車を運転しながら俺は今日子の言ったことを何度も反芻した。発作が起きてから、彼女は変わった。率直で快活でうじうじしたところがまったくなかったのに、時おり一人で暗い目をじっと据えていることがある。五十半ばになった女をこんなふうに言うのは変だけれど、そんな彼女を見ていると、老けたと同時に、本当の大人になったような気がするのだ。

農協で筍の出荷を手際よく片づけた。通販で買物をするために無闇に作物を出荷したがる伯母さんのことを「稼ぐねえ」なんてからかったけれど、筍が思いがけないほど高い値がついたのには驚いた。

「姉さんとこは、やっぱり旦那の白根さんが百姓の素質も商売の勘もない人だったんだね。せっかく役場に勤めていたって、ちっとも田舎のことがわからない。根っからの素人だけだよ。あんな竹薮《やぶ》だらけの土地を有難がって買うのは」

生家である鷲頭の土地や屋敷とは比較にならないほどの狭い土地をローンを組んで買ったことをお袋はさんざ嘲笑ったけれど、タキ子伯母さんの旦那は意外にも、死して美田ならぬ手間のかからぬ割りに実入りのある遺産を、妻に残したことになるのかもしれない。

農協に出荷するほど多くはないが、直販所では人気のある山菜を持って雅史のいる事務所に寄った。五月には町主催のウォーキングラリーが恒例になっていて、その呼び物のひとつに「オープンガーデン」なるものが計画されている。以前から幹事である同級生の雅史に参加を打診されていたのだ。

「これ、白根さんの山菜だろ。評判いいんだよ。こじんまり色んな種類がセットになっていて。新鮮できれいで。それにタキさん、お婆さんなのにセンスがいいんだな。自分の名前入りの野菜を出す時、料理の仕方やしゃれたシールがついてたりするんだ」

雅史は太った身体を揺らしながら、挨拶より先にいそいそと山菜の袋を取り上げて伝票を持ってきた。直販所は全部自己申告制である。自分で伝票を書いて、自己責任で売る。売れ残ったら、引き取る。売れた分の二十パーセントを場所代に直販所に支払う。単純明快で、後腐れない方法が田舎の高齢者にも受けて、買う方も売る方もずいぶん重宝している。

「田舎の野菜は新鮮なのが売りだからって、面倒臭がって虫がいようが、下葉が腐っていようがおかまいなし。量りで売るのをいいことに、古いものを混ぜたり、上手に隠したりして。意外に年寄りっていうのはこすっからいもんだよ。ちゃんと目を光らせていないと、アコギな真似も平気だからね。一見の客はそれでもいいけど、リピーターを増やさなくちゃあならないこっちの苦労は耐えないよ」

雅史は学生時代から愚痴の多い男だったが、家業の養鶏場を潰して奥さんに逃げられてからはエスカレートして、ほとんど被害妄想みたいになっている。

「へええ。形式は単純で素朴でも、商売となるとなかなか苦労があるもんだな」

「そうだよ。カイみてえにイケメンで上手にお世辞を言ってれば、金持ちの女が高い服を注文しにくるなんていう、楽な商売じゃないよ。まったく」

雅史と話すとムカムカしてくることが多い。農家の計算高さや悪知恵を云々する前に、おまえの古臭い先入観こそ問題だと言ってやりたくなる。

「オープンガーデンの件だけど、少しは引き受ける家が増えたのか。同じ町内といっても田舎のことだ、徒歩で回れないほどあっちこっち庭が離れているのも問題だろう。車やバスが出るわけじゃないんだから」

俺の助言に、そう言えば昔から雅史の好物はうんと甘ったるい味噌おでんだったということを思い出すほど、でれでれとした顔で得意げに何度も頷く。

「まかせとけ。おまえみたいに都会仕込みのハンサム中年でなくても、農家の爺さん婆さんや、退屈してる後家さんなら、俺もまんざら捨てたもんじゃないんだから。カイの近所の家が四、五件引き受けてくれた。おっ、そうだ。タキさんちもいいってさ」

お袋が雅史のことを「あの男は下手な鉄砲も数打ちゃ当たると思っているんだよ」と言っていたことを思い出して急におかしくなった。直販所の営業拡張を口実にあちこちの未亡人やバツイチの女性宅を訪問しまくっているという噂はきっと本当なのだろう。

「軒数がはっきりしたら、順序を決めて。ガーデンの特色を描いた特製のマップを作るつもりなんだ。公民館の絵手紙教室の先生に頼んだら、喜んで引き受けてくれてさ。田舎のコミュニティもどうしてどうして、たいしたもんだよ」

それもこれもみんな自分の手腕と人徳だと言わんばかりに鼻の穴を膨らませて見せる。

「わかったよ。じゃあ、オープンガーデンのマップと細かい決まりができたら、ファックスでもいいから教えてくれ。あっ、そうだ。オープンにするのは庭だけだよ。アトリエも母屋も非公開。墓のある前も進入禁止の立て札をするから。それだけは守ってもらうよ」

「なんだ。アトリエで奥さんが小物でも売ったら、けっこう売れるのに。案外商売っけがないんだな。やっぱ、資産家の総領息子は違うよ」

これ以上話していると、むかっ腹が立った勢いでオープンガーデンもキャンセルしてしまいそうなので、俺は納品書を押しつけるようにして雅史のそばを離れた。ささいなことをあげつらっては、皮肉や嫌味を言わずにはいられない。子どもの頃からのひがみ根性はちっとも直らないようだ。

雅史との不愉快な会話を切り上げた途端、引き受けていたオープンガーデンの件をお袋にまだ打ち明けられずにいることを思い出し、俺はいっそう憂鬱になってきた。

帰りに栄屋マーケットに寄ってダンボール一杯分の伯母さんのおつかいも済ませ、みやげのつもりでパン屋でドーナツを買って、伯母さんの家に着いた時にはもう四時近くになっていた。

雪柳が真っ白に散っている場所に車を停め、玄関に向かうと伯母さんがちょうど庭の隅にある蕗を採って、こっちに歩いてくるところだった。

「あのさあ、カイ。ちょっと、今日子さんのことだけど」

長い蕗を地面にこするようにしたまま、伯母さんが俺を呼び止めた。

「えっ、もう今日子は一人で帰ったのか」

「ううん。寝てる。ずーっと。鼾《いびき》かいて」

俺はちょっと迷ったけれど、そのまま家の中には入らず北側の縁側に腰掛けた。そこが今日子の寝ている部屋から一番遠い場所だった。

「最近、ずっとあんなふう？　少し変じゃないの」

伯母さんはお袋よりスタイルがいいからすらっとしているように見えるけれど、実は身長はさほどない。縁側に深く腰掛けると、サンダルをつっかけた脚がちょっと浮くくらいだ。浮いた脚をぶらぶらさせながら、時々気がかりそうに室内をちらちら見る。

「カイ。いくら十歳年下でも、あんた亭主だろ。自分の女房の変化くらい気づかないでどうするの」

喋らないように口止めされている重しがひょっこり浮いて、今にも白状してしまいそうになる。と同時についさっきまでちっとも気にならなかったのに、芽吹きの始った欅《けやき》から鳥の声がうるさいほど聞こえてくる。ちゅんちゅん、ちっちっとせわしなく鳴き交し、ギィー、シャーッと尾を引いて長くいつまでも応えるように鳴き続ける。うっかり喋り出しそうになる俺を鳥の声を真似て、誰かがしきりにいさめているようだ。

「ウタ子は嫁をねちねちいじめるほど根性が曲がってないけど、鷲頭の家のこととなると見境がなくなる。善悪の境も、常識もふっとんじゃう。単純でまっすぐな分、始末が悪い。おまえが味方してかばってやらないと、しまいには今日子さんは家を出る羽目になるよ」

アタシ、ミタイニ。蕗の葉で顔を隠すようにして伯母さんは声をひそめる。ひそめた声にならうように鳥の囀《さえず》りもふいに遠ざかる。

「不仲と言っても姉妹は姉妹。私のことは結局カイのこと。カイのことは鷲頭の家のこと。だから伯母さんには言わないで」と暗い目をして、薄い唇を引き結んだ今日子の顔が目に浮かぶ。

「わかってる。春になって畑仕事や草刈りが多くなると、毎年お袋は気が立ってくるらしい。ずっと一日墓を背負うみたいにして働くから。先祖の霊がきっと取り憑くんだな」

蕗の葉で包むようにして伯母さんが大きく頷く。アタシモ、ソウダッタ、と声にならない呟きが浅緑色の葉っぱの隙間から聞こえてくるような気がする。

「おせっかいなことばかり言って、ごめんね。今日子さんを起こして、三人でお茶でも飲もう。せんだって、お取り寄せで京都の和菓子を買ったから、一緒に食べよ」

前掛けの上のありもしない泥を払うように一振りすると、伯母さんは俺の前をさっさと歩き出した。

(三) ウタ子

予想した通り夕方から降り出した雨は、夜半になってどしゃ降りに変わった。カイたちが眠る二階の寝室ではもっと雨音が大きく聞こえているはずだ。と言っても白根の家に行って半日も筍掘りをしていたから、疲れて二人ともぐっすり眠り込んでいるだろう。

まったく、姉さんにも困ったもんだ。あんなちっぽけな竹藪の筍なんて、全部竹になったたって多寡が知れてるのに。カイもカイだ。呼び出されるたびにホイホイ出かけて。女房まで連れて行くなんて。きっと二人は姉さんにいいようにこき使われたに違いない。

息子はどういうわけか、昔から白根の家が好きだった。また姉さん夫婦もカイを猫可愛いがりした。鷲頭の姉妹を掛持ちして、本家の子か分家の子かわからないと、よく陰口をきかれた。

夕方まで親に留守番をさせて、みやげは砂糖をまぶしたドーナツだけなんだから呆れたケチだ。きっと旦那の保険金も、退職金も大した額ではなかったんだろう。まして、あんなみすぼらしい土地のローンまであって、姉さんの老後も決して安楽とは言えないのかもしれない。

安楽でも安穏でもないのは、こっちも同じだけれど。カイの仕立ての腕がどれほど立派でもせっちゃんみたいなおしゃれな年寄りがこのあたりにそういるものではない。

筍ご飯に、若竹汁。天麩羅は山菜だけ。一日中泥だらけになって、お日様と草っぱらを相手に仕事をしてるのに、夕飯まで虫と同じようなものを食わされるのはたまらない。どうせ姉さんのおつかいをやらされたのなら肉屋でヒレカツでも買ってくればよかったのに。

ヒレカツを想像したら、なんだか小腹がすいてきた。姉さんちの筍だと思うだけで、なんとなくむしゃくしゃして、わざと筍ご飯を残したせいだ。年寄りが夜食代わりに、夜中に少し食べるくらい食い過ぎにはならないだろう。

布団を抜け出して障子を開けても雨音が追ってくる。廊下を歩くと雨の気配がついてくる。

台所へ降りると、土間はぐっと水の匂いが近くなって、まるで川岸に来たようだ。

豆電球だけつけて、床下から梅酒の瓶を引っ張り出し、蕗味噌の残りを冷めた筍ご飯にまぶして食べる。梅酒をちびちび舐《な》めているうちに、寝床の中でわだかまっていたものが、ゆっくりと潤《ほと》びて溶けていく。内緒で一昨年の梅酒を一本隠しておいて正解だった。

容赦のない雨の瀬音が、梅酒の瓶の中で緩やかな瀞《とろ》になる。一人で水の匂いのする台所で酒を飲むのはなんて気持ちがいいんだろう。昔、お祖父さんも、お父さんもよくこうして緩く脚を組み、瓶の中を見守るようにして酒を飲んでいたことを思い出す。「土間の神様は梅酒が好きだから」なんて、見つかると照れ臭そうに言っていた。お祖父さんではなく、お祖母さんだったかもしれない。

姉さんのことはもういいんだ。心の奥で仲直りは出来ている。白根さんも死んだし、私の亭主も死んだ。姉妹が二人揃って寡婦になったんだから、喧嘩の原因も絶縁の意味もとっくに時効になっている。

そんなことはよくわかってる。毎日毎日、先祖の墓を背中に感じながら働いているんだ。一日中、生えてくる草と戦いながら、草の一本一本に責められたり、問い詰められたりしているんだもの。それでなくても、四月になると思い出さずにはいられない。先祖の墓の前で、姉さんに「ここでカイを跡継ぎにします。私たちは出て行きますって誓ってよ」と迫った四十年前の春のことを。

「誓います。私はもう鷲頭の家の跡継ぎでも、ウタ子の姉でもありません。赤の他人になります」

姉さんの目にあった憎しみと悲しさに撃たれないように、誓いの言葉に折れないように私は墓の前で脚を踏ん張って立ち、心の中でただ鷲頭の家とカイのことだけを考えようとしていた。踏ん張っても踏ん張っても震えてくる足元に、仏の座や菫《すみれ》の花が一面に咲いていたことを覚えている。

四十年は長いねえ。あんなにちっちゃかったカイがもう中年だもの。そしてあの時、赤の他人になるなんて、極端なことを言って憎しみ合うふりをした私たちはいつの間にか七十過ぎのお婆さん。

二人ともほんとに無鉄砲でバカ正直な娘だったねえ。柄にもなく、目頭が熱くなる。まだほんのちょっとしか飲んでいないはずなのに。

都会育ちのうえ、料理は亭主任せの嫁にしては、今日子さんは梅酒作りがほんとに上手。教えたわけじゃないのに、お祖母さんそっくりの片膝立てで、青い梅の尻や、黄色になりかかった梅のてっぺんにプスプス針を刺していく仕事っぷりの見事さといったら。酸っぱさを奥に秘めた甘くて、とろりとした舌触り。まったく年甲斐もなくうっとりする。

もしかしたら雨の音が余計気持ちを高ぶらせているのかもしれない。二杯目でわだかまっていたものが溶け、三杯目でじんわりと胸に温かいものが満ちてくる。そして、四杯目に口をつけると、まったく思いがけないことに、雨の音に混じって、今日ずっとカイがかけていた西洋音楽の音色が聞こえてくる。曲の名前まで知らない。あれもピアノの音なのだろうか。三台いっぺんに弾いているみたいにふんだんな音色が、日照り雨のようにきらきら光って降ってきた。

ピアノの音色が聞こえた途端、ちくちくと刺さってくる針のようなもの。普段は知らんぷりをしている胸の奥の奥にしまってある秘密。

もう少し、せめて今日子さんの作ってくれた梅酒に酔っている間くらい気づかないふりをしていよう。せっちゃんの娘とカイのことを結びつけて考えるなんて。我ながら、あんまり自分勝手で浅ましい。私は実の姉だけではなく、仮にも戸籍上娘になった女の一生までぶち壊すつもりなのだろうか。

春っていうのは罪深いもんだよ。四月になると庭に出たくて、ゆっくり寝ていられないほど胸がわくわくするけれど、楽しい反面、人の心を掻き乱す不思議な魔力が待ち伏せてもいる。鳥が睦み合って囀り、燕は軒に子作りの巣を作る。風には甘い花粉の匂いがして、蜂が飛び交い、野はきりもない受胎を繰り返す。じきに庭も山も花盛りになるだろう。どんな花も散っては咲き、甘く熟れた果実を次々落とす。そんな間中、庭の奥や山裾の墓地の方から絶え間ない合図や信号が送られてくる。
「来たばっかりだと思っていても、じきに春は行ってしまう。軒の燕はあっと言う間に巣立ち、来年は親になって帰ってくる。春蚕《はるご》は夏蚕に、夏蚕はじきに秋蚕になって、蚕棚はすぐ空になる。おまえは一体いつになったら鷲頭の当主としての役目を果たすのか」と。

雨の音が急に消え、いい塩梅に舌が麻痺しかかったように重くなり、目蓋が垂れ下がってくる。明日のことも、オープンなんとかっていうややこしい祭りのことも、もちろんカイの下心なんかもみんな忘れて寝ちまうことにしよう。自分が疲れきった老いぼれに思えるほど、梅酒なんか飲むもんじゃあない。どれほど口当たりのいい酒でも、底には胃の腑をただれさせる毒が淀んでいるんだから。

頭が痛い。最近は明け方近くに必ずトイレに行く。一度目が覚めると四時だろうが、五時だろうが絶対もう眠れない。すっかり覚めてしまった頭の隅に聞こえてくるぴちゃぴちゃという水滴に似た足音。土間近くに白鼻心《はくびしん》が来ているのかもしれない。それとも狸だろうか。起き上がろうとすると足元がふらついて、右側の後頭部に痛みが走る。梅酒を隠れ飲みして二日酔いなんて、だらしのない話だ。
耳を澄ましても、カイたちの部屋はしんと静まっている。まるで二人のたっぷりした眠りの湖が天井に乗っているようだ。時計を見なくても障子の明かりでだいたい五時前だとわかる。白鼻心にしても、狸にしてもじきに山に帰るだろう。獣も死者も明け方には決まって山に帰っていく。

口の中が乾いて唾も出ないので、つかまり歩きをしながらそろそろと台所へ行き、ポットの湯を一杯持ってくる。雨の匂いのする白湯《さゆ》を飲みながら、真っ先に思い出したのは夕べカイが言い出した「オープンガーデン」のことだった。

昔から石川さんちの雅史は虫の好かない奴だった。養鶏場を潰したり、女房に逃げられたりと苦労をしても大した成長はしてないらしい。

「別に雅史の口車に乗せられたわけじゃないよ。町の活性化だって、俺にはあまり関係ない。だけど、ここの庭を見学したい人が大勢いるって言われると、断れなかった。確かにうちの八重桜ほど見事なのは滅多にない。毎年植木屋が売って欲しいっていう木瓜《ぼけ》の大木も。三葉躑躅《みつばつつじ》だって大したもんだ。カタクリの花と二輪草の白い絨毯《じゅうたん》が広がって。なっ、俺たちだけで見てるのはもったいないよ」

カイは雅史の何十倍も口が上手い。息子がいちいち挙げる樹や花はみんな私が自慢にしているものばかりだ。特に庭から山の斜面にかけて紅色の雲を吐くみたいな七本の八重桜と言ったら。あれほどきれいな色の大きな花房は見たことがないと、みんなが口を揃える。もうどのくらいの樹齢だろう。私が覚えていないくらいずっと前。後から植えた染井吉野より長生きをしている のだから。

桜の房を糸で結わえて、いくつもいくつも輪にして遊んだ。姉さんと私とお母さんと。あの桜は鷲頭の家の宝物だもの。木瓜だってそうだ。握り拳大になる実をよく酒に漬けて飲んでいた。カタクリは山の斜面から始って、庭の畑まで続いている。栽培の難しい、絶えやすい花なのに、お浸しにするほど生えるんだもの。

カイは知らないけれど、二輪草に混じって、白い絨毯を編み込んでいるのはアズマイチゲの花だ。どこから紛れてきたのか。お祖父さんの墓を新しくした頃から生え始めた。お祖父さんの骨が養っている純白の四弁花だ。

「いやだよ。私は承知しない。どこの誰ともわからない他人がはした金を払っただけで、うちの墓所にまでずかずか入ってくるなんて、考えただけでぞっとする」

黙って聞いていた今日子さんが私たちのやり取りに口を挟んだのはその時だ。

「まさか。ウタ子さん、オープンにするのは庭だけよ。母屋はもちろん、アトリエも畑も入れない。そばで見せるだけです。きっとお客様はそれほど大勢じゃないし、その時は私が案内がてら、ちゃんと見張ってますから」

一度は鉾《ほこ》を収めたけれど、承諾したわけではない。「オープンガーデン」なんて。自分たちは無駄枝ひとつ剪定《せんてい》せず、球根ひとつ植えたわけでもないのに、春から初夏にかけて庭が一番きれいな時だけ、見学して回るという虫のいい料簡が気に食わない。きれいな花を咲かせるために、どんな樹も丈夫に育つように、年がら年中害虫駆除や草むしりの心配をして、肥料をやったり、下草を刈って日当たりに気を配ったりする。私たちは一年中ずっと、庭や畑の召使いみたいになって働き詰めに過ごすんじゃないか。花盛りの庭も、次々実る甘い果実も、燃え上がる紅葉だって、みんな私たちが一時も休まず仕えるからこそ、自然がもたらしてくれる褒美なんだ。

そんな苦労も仕組みも何も知らないで、「すごい広い庭、羨ましいわ。田舎っていいですねえ」なんて黄色い声を張り上げる。羨ましがって褒めまくった挙句、こっちの目を盗んで枝の一本くらいは折っていく不埒《ふらち》な輩がきっといるに違いない。そんな罰当たりをちやほやするなんて、まっぴらだ。雅史みたいに、自分の借金を減らすことと再婚することしか頭にない奴ならともかく、そのことを充分知り尽くしているはずのカイまで、あんな軽薄な男の尻馬に乗っかるなんて。

一晩寝て、朝になっても腹の虫のおさまらない私は興奮して、つい雨戸を荒っぽく開けてしまう。二枚三枚と、力任せに繰って、硝子《がらす》窓も開け放った時、思わず「わっ」と声が漏れた。

昨日の雨に洗われた庭の鮮やかさ。緑は朝日をいっぱいに浴びて金色に輝き、枝や葉についた露の何千何万という滴がいっせいに反射して煌めく。その眩しいこと。一昨年、白内障を患った時みたいにちくちくする眩しさなんかと比較にならない、豪勢で清らかで。

目を開けて、見惚れる間もなく、気づいたら手を合わせていた。

オープンガーデンに対する憤りはもちろん、二日酔いの頭痛と一緒に、狭い料簡にジタバタしている自分すら消えて、赤ん坊が目を開いた時みたいな無垢なうれしさだけに包まれる。あんまりきれいで、鷲頭の家のことも、先祖の墓のことも一瞬消えてしまうほどだ。

私は縁側にある少し湿っぽいサンダルを突っかけて、ついふらふらと庭に出てしまった。

毎年四月になるとこんなふうに気狂い染みたきれいな朝が次々と訪れる。次々とやってくるけれど、一日として同じきれいさではない。ふわふわとした浅緑と、黄色のぼんぼんみたいだった山裾に濃い緑の縁取りが出来て、灰褐色だった枯木につやつやした銀色のニスが一刷毛。あちこちの藪には朱と橙の点々がぱっと飛び散っている。

ここも、あそこもと探していたらきりがないほどの変化と発見が庭中に溢《あふ》れている。胸がどきどきしたり、せつなさにしゅんとしたりする。人間の気持ちなんて、四月の庭に比べたらどんなにみすぼらしく、貧弱なものだろうと毎朝思う。

花大根の道を突っきり、芝桜が縞模様になっている石垣の下まで来て、やっと私は山裾にある父親の墓の前にうずくまっている白っぽい人影に気がついた。まるで夕べの風に吹き飛ばされた洗濯物か、大きな鳥の残骸のように白い影は墓の近くにぐんなりとしている。

用心しながらそろそろと近づいて行った。年老いた獣が死に場所を求めて山から下りてきたのかもしれない。まさか狐や狸ではないだろうが、手負いの獣は死んだふりをして飛びかかるくらいの知恵と力を持っているものだ。

足を忍ばせたつもりだったのに、白い獣に似た塊がむっくりと頭をもたげた。今日子さんだった。

「ひゃあーっ、びっくりした。でっかい白鼻心かと思ったよ。いったいどうしたの。野宿したわけじゃないだろ」

「まさか。あの雨じゃあ、白鼻心だって野宿出来ませんよ」

確かに今日子さんの白っぽい上着は乾いていて、立ち上がると洗濯板にまつわった晒《さら》し布が裏返ったようだった。この人はいつからこんなに痩せたんだろう、と驚いた。いつもぶかぶかの野良着を着て、浮腫《むく》んだような顔をしてハキハキものを言うから、ちっとも気づかなかった。

「朝方目が覚めちゃうと眠れなくって。四月ってなんだか落ち着かないですよね。あんまり早く夜が明けて」

今日子さんは私の驚いた顔に気づいたのか、まつわっている裾を広げながら横に並んだ。萎びた風船に空気が入って膨らむように、四月の元気な風が今日子さんをすっぽり包む。

「昨日刈った草を少し干してから、茶畑の下に撒かなくちゃあね。八十八夜までには蒸されて余計いい香りのする茶葉になるから」

「干すのも、茶畑に広げるのもけっこう手間ですよ。一輪車を納屋から出さないと」

私たちは光が増してくる庭や畑を見下ろしながら、姑と嫁というより同僚のように農作業の段取りを話し合う。話しているうちに、夕べの疑いや今日子さんが痩せた驚きはみんな地面に吸い取られて、あっと言う間になくなってしまう。心の中の動きなんてものは、あっけないものだ。

「今日の仕事を考えてるだけで、腹がすいてくるから不思議だよ」

「眠って食べて、働いて。生きてる証拠ですねえ」

姑が七十三歳で、嫁が五十六、息子が四十六という普通とはちょっと違う家族かもしれないけど、私たちは同じ家に住んでいるんだから、良しとしなきゃあならないと思うのはこんな時だ。

「眠れないからって、朝っぱらから墓参りすることはないだろうに」

腹の虫がグゥウウと鳴っているのを抑えながら歩き出そうとすると、今日子さんが一番新しい墓の前で私を手招きした。

「墓参りのついでにちょっと、教えて下さい。これ、ウタ子さんのお祖父さんでしょ。でも、お祖母さんの名前がないの。どうしてですか」

　今日子さんが鷲頭の家に来てからずいぶん歳月が経った。そろそろ話してもいい頃かもしれない。私と姉さんの喧嘩が時効になったように、戒名に祖父母の名が並んでいない経緯くらい喋っても、もう家の恥にはならないだろう。

「理由も何も。お祖母さんの骸《むくろ》はここにないからさ。骨もない。だから戒名も刻んでない。それだけのことだよ」

　私が立ち止まった所には垣通しや仏の座といった地べたにくっついて増える小さな草が一面に生えている。墓の近くには根の張るような木や、枝垂れる花は植えられていない。墓石は近隣で採石され、黒や石灰色で茶色の縦線やグレーの層が出来ているものが多い。普通墓石屋で売っているような立派なものはひとつもない。風雨に弱く毀《こぼ》たれやすい墓石に彫られた碑銘はかすれていたり、苔に覆われたりしている。

　背後に山を背負い、庭と畑に囲まれて、緩やかな斜面の見晴らしのいい場所に立つそれらは、そびえ立つ堂々とした墓碑ではなく、子孫を見守りやすいように配列もまばらに立っている。「ほら、あそこで先祖が見ていてくれる」と日々の明け暮れに気安く仰ぎ見て、農作業や庭仕事のついでについ話しかけたりする。人恋しい時や、何か相談ごとでもあれば、手招きひとつですっと近づいてきてくれそうな気がするほど、生活の近くに死者の住居としてあるのだ。

「このへんに、椿の垣根でも作りたいねえ。椿は花期が長いからきれいだし、花首が落ちたってかまわない。どうせお墓なんだから縁起なんか悪くても」

祖母のワカが椿を植えたいと言ったのはちょうどこのあたりだったらしい。祖父はかっとしてワカを殴ったという。

「お祖母さんは出て行ったんだよ。駆け落ちみたいなもんだろ。詳しいことは知らない。あれこれ聞くのは長いこと、ご法度だったからね」

痩せた身体を前のめりにして、今日子さんは笑い出した。おもしろくてたまらないといったふうに弾けるように笑った。

「初めて聞いた。鷲頭の家に駆け落ちした女の人がいたなんて。傑作ねえ」

「傑作ってことはないだろ。当時じゃあ、ひどい恥知らずなことで。世間体が悪かっただろうよ」

あんまり今日子さんが笑うので睨んで見せたけれど、なんとなく愉快な気分だった。今まで誰にも打ち明けたことはないけれど、私は幼い頃から祖母が大好きだった。

「ふーん。出て行ったんだ。墓に名前がないってことは、結局出奔したまま帰ってこなかったのね」

「帰らなかったって言うより、戻れなかったんじゃないかね。齢とってから病気して、帰りたいって言ってきたらしいけど、鷲頭の人間がそれを許さなかった」

自慢にもならない昔話を墓の近くで続けるのも気が引けたので歩き出すと、今日子さんもゆっくりついてきた。夕べの雨の染み込んだ土は適度に柔らかく、天然の絨毯のように足に心地いい。葉や花や花粉の匂いが、息をするだけで身体中に染み込んでくる。朝の蜘蛛は縁起がいいというけれど、蜘蛛の姿はなく、銀細工のような巣ばかりがあっちこっちで特大のダイヤのように光っている。

「あっ、もうカイが起きて、早速変な音楽をかけてるよ。笛みたいだねえ」

「ほんと。あれは笛の一種でリコーダーって言うそうです。カイがいつかＣＤのジャケット写真を見せてくれたけど、ミカラ・ペトリっていうきれいな女の人が吹いてるの」

「ふうん。なるほど外国の笛の音だ。私は尺八みたいにかすれた音の方がいいね。あんなに澄んでて高いと、あっちこっちに突き抜けっぱなしだ」

二人でアトリエの方を向き、風の束みたいな音に耳を澄ませた。時おり不思議な鳥のようにぴっぴっと音が跳ねると、顔を見合わせて笑った。

「打ち明けついでに話すけど。私の名前はお祖母さんがつけてくれたんだ。自分の和歌って字をひとつつけて。歌みたいにどこにでも行けるように。歌を歌って、楽しく生きていけるようにって。ウタ子って名前なのに、私はすごい音痴でねえ」

笑い癖がついたみたいに今日子さんはまた笑い出した。リコーダーの音が聞こえなくなるほど高い声でいつまでも笑っている。

「ちょっと菜花でも摘んでいこうか。カイがまた変な朝飯を作ると困るから」

玄関先まで歩いてくると、やっと笑い声を納めた今日子さんが、ふいに真面目な顔になって、墓を振り返った。

「出て行ったお祖母さんは、断られても、帰って来てると思いますよ。お祖母さんの魂はきっとこの庭にいる。だって、歌だもの。どこへでも行けるでしょ」

なるほどそうかもしれない。リコーダーの音がすーっすーっと女の人の息のように聞こえてくる。あんなふうに、自由自在にお祖母さんは、行き来しているのかもしれない。

「そうだね。オープンガーデンなんてものがあるくらいだもの。ここは死んだ人にとって、オープン墓かもしれないねえ」

大笑いがまた始まるかと思ったけれど、今日子さんは子どもの泣き笑いのように少し唇を緩めただけだった。

(四)　今日子

カイが仕事の打ち合わせで東京に行く日だった。目覚めると隣の布団は空っぽで、夕べ用意しておいたジャケットもなかった。出て行ったことも気がつかないほど深く眠り込んでいたらしい。時計を見ると、もう八時をだいぶ回っている。

慌てて外に飛び出すと、ウタ子さんが相も変わらず庭の草むしりをしている。四月も半ばを過ぎ温度が上がってくると、紫外線も次第に強くなる。私の呼び声にひょいと立ち上がったウタ子さんの顔はすでにだいぶ日に焼けていた。

「朝ご飯食べましたか。すいませーん」と大きな声で叫んだ。寝起きのひどい顔を見られることより、強い日差しに直撃されるのが怖かった。最近、朝方は特に眩暈《めまい》がひどい。うっかり出て行った途端、ぐらりときたら足元が危ない。

「カイと二人で卵ご飯、食べたー」

仁王立ちになったウタ子さんが大きな声で答える。浅黒い顔はすぐに帽子の鍔に隠れて、持ち上げた鎌だけがきらりと光る。光ったような気がした途端、私は前もって予感した通りの長い眩暈に襲われた。途端に左目あたりに鋭い痛みが走り、そのまま後ろにへたり込んだ。家の内と外の明度の差に五感がついていけない。仕方なく玄関の戸で身体を支え、土間まで後ずさりした。病んでいる人間にとって、影は労《いた》わり深く、眩しさは容赦がない。

私が生まれて育った横浜の家はどこもかしこも明るかった。母親は白っぽい家具や調度、レースのカーテンといった西洋的なインテリアを好んだ。夕方になるとすぐに蛍光灯を盛大につけ、深夜までどの部屋も煌煌《こうこう》と明るかった。もし実家に出戻ることにでもなれば、あの過剰な明るさが私を殺してしまうかもしれない。

卵ご飯の生臭い匂いが残る台所で水を一杯飲んだ。目や神経は暗さに宥《なだ》められても、「またすぐ戻ってくるよ」というように、最近では眩暈の前兆がこめかみに残って消えない。

卓袱台《ちゃぶだい》の上には籠に盛った赤い卵と醤油差し。佃煮の入った蓋つきの皿と梅干の壺が出ている。きっと炊飯器のご飯はまだ温かいだろう。箸を取るのも、もう一度立ち上がるのも億劫で、気つけ薬代わりに梅干しを一粒口に入れた。酸っぱさが脳を刺激したのか、一挙に何もかもが厭《いと》わしくなるような苛立ちに襲われた。

カイは二十年前、私を騙した。結婚も出産も考えていない仕事一筋だった十歳上の女の人生をやすやすと手玉に取って、簡単に壊した。無力になった女の弱さを手なずけて、さらに嘘を重ねた。

「今日子の人生が変わるわけじゃない。ずっと仕事のパートナーでいればいい。家庭や子どもは面倒なだけだから、いらない。二人はずっと変わらず、自由に生きていけるよ」

騙されたことにさえ最初は気づかなかった。五年同棲して、私が四十歳、カイが三十歳になってから、私たちは鷲頭の家で暮らすために籍を入れ、初めて夫婦という形になった。

卓袱台に肘をついて、昔のことを思い出しながら背戸に続く裏庭を眺める。サッシから漏れてくる光に目を馴らしつつ、「何もしたくない」と思う。ナニモシタクナイ。コンナトコロニイテモ、ショウガナイ、と口に出して言いそうになる。カイがいなければ、鷲頭の家は見ず知らずの年寄りが住む壊れかかった古い家に過ぎない。

部屋の隅にある電話が鳴って、はっと我に返った。あんなに寝たのに、またいつの間にか眠り込んでいたらしい。

「もしもし。今日子さん、あたし、タキ子です」

タキ子伯母さんの高くて澄んだ声が私をやっとうららかな春の朝に連れ戻す。

「昨日近所の苺農家から熟れ過ぎた苺をいっぱいもらったの。ジャム作りを手伝いに来てよ」

「行きたいけど、今日はカイがいないから車で行けないの」

私の頭は少しずつ動き出す。幸いなことにうたたねの効用か、あのしつこい眩暈の気配は消えている。

「いいお天気よ。ゆっくり散歩がてら来て。どうせウタ子は一日中庭仕事でしょ」

苺ジャムと聞いて急にお腹がすいてきた。時計を見ると、九時を回っている。カイの帰りはきっと夕方になるだろう。ウタ子さんと庭仕事をする気にも、留守番をしながら家事をする気にもなれない。私は伯母さんの申し出を受けることに決めて、電話を切った。

自転車で行こうか迷ったけれど、結局歩いて行くことにした。徒歩だと白根の家までたっぷり四、五十分はかかる。出歩くのに最高の季節だけれど、最近はほとんど散歩をしていない。ウォーキングラリーは開催しても、田舎の人は目的もなく歩いたりしない。車がどの家にもあるせいだけでなく、戸外で野良仕事をしている人が増えると、呼び止められて、行き先を尋ねられたり、とかく噂の種になったりするのが厄介なのだ。

今日、誰かに訊かれたら「タキ子伯母さんのところへ」と言えばいい。分家同様の白根の家へ本家の嫁が行くのだからフリーパスだろう。

歩き始めるとたちまち卵ご飯を食べたことを後悔した。カイが用意すれば朝食はパンと決まっているが、ウタ子さんはただの米を食べないのは不経済だと思っている。義父が元気だった頃までしていた稲作をやめて、水田を貸してしまったことを、彼女がどんなに悔しく思っているか。わずかな賃料とともに納められる米を、さんざんけなす激しい口調でよくわかる。

「こんな米。新米の時に、生んだばっかりの烏骨鶏の卵かけて食っても、たいして美味くないんだから、米だけは素人に任せるもんじゃない」

時間が経ってもただ同様の米飯は一向に消化されそうにない。こんなにノロノロ歩いていたら、伯母さんの家に着く頃には昼になってしまう。私はいつかカイに教えてもらった山道を抜けて行くことにした。

新緑の間に見える山躑躅の色に目を奪われながら歩いていると、頭上で鳥の囀りがうるさいほど大きくなる。最近は秋になっても狩猟の鉄砲の音を聞くことがめっきり減った。少しずつ山は里になり、里は建売住宅地との継ぎはぎの集落になる。狩猟の風習が絶えて、逆に鳥や獣が増え過ぎたりする現象も起こっていると、いつだったか役場の人が言っていた。

ここに引っ越して来た当初、二人きりになりたくて、よくカイと山歩きをした。里の集落が見えなくなって、山と山の間の段々畑や細長い水田も途切れると、二人で抱き合って歩いたり、ふざけてキスをしながら身体を絡ませて歩いた。東京の狭いアパートの寝室で繰り返したことを大体山の中でした。鷲頭の家も、姑のウタ子さんも、好奇の目で遠巻きにしている近所のことも、山にカイと二人でいる時は忘れることができた。遅い結婚だったけれど、私はまだ充分若かったのだ。男の裏切りに薄々気づきながら、しばらくは騙されていたいと思うくらいには。

空のあちこちに鳥籠でも吊ってあるように鳥の鳴き声が降ってくる。白い花と梢の隙間に光る銀色はなんだろうと目を凝らすと、最近出来た建売住宅の屋根だった。山はたちまち疎《まば》らな林に姿を変え、崖は平らになり、土手は舗装される。私とカイはもう十年以上二人だけで山に入ってはいない。

スカンポのひょろひょろ伸びた畦道を歩いて、やっと見慣れた県道に出た。この道をまっすぐ歩き続けても、白根の家までまだ二十分以上はかかる。

「カイは一緒じゃないんか。マーケットに行くんだろ。乗せてくよ」

県道は暑くて眩しい。いつの間にか戻っている眩暈の予兆を宥めるようにのろのろ歩き出したら、五分もしないうちに悪趣味な紫色の軽自動車が停まった。

「歩いていくのは大変だ。遠慮しなくてもいいよ。ガソリン代貰おうなんてケチなことは言わないからさあ」

運転手の顔ははっきりしなくても、怒鳴っている内容で声の主が雅史だとすぐわかった。

「ご用心の雅史さん」と呼ぶタキ子伯母さんの警告を忘れたわけではないが、親しげな様子で車のドアを開けたままにしている雅史のそばについふらふらと近づいてしまった。

「せっかくだけど、逆方向の白根の家に行くとこだから、乗るわけにはいかないの」

「なら、ちょうどいい。ちょっと直販所に寄ってくれ。タキ子さんに届けてもらいたいものがあるんだ。請求書と計算書が溜まってるし。他にも頼まれてたものもある。昼休みを兼ねてまた俺が送ってくよ」

半ば強引に後部座席に座らされてしまった。助手席には茄子か胡瓜かわからない三、四センチに育った苗がびっしり詰め込まれている。

「まったくイヤになるよ。農協のパート並みの給料で、営業と企画と経理まで掛持ちして。一人暮らしの年寄りの用事までこなしながら狭い町をぐるぐる回ってさ。春がきてもいいことなんかありゃしない。苗や肥料じゃない若いギャル乗せて、たまにはドライブでもしてみたいよ」

「気の毒だったわね、若いギャルじゃなくて」

雅史の愚痴はお題目だと相手にしないウタ子さんを真似て、私は軽い冗談で受け流しながら、こういう時に携帯電話がないのはなんて不便なんだろう、と思わずにはいられなかった。どうせ直販所に行くのなら、その手前のマーケットで買物をしたい。ウタ子さんとタキ子伯母さんのおつかいも済ませてあげたら喜ぶだろう。

「直販所に行く前に、マーケットで降ろして。店に公衆電話あるでしょ」

「公衆電話？」

素っ頓狂な声をあげて、雅史は私の方を振り返った。

「白根の家に行くなんて嘘ついて。お安くないねえ、今日子さん。誰かと内緒の約束かい」

ご用心、ご用心。と声には出さずにタキ子さんの口癖を真似る。直販所で扱っているのは採れたての野菜だけではない。売る人も買う人も、根なんかあってもなくてもかまわない新鮮な地の噂を仕入れに直販所に日参するのかもしれない。

「バカバカしい。そんな齢じゃないもの。タキ子伯母さんに買物があるか聞くだけよ」

「なーんちゃって。怪しいもんだ。齢をとってるなんて言うけど、カイといくつも違わないんだろ」

またその話か、といい加減うんざりする。私たち夫婦の齢の差について町中の人の好奇心は根強く、消えることがない。タキ子伯母さんもウタ子さんも、そのことについてはとても口が堅い。もちろんカイも。

十歳だろうが、十五歳だろうが。そんなことどうだっていい。私が死ねば、きっとお葬式で誰もが知ることになる答えを、「ご用心の雅史」に今教えてやることもない。

「電話なら公民館のそばにある。ボックスだから、どんな秘密の話でも誰にも聞かれない」

公民館と聞いた途端、タキ子さんの家に苺ジャムを作りに行くだけだからと、作業着姿で出てきたことを悔やんだ。公民館からマーケットまで歩いて五分、それから県道にある直販所まで数分歩く。その間に銀行や郵便局やささやかな商店街が続く。雅史はともかく、こんな粗末な格好で誰かと会ったりするのは避けたかった。

「着いたよ。恋人とデートの打ち合わせが済んだら、直販所に寄ってくれ」

雅史の皮肉な声に送られて車を降りた。なんでこんなイヤな奴の車にうかうか乗ってしまったのかと、不愉快さが募った。たった数分当たり障りのない世間話をするだけだと高をくくったのがいけなかった。公民館を半周しながら、後日雅史がどんな尾鰭《おひれ》をつけて、私の噂をでっちあげるのかと思うと憂鬱になる。

忌々《いまいま》しく思いながら歩くうちに、私は自分が誰かと話がしたかったことに気づいた。ウタ子さんでも、カイでもない。タキ子伯母さんですらない。鷲頭の家とはなんの縁もない人と、ただお喋りがしたかったのだと認めた時、足元が一瞬うねるような大きな眩暈がやってきて、身体が奇妙な感じにぶれた。

近くにあった木にすがって眩暈が治まるのを待つしかない。立っている地面、掴まっている幹、目を据えている位置をゆっくり見定める。都合よく支えになってくれたのが木蓮の木だとわかると、慎重に寄りかかった。鷲頭の家の付近に比べると、このあたりは春の行くのが速いのだろう。盛りを過ぎた木蓮の花が、鞣革《なめしがわ》の手袋に似た乳白色の花びらを一面に落としている。まるで舞踏会の後みたいと、厚い花びらが折り重なっているのを眺めていたら、ずっと昔、パリコレクションやミラノコレクションに行った時のことが突然思い出された。華やか過ぎるフラッシュバックはどんな眩暈よりたちが悪い。新手の眩暈を踏みにじるように白木蓮の花びらを踏む足に力を入れた時、公民館からピアノの音色が流れ出していることに気づいた。CDやラジオではない、きっと誰かが弾いているのだろう。

思わず聴き入っていたら、長い眩暈の後の空っぽの内部に突然生き生きとした喜びが溢れ出した。奔流のような調べに混じるせつない迷いと、抑えきれない陶酔感。弾いている人はきっと激しい恋をしているに違いない。

一端捕らわれてしまったら、惹き込まれずにはいられない幸福に満ちた調べ。甘い充溢《じゅういつ》感は私の体内を新しい樹液のように巡っていく。色褪せた上着の襟や袖、ぶかぶかのだらしないズボンの裾にまで豊かな音色がすり寄ってきては繊細なタッチで触れ、慰撫するように通り過ぎる。悲しみの痣《あざ》は消え、長い疲労感に磨り減っていた感覚は蘇り、音楽が触った皮膚は瑞々《みずみず》しさを取り戻す。

私は長い間、息をするのも忘れるほどの感動に包まれてじっと音楽に聞き入っていた。気がつくと泣いていた。つい今しがたまで、誰かと話がしたかった。そして今は白木蓮の花びらを踏みながら子どものように泣いている。一体私はどうなってしまったのだろう。長い間眠らせて、枯死したはずの憧れと情熱。そんなものの残り火や残滓《ざんし》が私に蘇ったとしても、今さらどうしようもないのに。五十六歳の病気の女が、蘇生する方法などどこにもありはしないのに。


人はあまりにも激しい感情を経験すると、それをさりげなく口にしたりすることが出来なくなってしまうらしい。タキ子伯母さんの狭い台所でジャムを詰めるためにありったけの硝子瓶を煮沸しながら、私は公民館で体験したことをどうしても言い出せなかった。まして、久美さんの演奏が終わった後、さりげなく覗き込んだ出窓で供物のように飾られていた三本の薔薇のことを、どのように尋ねればいいというのだろう。

「四月の薔薇なんて、このあたりでは珍しいでしょ。私は昔からどこにでもあるモッコウバラが嫌いだったの。それを知ってて、お父さんがこの薔薇を植木市で買ってプレゼントしてくれたのよ」

その話を聞いたのは、私がタキ子伯母さんと親しくなり始めた頃だった。夫の死のショックで、不眠症に陥っていた伯母さんに睡眠薬を届けに行った時のことだ。

「私の夫のトクちゃんはね。すごくお人好しなの。一度なんか朝市でヤンバルクイナの雛だって騙されて、鶉《うずら》の雛を買わされちゃったくらい。本物の娑羅双樹だって譲ってもらった苗木は普通の藪椿だったし。この薔薇もね。新種の青い薔薇って触れ込みだったのよ。ものすごく大事にして育てたの。だから初めて咲いた時、ベージュの染みみたいな、薄い紫のような、ぼやけた色だった時にはほんとにがっかりして。でも見て。ほんの少しずつだけど、この薔薇、青味がかってきたでしょ。トクちゃんが死んだ年なんて夕方一人で見たら、ほとんど青色だったたもの」

寝不足のやつれた顔で「トクちゃん。私のために鷲頭の庭にはないものを咲かせたかったのね」と言ったタキ子伯母さんの声まで覚えているくらいだから、自慢の薔薇を私が見間違うはずはなかった。

毎年「タキ子伯母さんの青い薔薇」見学は恒例になっているにも拘わらず、今年はまだ見ていない。開花したかどうか尋ねたら、喜んで教えてくれるだろう。それなのに私が口をつぐんだままどうしても言い出せないのは、まだあのピアノがもたらした不思議な感動が残っていたからだ。

「佃煮や漬物が入っていた瓶は煮沸しただけじゃあ、匂いがなかなか消えないの。蓋をする前にきちんと無臭にしとかないと。苺ジャムにラッキョウの匂いがしたら変でしょ」

鷲頭の家が養蚕で一番景気がよかった頃、タキ子伯母さんは当時はまだ一般的ではなかった女学校を出ている。妹のウタ子さんも進学を勧められたけれど、断ったのだと言う。学歴がその後の姉妹の人生にさほどの差異をもたらしたとは思えないが、タキ子伯母さんの言葉には時おり女学校出の片鱗が窺《うかが》える。

「匂いはちゃんと取ったけど。こんなに瓶の形も容量もまちまちだと、値段をつけるのに困るんじゃないかなあ」

「困らないよ。オープンガーデンって、実際はお花見でしょ。お花見の客は気が大きくなっているから、そんなに真剣に見比べたりしないと思う」

タキ子伯母さんと会っていると、ついウタ子さんと比べてしまう。スマートでおしゃれなタキ子さんと、容姿や見てくれに無頓着なウタ子さん。どちらも働き者には違いないが、タキ子伯母さんは料理や手芸の内仕事が好きで、ウタ子さんといったら高熱でも出ない限りは戸外で仕事をしている。しかしこうした外見とは異なり、実はタキ子伯母さんの方が大胆で行動的であり、ウタ子さんの方が内に籠もって気を病む性質だということに私はずっと以前から気がついていた。

「そろそろ灰汁《あく》取りも終わりにして、一休みしよう。煮沸の済んだ瓶はみんな布巾の上に伏せといてね」

気晴らしの散歩にこと寄せて「タキ子伯母さんの青い薔薇」を勝手に見て来るのはとても簡単だ。あの薔薇は蔓性でも、四季咲きでもないから、木が太くなっても枝を張って株が増え、花の数がどんどん増えるという品種ではない。むしろ輪の大きさも一定で、花は数えるほどしか咲かない。少しでも色が青くなるようにと、伯母さんが剪定しているのかもしれない。そんな貴重な薔薇をなぜ惜しげもなく伐ったのか。それもあんなに見事な輪を五分咲きのうちに。誰が、なんのために公民館のピアノ教室に持って行ったのか。初咲きの青い薔薇を、なんの供物として捧げたのか。

薔薇は尋ねたら答えてくれたかもしれない。あの素晴らしい音色を幾重にも溶け込ませて、青くなることを夢見ているタキ子伯母さんの薔薇ならば。

「どう、ウタ子はオープンガーデンの準備してるの。あの子のことだから、畑やお墓に入られやしないかって、戦々恐々としてるでしょ。ふふっ、あちこちに立ち入り禁止の立て札なんかしてさ」

夕べも立て札だけでなく、それに取りつけるチェーンを東京で買ってくるようにと、カイにくどくど念を押していたことを思い出して、私は思わず笑った。敵視しているように見えて、タキ子伯母さんの方がいつもウタ子さんのことを気づかっている。

「タキ子伯母さんは鷲頭の家にどうして来ないんですか」

焼かない食パンにまだ生暖かい苺ジャムをつけて試食を始めている。甘い香りとともに四月の日向の匂いがぷんぷんする。透き通っている茜色と赤黒く固まった果実が口の中にじゅわじゅわと広がる。

「えっ、私がオープンガーデンに行くの？　わざわざ実家に入場料払って」

タキ子伯母さんはしらばっくれて、上手にかわす。鷲頭の年寄り姉妹の亀裂は致命的に深い、とカイはことあるごとに言うけれど、私の意見は少し違う。意地とか、固執なんていうものはとっくに消滅している。本当に憎しみ合っていたら、タキ子伯母さんは鷲頭の家がある町に土地を買ってまで住み続けたりしなかったし、妹の息子のカイをこれほど慈しんだりしない。

「よく出来たね、苺ジャム。きっと一日でみんな売れちゃう。そしたら、五月には何を売ろうかな」

唇の端についた苺ジャムを指でぬぐいながら、うれしくてたまらない様子でタキ子伯母さんが言う。

「今から完売宣言ですか。もしかしたら、そういうの捕らぬ狸の皮算用って言うんじゃありません？」

瞬く間に紅茶二杯と、食パン四枚を平らげて私たちは笑い合う。オープンガーデンまで後三日。それまで苺ジャムはどれほど残っているのだろうか。

「飯田さんちはね、自慢の椎茸を売るんだって。お爺さんが欲張って、山にほだ木をいっぱい並べて、せっせと種菌を植えつけたらしいよ」

「そう言えば、節子さんの家もオープンガーデンに参加するそうですね。でも桐生さんちは家を新築する時に庭に別棟を建てたんじゃなかったの」

さりげなく水を向けると、タキ子伯母さんはちょっと困った顔をした。

「行ったことがないからわからない。ご用心の雅史君が言うには、薔薇のアーチがあるらしいけど」

伯母さんは私から顔を逸らして、しっかり閉めたはずの苺ジャムの蓋をさらにきつく閉め直している。

「そうね。オープンガーデンと言えば、薔薇は付き物だから。お墓付きの鷲頭家の庭より正統なイングリッシュガーデンかもしれない」

あの音楽の沐浴を受けていなかったら、出窓の薔薇について私の追求はもっと意地悪なものになっていただろう。いじらしいほど大切にして、散ってからも花びらを水盤に浮かべるほど惜しんでいる青い薔薇を彼女が無闇に伐ったりするはずがない。目的もなく、赤の他人に譲ったり伐らせたりすることなどあり得ないのだから。

「まるでオープンガーデンのスケジュールに合わせたみたいに、お墓の近くの八重桜は満開よ。木瓜も、枝垂れ桃も咲き始めたの。山吹もこでまりも、ほんとに百花繚乱。カイが言う通り、私たちだけで見るのはもったいない。タキ子伯母さんも来てよ」

煮沸されてまだ暖かい硝子瓶を拭きながら、私はもう一度さりげなく伯母さんを誘った。百花繚乱のオープンガーデンではなく、たった一本の散り敷いた白木蓮の木の下で今年の、あるいは、私にとって最後の春は終わったのかもしれないと思いながら。

㈤　カイ

何もかも放り出して、一人でどこかに行ってしまいたい。墓のある庭も、壁も床も天井も黴《かび》の匂いのする古い家も捨てて。母親と息子、夫と妻、年老いた姉と妹。家族のようで、決して家族にはなれない一人ぼっちの女三人を置いて。

どうしてそんな無責任で卑怯な考えが頭に取り憑いたのかわからない。飲み慣れないバーボンを好きでもない奴と飲んだ。飲み過ぎた。楽しくもないし、得にもならないと知りながら、二件も梯子をした。

「おまえ、知らないだろ。野田が死んだこと。肺癌はダメだな。わかった時にはもう手遅れで。半年しかもたなかった」

用事を済ませて帰ろうとした時に、かつての同僚だった青木から突然聞かされた。「たまには飲むか」と誘われて断れなかった。

「不景気な話ばっかりだ、東京は。倒産、離婚。自殺、病気。自分じゃなくても、家族だったり、兄弟だったり、同僚だったり。不幸の伝染病だ。話だけでもいいから、おまえもつきあえ」

話の内容とは反対に青木は快活だった。軽妙に饒舌に暗い話を矢継ぎ早に繰り出す。聞いている方が頷いたり、溜息をついたりするひまもないほど、陰気な話が延々と続いた。

「そうだ。今かかってる歌、知ってるだろ。べサメムーチョ。言わずと知れたラテンの熱烈な愛の歌。だけど、ほんとは病気の男が奥さんに向かって、じきに俺は死んでしまうから、生きているうちにもっとキスしておくれっていう、すっげえ悲しい曲なんだってさ。死ぬ半月前に、野田から聞いた。なっ、たまんないだろ」

たまんないのはこっちだ。あの時席を立って帰っていれば、最終電車にぎりぎりに間に合うなんて事態だけは避けられたのに。

べサメムーチョ。もっとキスして。縁起でもないエピソードが耳について離れない。肺癌で死んだ野田は俺より五歳も年下で、若い時からもう中年太りだった。仕事熱心で真面目な奴だったけれど、死んだ時は結婚していたのだろうか。見る影もなく痩せてあばら骨が浮き出ていたと聞いたが、最後に「べサメムーチョ」と言える女がつき添っていたのかどうか。

思い出したくもないのに、青木が酔っ払って繰り返し口ずさんでいた歌が耳について離れない。酔いに任せて最終駅近くまで眠っていけると思っていたのに、あと二十分は薄ら寒い電車に揺られて、耳について離れない不吉なメロディーをたっぷり反芻することになりそうだ。

改めて見渡すと俺の乗っている車輛に乗客はたった八人だ。みんな男、みんな若くない。萎《しお》れきった身体で眠っているか、眠ったふりをしている。背後にはそれぞれに切り取られたような車窓の闇がはめ込まれている。意識を失っているのか、死んでいるのかわからない無力な男たちの姿を切り抜く四角い闇。まるで棺窓だ。多分俺の後ろにも同じような闇が張りついているのだろう。

ベサメムーチョと棺窓の連想からか、親父が死んだ時のことが突然思い出された。俺は当時今日子と同棲しながら、東京で洋裁の仕事をずっと続けていくだろうと思っていた。やりたい仕事があって、一緒に暮らしている女がいれば、将来のことなんか考える間もなく毎日があっと言う間に過ぎていく。両親のことも鷲頭の家のこともまるで考えていなかった。

だから親父が心筋梗塞で意識がないまま死んだと聞かされた時はひどく慌てた。ああいうのをまさに晴天の霹靂と言うのだろう。数年ぶりに実家へ帰ってみたら、通夜の当日なんて。まさに悪い夢の中にいるようで、俺はすっかり混乱し、漠然とあった将来のビジョンは瞬く間に霧散してしまった。

形通り葬儀屋は火葬の準備を進めていたのに、死亡証明書を手にしたお袋は土壇場になって、どうしても親父を土葬にするんだと言い張った。許可が下りるまでのごたごたは今思い出してもぞっとする。俺は死者だか生者だか判然としない巨大な力に支配されたようにただ奔走するしかなかった。

葬式の前夜、親父につき添っていた俺をお袋が呼びに来た。また何か無理難題を押しつけたり、とんでもないわがままを言い出すのかと、嫌々ついていくと、お袋は父親が倒れたという古い納屋に俺を連れて行った。

「カイ。明日お棺に入れるもののことでちょっと見てもらいたいものがあるんだけど」

土葬の場合は火葬と違ってお棺に入れるものに決まりや規制はない。生き物以外ならなんでも入れていいと聞いていた。

「これ。おまえがお父ちゃんにやったものなんだろ」

戸外にある古い納屋は電気がつかない。お袋が懐中電灯で照らした先にぴかぴかに磨かれたウエスタンブーツが見えた時、俺はろくすっぽ寝ていない寝惚けた目を思わずこすらずにはいられなかった。

「なんでこんなものがここにあるんだよ。親父のものじゃないだろ」

「だって。お父ちゃんがこっそり磨いてた。おまえのお下がりを大事にしてたんじゃないの」

よく磨かれてはいるが、そのブーツがとてつもなく古い形のものだとすぐにわかった。昔ロカビリー歌手が履いていた写真を見たことがある。重くてごつくて、悪趣味なステッチ刺繍のある骨董品。

「まさか。ほら、見てみろよ。俺のサイズと全然違うだろ」

お袋がブーツを仔細に眺め回すたびに、持っていた懐中電灯の明かりがあちこちにぶれる。

膨らんだり縮んだりする影が、ひんやりとした黴臭い納屋をいっそう不気味な空気で満たした。

「なんで親父はこんなものを買って、後生大事に手入れまでしてたのかな。履いてたとこなんか見たことないけど」

「きっといつか履くつもりだったんだ。履いて出ていくつもりだったんだよ。わかってたさ。だからどうしても、火葬には出来なかった」

お袋は何を思ったのか、ブーツを照らしていた懐中電灯をぱっと俺の方に向けた。それだけだった。他には何も言わず、さっさと納屋を出て行ってしまった。

土葬にしたのだから、今でもあのブーツは父親と一緒に庭の墓地に埋められているはずだ。お袋が言ったように、その後、霊となった父親がブーツを履いて出ていったのか、あるいは泥だらけのブーツで庭や畑をぐるぐる回っているのか、俺にはわからない。

駅に停まって、男が二人降りた。駅舎は小さく、跨線橋《こせんきょう》だけがやけに高くそびえている。乗客が六人になってしまった車輛がゆっくりと動き出す。

今日子はもう眠っているだろうか。最近ではさすがに自分の鼾に驚いて目を覚ますことがあると言っていたけれど、俺はすっかり慣れてしまった。逆に真っ平らに静まっている布団を見ると不安になるくらいだ。発作が起きる半年前あたりから、俺はアトリエから戻って来ると、今日子が鼾をかいて眠っているのを頻繁に見るようになった。声をかけても、物音を立てても目覚めない。それでいて、彼女の顔には緩慢な痛みに耐えているような苦しそうな表情が張りついている。眉間の深い皺。緩んだ口元と目尻に深くなっている鴉の足跡。俺はすっかり癖になっている軽い罪悪感と奇妙な安堵をもって彼女の寝顔を見る。時間に埋められかかっている女の顔。

お袋も眠っただろうか。年寄りのくせに親父が死んでからますます夜更かしになって、時々深夜まで梅酒をちびちび飲みながら起きているらしい。俺たちが寝室に引き上げると、誰はばからず五代目だか六代目か知らぬ鷲頭の家の当主の顔になって、農作業の段取りや自分が管理している田畑について思いを巡らすのだろう。目撃したことはないが、きっとそうだ。古い家と代々の先祖の霊を一身に受け止めて、老いた巫女のように自分の死後のことまで見透かそうとしているのかもしれない。

「どうしても跡継ぎが必要なら、養子縁組でもするしかないですね」

親父の三回忌の時、墓前で今日子は宣言した。思い詰めた様子でも、覚悟の末でもない。「日当たりのために、この無駄木は伐った方がいい」と提案するような軽い口調だった。

お袋は俺の顔を一瞬確かめるように見て、じりじりと親父の墓石まで後ずさりした。サンダルを突っかけていた足に泥がかぶっても、もうこれ以上後ずさりできないという所まで来ても、まだ黙っていた。

それからだったろう。今日子はお袋を「ウタ子さん」と呼ぶようになり、お袋は本人に対してだけでなく、他人に話す時も嫁のことを「今日子さん」と呼ぶようになった。

俺は今日子を騙したことになるのだろうか。後先のことを考えない若いカップルが「子どもや家族なんていらない。二人でずっとこのまま楽しく自由に暮らしていければいいよ」と軽い気持ちで交わす約束や誓いじゃないか。俺は十歳年上の女と仲良く暮らすために、若い男特有の無責任な方便を使ったに過ぎない。

今日子だってそんなことよくわかっていたはずだ。親父が死んで、鷲頭の家に二人で住むようになるまでは、ずっと。

騙すことと裏切ることとは違う。そんな罪を犯す度胸なんて俺にはない。お袋があのぴかぴかのブーツを照らしていた懐中電灯をぱっと俺の顔に当てた時、頭の中がショートするみたいに何かが変わった。俺はそのことを誰にも言うまいと決心した。お袋にもタキ子伯母さんにも、もちろん今日子にも。

それが裏切りの始まりだったのだろうか。

終点に近づくたびに駅と駅の間は長くなって、人家も疎らになる。明かりが少なくなる分だけ俺の頭の中の地理は明確になって、見慣れた風景は細部に至るまではっきりと思い浮かべることが出来る。田圃の中にある鷺島も、その間にうねる畦道と、遠くのうっそうとした屋敷杜まで。橋を渡り終えたら、じきにタキ子伯母さんの家も見えてくるはずだ。

「本人は気づいてないだろうけど、カイって、ほんとに鷲頭の家の血を受け継いでるね。小心のくせに、時々すごく大胆で取り返しのつかないことを平気でする」

大学へ行くのを突然やめて洋裁学校に入学することを決めた時、タキ子伯母さんになんだか傷ましいような表情で言われたことを思い出す。

俺がすべてを投げ出して逃げ出したいと思うのは、無責任で卑怯な自分の性格が嫌になったからじゃない。あの時の決意が変わったからでもない。それなのに、俺を待っているものがどんどん近づいてくると思うだけで、怖くてたまらない。

ベサメムーチョ。もっとキスして。

死の床で今日子が差し出す震える唇を受け止める勇気が、俺にあるだろうか。

案の定母屋は真っ暗でお袋は眠ってしまったらしいので、まっすぐアトリエに向かった。明日一番に生地の点検をしなければならない。裁断にかかる前に必ずする地伸しは蒸気アイロンをかけながら細心の注意がいる重労働だ。まして、春夏ものは生地が薄く繊細で、秋冬ものとはまた違う緊張感が伴う。湿気や静電気も加工によっては様々な変質の原因になるので、古い木造家屋に放っておくわけにもいかない。

アトリエの鍵を開けながら、漂っている夜の匂いがここ数日でまた変わったことに気づいた。草の匂いより花の香り。泥の匂いより生き物の匂い。膨らんでいく蕾や開いていく葉が発散する息の集合。流れと淀みと、膨らみ。そんなものが、アトリエで鍵を回すほんの数秒の間に俺を幾重にも包み込んでくる。光の中で眺めるオープンガーデンなんて、夜の庭の不思議な気配と豊かな匂いに比べたら、単純で子ども騙しでグラビア写真同様、薄っぺらなものだ。

生地をストックしているロッカーに荷物を入れた時、裁縫室の奥の部屋でかすかな物音がした。

「誰かいるのか」

大きな声をかけておいて忍び足で行くというのも変だが、素足のまま音のした部屋の前まで来ると、暗い室内から鼾が聞こえてきた。

「今日子、起きろよ。寝るならちゃんと寝室へ行って寝ろ。おい、何を寝惚けてるんだ」

椅子に掛けっぱなしにしておいた膝掛けにくるまったままの今日子が、目を半開きにしたまま唸《うな》っているのか、怒っているのかわからないくぐもった声で何か言い続けている。

「何言ってるのか、わかんねえよ。夢でも見てるんじゃないか。おい、今日子」

抱き起こそうとして伸ばした腕は驚くほど強い力で払いのけられた。邪険に身を解いた時、むき出しになった白目が青く光った。室内の半分まで入り込んだ月の光が後ずさる彼女を照らすと、薄い背中が水を溜めたようにたわんで見えた。

「もう二度と私に触らないで。触らないで」

泣き出すのかと思ったが、今日子の顔に涙はなかった。怒りもなかった。激しい口調だったにも拘わらず表情は静かだった。逆にその静けさが俺を打った。何をしても、もう手遅れだ、と観念した。一度今日子を騙した俺は、彼女を騙し続けるしかない。

目を逸らした時、何気なく床に置かれたCDを見た。タルティーニの『悪魔のトリル』だった。三分咲きの薔薇を受け取った久美さんと聞いた曲。触れた手と唇が聞いていた誘惑の曲だ。

これからもずっと裏切りは続く。でもそれは断じて俺のせいでも久美さんのせいでもない。この悲劇はずっと昔から決められていたことだ。俺が子を産まない女として今日子を選んだ時よりずっと以前、あるいはお袋が俺を産んだ時から決定していたことだ。

頭の中で矛盾だらけの思いが渦巻いて立ち尽くす俺の脇を、老いた白鼻心のようにすり抜けて、今日子は月の光を従えて立ち去って行った。


「この苺ジャム、まるっきり赤い泥だね」

食パンの耳をちぎりながら、ジャムの瓶を覗き込んでお袋が気味悪そうに言う。

「見た目はともかく、すごく美味しいのよ、ウタ子さん」

今日子はほつれた髪を珍しく水色のスカーフで包んで、すっかり回復したような清々しい顔をしている。

「気にするな。お袋はタキ子印のものはけなさないと気が済まないんだから」

「ほんと。そのくせ一番よく食べるのに」

夕べのことなど何もなかったように今日子が俺に笑いかける。昨日の続きの今日。今日の次の明日。ただその繰り返しに過ぎないのに、生活というのは摩訶不思議なものだとよく思う。庭に同じ樹が繁り、同じ花が咲いていると思っていても、日々変化していくように。気がつくと季節が移り、取り返しようもなくすべてが変わってしまう。俺たちの変化はとてもゆっくりで、傍ではわからないほど微々たるものなのに。昨日と今日の笑顔は違うし、沈黙も違う。

俺は湧き上がってくる不安を消すように、赤い泥のような苺ジャムを二枚目のトーストにたっぷり乗せた。

「何言ってるの。あたしだって気に入って食べてるわけじゃない。オープンガーデンで売るんだろ。あんまりひどい味だったら困るじゃないか。身内だから、試食してやってるんだよ」

ジャムを舐めながらわざと顔を顰《しか》めているお袋を尻目に、朝食後の薬をいつものように隠れて飲んでいる今日子のそばに行った。

「オープンガーデン騒ぎが一段落したら、実家に帰るとかなんとか言って、東京の大学病院でもう一度ちゃんと検査してもらった方がいい。お袋には俺が上手く言っとくから」

恐る恐る肩に手を置いても、別に今日子は怒りもせず神妙に頷いた。

「午後からアトリエで地伸しの仕事をするけど、裁断や仮止めはオープンガーデンが終わってからにするよ。手始めに立て札立てて、道も少し整備しなくちゃ。ガーデンセットも納屋から出した方がいいだろ。忙しくなるなあ」

俺は夕べの今日子の残像を振り払うように、わざとらしい大声をあげた。

朝食の後片づけを済ませてから、さっそく庭に出た。鴉が墓の周りの木を集団で占拠している。鷲頭の家の庭と山をねぐらにしている鴉の一族は不思議と女子どもをかまわない。お袋も今日子も鴉を見かけるのは、もっぱら空を飛んでいる時だけだと言っていた。けれど俺が畑仕事や庭の手入れをしていると、必ず墓の近くの木に集まってこっちを見ている。まるで俺を見張るみたいに。きっとオープンガーデンの当日は一族郎党で遠征に行くか、山に籠もってしまうのだろう。

あの鴉の一族の中には鷲頭の家の血を引く雄の鴉がいる。なんの根拠もないが、俺は鴉が墓の木のてっぺんで鳴くたびにそんな埒《らち》もないことを考えずにはいられない。

「せっちゃんの服はもう縫っちゃったのかい」

納屋から古いデッキチェアを引っ張り出していたら、いつの間にやって来たのか、お袋が後ろに立っていた。実家に戻ってからすぐに買ったガーデンセットはやたら重たいうえに蜘蛛の巣だらけで、出すのをやめようかためらうほどだ。

「お袋、ちょっと横のダンボールどけてくれ。まったく日頃から少しでも片づけておいてくれれば、ガーデンセットくらいでこんなに大騒ぎしなくて済むのに」

お袋は質問をはぐらかされたまま、息子の八つ当たりに甘んじているほど柔な母親ではない。

「あたしは自分の道具の手入れや、後片づけもろくすっぽしないで出歩くようなことはしないよ。ここに置きっぱなしの肥料の入ったダンボールや籠は、みんな今日子さんが日頃使ってるものばっかりさ」

俺は仕方なく蜘蛛の巣を摑んだねばねばした手で、錆ついた農具の類いを押しやりながら、やっと納屋の空いたスペースに薄汚れたデッキチェアを運んだ。

「きれえな緑色なんだってね。せっちゃんの洋服の生地。日に当たるとぴかぴか光るっていうじゃないか。まるでチンドンヤの服みたいに」

アトリエに出入りすることのないお袋がどうして節子さんのエメラルドグリーンの生地を知っているのだろう。普段は洋服になんか無関心で、おしゃれは無駄遣いの最たるものだと軽蔑しているくせに、なぜ今度に限って節子さんのドレスに特別興味を示すのだろう。

「いつ、そんな豪勢な服を着るつもりなんだろ。まさか薹《とう》の立った娘の披露宴用でもあるまいに」

買った当初は恥ずかしいほど真っ白だったプラスチックのイスは適当に薄汚れて、庭の栃の木の下にでも置けば意外と見栄えがするかもしれない。

「そんなかさばったもの、どこに置くつもりだい。まさか墓参り用じゃないだろ」

俺の一度の無視くらいで、お袋は退散するつもりはないらしい。手近のぼろ雑巾でざっと蜘蛛の巣を拭いている俺のそばで手伝おうともせず、にやにや笑っている。

「洋裁の仕事が繁盛してる頃はパートのおばさんが、このテーブルで弁当食ったりしていたじゃないか。あの時と同じ場所に置くよ。親父の栃の木の下だ」

俺の掌より大きい透き通った緑の葉と、円錐形の形の花を親父は庭木の中で一番自慢にしていたものだ。「食糧難だった頃、うちの山の栃でこしらえた栃餅がどれほど役に立ったか」と言うのが口癖だった。一度目のオープンガーデンの時はまだ芽吹きの頃だろうが、ゴールデンウィークにはそろそろ花も咲き出すかもしれない。

「そうだったね。ちっちゃい子を連れて来てるパートさんがいて、おまえが枝に渡して取りつけたブランコでよく遊んでた」

当時、お袋はまだ今日子の本当の齢を知らなかった。スタイルがよくて、都会風のシンプルな服ばかり着ていたすっぴんの嫁を息子より数歳上だろうと無邪気に信じ込んでいたのだ。

パートの若い母親が連れて来る幼子を見る目が「庭の急ごしらえのブランコにあたしの孫が乗る日も近いだろう」という微笑ましい予想に緩んでいたことを思い出す。

「どうしても鷲頭の跡取りが必要なら、養子でも取るしかないですね」

母親の甘い期待を今日子が打ち砕いたのも春だった。その後パートに通って来ていた若い母親が辞めて、俺は木が傷むという理由ですぐにブランコをはずした。お袋は一切孫の話をしなくなった。役場に行って今日子の正確な齢を確かめもしなかった。

「栃の木陰で客が弁当でも広げたら、厄介じゃないか。ゴミも出るし」

「いや。オープンガーデンはもともと喫煙や飲食は禁止だ。お茶付きの家は節子さんの庭だけだって。雅史が言ってた」

知らんぷりを決め込んで遠回りこそしたが、お目当ての話題の糸口をお袋が聞き逃すはずはなかった。

「雅史は柄にもなく、久美ちゃんていうオールドミスを狙ってるそうじゃないか。いつだったか、せっちゃんがえらく怒ってたよ。美女と野獣。月とスッポンだってさ。壊れかかった鶏小屋より狭い家に住んでるくせに、ピアノを習いたいなんて言うから、定員オーバーだと断ったと息まいてた」

お袋はほとんど家を離れず庭仕事をするか畑で働いている。家族以外の者と話しているのを見たこともないのに、なぜか近隣の噂や冠婚葬祭の情報に詳しかった。雅史本人がそんな外聞の悪い話をするわけはないから、節子さんから直接聞いたのかもしれない。

「へええ。ピアノ教室とはあいつもよく思いついたね。だけど雅史は見かけによらず歌は上手いよ。カラオケで鍛えてるから」

イスもテーブルもまだべたべたするので、やはり外のホースで丸洗いすることにした。俺が顎を上げてちょっと外を見ただけで察したらしく、お袋もテーブルの端を持って足を踏ん張った。

「春先は風が強い日があるからね。このくらい重くないとすっ飛ぶよ」

向かいの山にも、もちろんうちの山にもずいぶん躑躅が咲き出した。まるで火の手が上がるように朝日が当たって輝いている。二人でテーブルを運んだ栃の木の周りはお誂《あつら》え向きにタンポポの花盛りだ。

俺はつけっ放しにしてあるホースを持ち上げて勢いよく蛇口を捻《ひね》った。飛び散る飛沫《しぶき》をよけながら、お袋が俺に怒鳴った。

「おまえ、この間、公民館に行ったろ」

自分の魂胆はいっさい明かさないくせに、お袋はいつだって俺の急所を押さえる瞬間を逃さない。息子がついうろたえて、本音を口走るまで追求を続ける。物心つく頃からずっとこの手でお袋にしてやられてきた。

「行ったよ。服のデッサンと見積書持って」

そして俺は渡したのだ。タキ子伯母さんの家に咲き始めたばかりの青い薔薇を。『桐生久美の薔薇とノクターンの夕べ』への招待券のお礼に。

「雅史だろ。あることないことチクッたのは。あいつは自分の女房に逃げられてから、仲良く暮らしている家族が揉《も》めるだけで、うれしいんだ。それだけだよ」

ぐらついている折り畳みのテーブルを蹴飛ばしながら、俺は白状するしかなかった。公民館に行ったのはあくまで仕事だ。それ以上のことはいくら雅史でも何も知らないに決まっている。

「他人様の庭をズカズカ歩き回った客を一休みさせるのに、イスを用意するなんて。親切な話だねえ。売るものが何もないからって、いつもの変な音楽を聞かせたりしない方がいいよ。昼寝でもされると困るから」

言うことは言ったと思ったのか、母親は一旦くるりと背を向けて歩き出しておきながら、また戻って来た。

「だけど、夫婦っていうのは似てくるもんだねえ。最初はあんなにうるさがっていたのに、今日子さんはアトリエでおまえが好きな音楽を聞いてたみたいだ。早桃の実に虫が入り込むみたいな変てこりんな曲を夜の更けるまで、ずっと」

(六)　ウタ子

　カイがアトリエに籠もってずっと仕事をしているので、夕食の支度は今日子さんがすることになった。私がしてもよかったのだけれど、カイが「お袋の料理はしょっぱ過ぎて、血圧が上がる」なんて、私に嫌味を言いたいのか、女房のゴマをすりたいのかわからないようなことを言い出したので、苦手な料理を作らなくて済んだ。

「墓参りのついでに、おかずになりそうなものをみつくろってくるよ」

　聞こえても聞こえなくてもいいくらいの声で言ってから、サンダルを突っかけた時、玄関の下駄箱の上に珍しく花が飾ってあるのに気づいた。午後に今日子さんが生けたのだろう。見慣れない大きな壺に日向水木《ひゅうがみずき》とドウダンの大枝が格好よく入れてある。オープンガーデンで見学させるのは庭だけだけれど、おっちょこちょいの見物客が玄関先にひょいと紛れ込まないとも限らない。どっちにしても、庭にこんなに花が咲いているのだから、少しは家の中にもないと釣り合いが取れないと思ったのだろう。

　私はいつものように一日中外仕事をしていたけれど、珍しく今日子さんは午後は畑に出てこなかった。きっと家で片づけ仕事でもしていたのだろう。玄関はもちろん、荷物の積んであった奥の廊下まできれいに掃除が済ませてあった。

花を見たついでに下駄箱の中を何気なく覗いたら、踵《かかと》の高いきれいな茶色の靴が目に入った。近々、どこかへ出かけるつもりなのだろうか。

カイがせっちゃんの娘のことでしらばっくれるのは仕方がないとしても、今日子さんまで私に内緒ごとがあるなんて。もしかしたら、姉さんが何か焚きつけたのかもしれない。どっちにしてもあんまり気分のいいことじゃあない。夫婦と言っても、あの二人は普通の男と女の関係と違うから、カイにはカイの、今日子さんには今日子さんの別々の秘密があっても不思議じゃあない。

夫婦だって、親子だって、姉妹だって、みんなそれぞれに明かしたくない秘密を持っている。ずっと仲良く暮らしてきたお父ちゃんですらそうだった。納屋で倒れた時、私があのブーツを取り上げようとしたら、すごい目で私を睨んだ。夫が女房を見る目じゃなかった。かあーっとして怒鳴ろうとしたけど、気がつくともうお父ちゃんは意識がなかった。

お父ちゃんの秘密だけじゃあない。両親や、お祖父さんの秘密も、お祖母さんの秘密もみんな墓が抱え込んでいる。代々の土葬のせいで鷲頭の家の庭は特別きれいなんだと噂してる者もいるが、身体が腐って朽ちただけの肥料じゃあない。一緒に埋められた先祖のそれぞれの秘密が、特別きれいな花を咲かせる栄養になっているんだということを私はよく知っている。

だからこそ鷲頭の家は必ず受け継がれていかなきゃあならない。売ったり貸したりして、掘り起こされてしまったら一体誰がこの庭と秘密を守ってくれるというのだ。母親の栄養失調のせいで、生まれてすぐ死んだ弟も、他にもいたであろう水子の骸も、何よりもお父ちゃんが最後までしがみついていたあのブーツの埋まった墓を、決して暴いたり、晒しものにしてはならない。

夕食の支度の最中なのに、台所の方から食べ物の匂いも流れ出してこないし、野菜を切ったり水を流したりする物音ひとつ聞こえない。明かりはついているものの、カイが仕事をしているアトリエからも今夜は音楽どころか、プレス機やミシンの音も一切漏れてこない。

もしかしたら、あの二人はここを出て行くんじゃあないだろうか。一緒に住んでもう十年以上経つのに、私の胸の不安は消えたことがない。

特に春、特に夕方。だからつい心細くなって、墓参りが今時分になってしまう。庭が暮れて、あの世もこの世も境界線が曖昧になる時刻。山と墓と庭と家が地続きのひとつの世界になって、ずーっとそれは変わらないと信じられる。この景色だけが私の不安を一時宥めてくれる。

齢をとると耳が遠くなるはずなのに、私にはまだひとつ山を隔てた線路を走る電車の音がちゃんと聞こえる。遠ければ遠いほど冴えて、澄んで聞こえる。坂の方から聞こえる自転車のブレーキの音。子どもの歓声。鴉の鳴き声。それなのに、カイや今日子さんのいる場所はしいんと静まったままだ。振り返ったら、自分の家も、カイも今日子さんもみんないなくなっているんじゃあないか、そんな気さえしてくる。

向かいの山から夜になっていく。朝には一番咲きの朴の花がよく見えた。白い花は大体高く咲く。辛夷《こぶし》も深山蓮華《みやまれんげ》も。やがてあちこちに山藤の紫の滝が現れれば、いよいよ山のお祭りが近づいたという印だ。樹木は白っぽい柔毛《にこげ》から薄緑の拳を開いて、青磁や浅葱や数々の緑の手で万歳するみたいに賑やかになる。

このあたりはまるっきりの山国というわけではないが、テレビなんかで見ているとやっぱり都会より一ヵ月は春が遅い。ゆっくり来た分、いっせいに芽吹きが始まり、花が咲き出すのは信州あたりとそう変わらない。

庭仕事は春が浅いうちに片づけることだ。野山が本格的に賑やかになると、田畑の仕事がいっぺんに増える。畝を起こして、種を撒いて、苗の植えつけが始まる頃には下草取りに追われる。田水が張られて、代掻《しろか》きが終わる頃はもう花の終わった果樹が次々と実をつける。昼が一番長い夏至の頃まで休む間もないほどだが、一年間で野良仕事が特別楽しい季節でもある。花見にうつつを抜かしていると、豆畑では蔓がするする伸びて、あっと言う間に散った花の先に莢《さや》が膨らむ。摘んだそばから様々な菜がほきてくる。

梅を採って、漬けて、李《すもも》に袋をかぶせていると、栗の花の匂いがあたりいっぱいに広がり始める。川幅が狭くなるほど草の繁った岸にアヤメが咲く頃、ちょっと遅い新茶摘みをして、田水はそこら中できらきら光る。まったく春ほどここに生まれて、ここで死んでいくことがうれしい時はない。

「あんたのところは手が足りてて、いいねえ。赤ん坊や小さい子がいないから、足手まといもないし」

やっかみとも皮肉ともつかない言葉をあちこちでかけられるのはいつもこの頃だ。確かにカイも今日子さんも子を作らなかった。作れなかった。多分作ろうと努力したこともなかったのだ。

お父ちゃんの通夜の夜、納屋の中でカイの顔をふいに懐中電灯で照らした時、私は何かわかった気がした。息子は父親にそっくりだった。カイが生まれるとわかった時のお父ちゃんと瓜二つ。しまったという顔。すぐにここから逃げ出したいって顔。鷲頭の家のことなんかこれっぽっちも考えたことのない顔。切羽詰まった表情には怒りがあるのに、罠にかかった獣のような観念した目をしていた。潔いけれど、卑怯な顔。正直だけれど、冷酷な顔をしていた。つまりカイは正真正銘、私とお父ちゃんの子どもだった。

四月の終わりになってからも、陽が落ちた途端、山からはただならぬ冷気と湿気が流れてくる。山の息のように、吐いては吸って、母胎のように山は大きくなる。

子どもを生まなかったからって、私は今日子さんを恨んだことはない。嫁を恨めば、息子を恨むことになる。自分の子を恨む母親なんて本当にいるのだろうか。いつだったか二人で山グミの実を摘みに行った時、今日子さんがぽろりと言った。「男の子でなかったという理由だけで、母親はずっと私を恨んでいました。だから私も母の子どもとして生まれたことをずっと恨んで育ちました」と。

今日子さんが自分は子どもを生まないと決めたのはこのことが原因だったのかもしれない。母親の業ってものがどれほど深いか。今日子さんの母親を責められやしない。私だって、もしカイが女の子だったら、せっちゃんよりもっと狡く娘の結婚を画策していたに違いない。

春の陽のぬくさも柔らかさも嘘のように、墓石は冷たく黙っている。墓参りに来て言うのも変だけど、墓石も戒名もみんな儚いもんさ。もともといい加減で消えやすいもんなんだ。氏も素性も、この世の名前も来世の名前も、生きてきた歳月もみんな儚い。

名前や年月日は、覚えている人が生きている間だけのほんのかりそめ。私が実の姉を追い出してまで、ここにしがみついているのは言葉や数字じゃあ残しておくことの出来ないもっともっと大事なことのためだ。

やがて、長い間埋められていた秘密が芽吹いて、秘密に花が咲く。花も木も特別きれいなのはそのためだ。誰にも知られず守り通して、自分の命と一緒に葬られる。そんな秘密だけが真実ってもんじゃないだろうか。

　死んだ者を責めることも恨むこともないよ。お父ちゃん、どこにも行かせない、ずっとここにいてと泣きくどいたり、脅したりしないから、また今年も自慢のブーツを履いて出ておいでよ。あんたが大切にしていた栃の木も、好物だった李もじきに花が咲く。

　私があんたを見初めたのも春だった。まだ父親の後をついて歩く繭商人の小僧っ子。当時鷲頭の家はいっぱしの養蚕農家だったから、春先から秋蚕の繭が採れるまでずっとあんたは父親にくっついて、あちこちの養蚕農家を回っては繭を買いつける仕事をしていた。仕事といっても当時の繭商人は店も蔵も持たない。問屋や生糸屋に直接売りつける渡りもんのような扱いだった。

　一雨来そうだからって、桑の葉採りに駆り出された時だった。早苗田で大人たちが畦仕事をしている道をあんたは父親と一緒にやって来て、「どっから来たの」と私が話しかけると、「きりゅう」って答えた。桐生なんて、後から思えばそれほど遠い所でもないのに、世間に疎い私は「きりゅう」っていうのが、龍でも住んでいる異国の土地のように思えた。

　一方が死んでも一方が思い出す。勝手に偲んでも、死者は口答えも言い訳も出来ない。私があんたを見初めて、無理やり鷲頭の婿にした。それでよかったことにしておくれ。婿にしただけじゃあ安心出来なくて、すぐに子を身籠もった。跡取りさえ生んでしまえば、ずっと鷲頭の家にいられる。あたしの狭い料簡を堪忍したことにしておくれ。

お父ちゃんが本当は渡りもんの仕事が気に入っていたかもしれないなんて。あのブーツを見るまで私は考えたこともなかったんだもの。

カイはこの鶯頭の家を一体どうするつもりだろう。心底自分の代で絶えてもいいと思っているのだろうか。今さら何を弱気なこと言ってるのって、墓の下の先祖は私を叱っているだろうか。心配しているだろうか。和歌お祖母ちゃんはどっちでもいいよ、と笑っているかもしれない。

「莢隠元はちゃちゃなものしかなかったよ。おつゆにでも入れるかい。葱はまだこんないいのがあったから、幾本か抜いてきた」

墓参りから帰ると卓袱台にはもう夕餉《ゆうげ》の皿が並んでいたけれど、カイの姿はなかった。

「ほんと、美味しそうな葱。明日は肉豆腐にでもします」

手を洗ってから、今日子さんと向き合って食卓についても、まだカイはアトリエから出て来る気配がない。

「夕飯くらい一緒に食べればいいのに。そんなに忙しいわけでもないだろうに」

「ええ、でも一旦仕事にかかると、潮時ってものがありますから。途中でほっぽり出すわけにもいかないんですよ」

今日子さんはエプロンをはずすと、当たり前のように勝手に箸を取った。まったく、嫁としてとり成したり、宥めたりする愛想というものが欠けている。口癖になっている愚痴や甘え半分のわがままでも、あっさり受け止めてそれっきり。一緒に仕事をする時には都合がいいが、そんな性分が家族としてちょっと寂しかったり、味気ないと思うこともある。

「せっちゃんの服、どのくらい進んでるのかねえ」

意地悪や皮肉に聞こえないようにさりげなく聞いた。

「さあ。私は最近仕事に関してはノータッチだから」

「だけど今日子さんの方がカイなんかよりよっぽどいい腕持ってたんだろ。引く手あまたのデザイナーだったって言うじゃないか」

今日子さんの茶碗の中には鳥の餌ほどのご飯が入っているだけだ。小松菜のお浸しと鯵の干物の半身をおかずにすればすぐに空っぽになるくらい。滅多におかわりもしなければ、おかずを平らげることもない。以前はこれほど少食ではなかったと、今さら気がつく。

「いい腕なんて持ってないですよ。ただ齢を食ってただけ」

嫌味や皮肉にムキになったり、不機嫌になったりしない透明の仮面。どんな場合でも通用する身に添った世知。それは不器量ではないけれど、愛嬌もない今日子さんに似合いの見えない鎧《よろい》だ。

いつだったかカイが「今日子の裁断の見事さは天性のもんだ。俺なんか一生かかってもかなわない」と言っていた。縫うよりも、装うよりも、断つことに秀でた技を持つ女なのだろう。今日子さんの無駄もなく、親切でもない性質は、仕事をすることによって培われたのかもしれない。

「ウタ子さん。どうしてそんなに節子さんの服に興味があるんですか」

慌てて小松菜をお膳にこぼした。拾いながら顔をうつむけて思った。ここで視線を逸らしたら思う壺かもしれない。

「だってあたしと同じ年寄りなのに、ずいぶん派手で金回りがいいだろ。最近特にそうなったって噂だからさ」

今日子さんは納得がいったのかいかなかったのか、返事もしないでそのまま席を立った。

「私、来月に一週間ほど実家に帰ってこようかと思うんです。母も齢だから。ずっと放りっぱなしってわけにもいかないし」

「お母さん、具合が悪いんじゃないんだろうね。私よりだいぶお齢だし」

年寄りらしい無難な応対をしたものの、正直な返事が返ってくるとははなから思っていない。ろくすっぽ実家に行ったことのない人が、一週間も里帰りするなんて。やっぱり何か隠しごとがあるのだと、玄関の靴を思い出していた。嫁が秘密に何かしようとする時は必ず里帰りが煙幕になる。頭のいい今日子さんでも、普通の嫁と発想はさして変わらない。

「茶摘み前にちょうどお茶がなくなりそう。一ヵ月もすればここの新茶が飲めますね」

里帰りを打ち明けて胸のつかえが取れたのか機嫌のいい顔で、薄いお茶を淹れた湯呑みを並べた。

「今年もきっと上出来だよ。今夜もたくさん霧が下りてた。寒暖の差と朝露がお茶の木に念入りに魔法をかけるからね。お父ちゃんが生きている頃にもっと茶畑を増やしておけばよかった。鷲頭のお茶を売ったら、姉さんとこの苺ジャムの比じゃあない。けっこうな金儲けになったろうに」

「ええ、オープンガーデンで試飲販売すれば、大繁盛だったかもしれませんね」

愛想のない顔に笑い皺が寄ると、途端に五歳ほど今日子さんの顔が若返る。ふと、この人がカイの子どもを産んでさえいればすべてが変わったはずだと、胸が悔しさとせつなさでいっぱいになる。

お父ちゃんは最初、子どもの誕生を喜んではいなかったけれど、そりゃあカイを可愛がった。母親に勝るとも劣らない甲斐甲斐しさで息子を慈しんだ。だから子どもが生まれればカイだって変わったはずだ。私は時おり、バカな姑根性をむき出しにして、「孫を産んで」と今日子さんを揺すぶってせがみたくなる。

気がつくと今日子さんが私の顔をじっと見ていた。

「ウタ子さん。家の庭には白木蓮の木がないのは、どうして?」

「どうしてと言われても。そりゃあどんなに鷺頭の庭が広くっても、植物園じゃあるまいし、すべての木を植えられるわけじゃない。山には朴もあるし、四手辛夷もある。じきに泰山木だって蕾を持つよ」

「同じ白い花木だけど、全然違う。白木蓮って、不思議な散り方をするんですね。まるで秘密を吐き出すみたいな」

まるで独り言のように呟いて、今日子さんはそれっきり口をつぐんだ。


年寄りの夜は安気に眠たいか、悩ましさが煎じきって苦しいか、そのどっちかと相場が決まっている。もう夜中の二時を回っただろうに、一向に眠りのとば口さえ見えてこない。そのくせ、頭を占めている悩ましい渦の正体がどうもはっきりしない。起き上がろうとする墓や、暴く途中の泥の山や、積もった白い花が舌の形になって叫び出したりする。うとうとしたと思ったら、お父ちゃんのブーツが頭の中を歩き回るし。カイが聞いている音楽が地響きみたいに天井に轟《とどろ》いたりする。

「白木蓮って、まるで秘密を吐き出すみたいな散り方をする」なんて、今日子さんの謎かけのような言葉が、この不思議な夜のきっかけを作ったのは確かだ。

散る時に秘密を吐き出す舌のような白木蓮を一体どこで見たのだろう。うちの庭に白木蓮がないのを確かめて、今日子さんはあの木を植えようとしているのだろうか。花が散る時に彼女が吐き出させたがっているのは、鷲頭の家のどんな秘密なのだろう。

それともカイに対する遠回しの嫉妬か。私への皮肉か当てこすりだろうか。

生きてる人間の心の底は得体が知れない。死んでからだって皆目わからないことには違いないけれど、生きてる人間の方は毎日気分が変わり、明日になってみると疑心が晴れたり、どんなに忖度《そんたく》してもみんな無駄になったりするから始末が悪い。

死んでしまった亭主はもちろん、息子も嫁も誰一人心の底から親しむことは出来ない。本当を言うと、毎日墓参りをしても、仏壇に手を合わせても、心の平穏なんて得られはしない。ただの気休めと習慣、と白状したところで別段罰当たりなことにはならないだろう。

私の頭の中にふっと姉さんの顔が浮かんだ。昔から痩せっぽちだったのに、姉さんは中学生の頃までガキ大将で、男の子でも怯《ひる》むような大胆なことをしては母親の肝を潰させていた。滝壺で泳いだり、鉄橋を渡ったり、山に出かけて夜まで遊び呆けていたり。四歳違いの私なんか足手まといだと言わんばかりの腕白娘だった。姉さんこそが鷲頭の家の跡取りにふさわしいと私はずっと思い込んで生きてきた。それなのに、どこでどう歯車が狂ってしまったのだろう。

すべてが取り返しのつかないこと。済んでしまった過去のことだとよくわかっているけれど、昔に向かって私の思いが動き出すと、たったひとつの巌《いわお》みたいな事実だけが近づいてくる。私にはまだ姉さんがいる。

姉さんに会いたい。と実家を遠く離れた女の子のように慕い寄る気持ちが込み上げると、悩ましい霧も迷いの渦も消えて、眠りはいつの間にかすぐそこにきていた。

(七) 今日子

オープンガーデン当日。風がとても強い。乾いた南風が家の周囲に吹き荒れている。今日に備えて一応玄関周りや、庭の道沿いをカイが念入りに掃除を済ませたのに、朽葉に混じって花や枯枝までが、まるでからかうように舞い上がっては散らばる。土埃で視界が悪いほどだから、きっと杉の花粉も盛大に舞っているだろう。東京では今時分になるとマスクなしではオフィスに辿り着けないほどひどい花粉症だったのに、その発生源のど真ん中に住んでから、アレルギーはぱたりと出なくなった。

お気に入りの白雲木が盛大に揺れている。名前の通り花序が雲を吐くように白く煙るのも間近いだろう。菩提樹もエンジュもふんだんな緑の髪をときほぐしながら風を抱き込んで膨らむ。

私は風の吹いている光景が好きだ。木が縦横に揺さぶられる様子も、銀の鱗に似た葉裏を光らせて山がのけ反るように動くのもいい。草原がいっせいに波立つ様子を見ると興奮でぞくぞくしてくる。整然と静かに佇んでいるものなど何もない騒乱の光景はそそのかすような誘いに満ちて、旅立つ日の高揚感で私を満たす。

風の渦があちこちに出来て、庭と畑にある二つの納屋のトタン屋根が鳴っている。傾げた納屋が草原に漂う小船だとしたら、築百年近い母屋はまるっきり破船だ。それともこの家は大海原に出ようとする泥船なのか。母屋にかろうじて繋がっているカイのアトリエは破船を捨てて行こうとしている救命ボートみたい。そんな無責任な連想が自由に膨らむ。

見えない巨人が踏み荒らしたように庭も畑もめちゃくちゃになっている。豆畑の支柱は倒され、蔓はちぎれ、ビニールシートがめくられて風に鳴る。こでまりも山吹もたわむだけたわんで、花びらは吹き散らされてひとひらも残っていない。

これほどの強風では古色蒼然の墓石も無事では済まないだろう。朽ちかかった塚の苔がはがされてあちこちに散らばり、山から吹き飛ばされた小石が傾いだ墓を直撃している。もともと鷲頭家の墓の大半は近隣で採石される石を墓石にしている。元来はがれやすい石は時が経つにつれて、ますます薄くあちこち毀たれている。

「まったくひどい天気になったもんだ。客が少なくて、雅史はさぞかし頭を抱えていることだろうよ」

背後からウタ子さんが、笑いを含んだ声で言う。

「そこら中の窓も庭もみんな埃だらけ。送迎用にぴかぴかに磨いた雅史の紫の車も土埃をかぶってるだろう。かわいそうに」

朝食の直後だというのに、緩慢で確実な眩暈の兆候がじわりと足元から立ち上がる。風によろめいて、ウタ子さんのそばに寄った。

「あんた、どっか悪いんじゃないの。ここんとこ、えらく痩せたよ」

アンタなんて呼ばれて驚いて、ウタ子さんの顔を見上げたらぐっと左腕を摑まれた。

「こんな薄っぺらな身体じゃあ、風にあっさり持っていかれそうだ」

最近は眩暈の前後に感じる心の弱さと甘えを自分でも自覚するようになっている。私は摑まれた腕の方に重心をかけ、自分より十センチは背の低い年寄りの身体に寄りかかる形になった。

「私がカイを産んだのも、こういう嵐みたいな風の強い日だったよ。忘れもしない。井戸の蓋がずれて、お祝いに来た親戚のもんが大騒ぎしたから」

「井戸の蓋？　墓石がずれたんじゃなくて、井戸ですか」

私はいつも鷲頭の家について尋ねる時の、すこし冷やかし気味の調子で聞き返した。ここに住んでもう十五年以上経つのに、井戸の話など聞くのは初めてだった。

「井戸だよ。まあ、墓と同じようなもんだけど。深くて、暗くて、湿っぽくて。一度入ったら、出てこられない」

タキ子伯母さんは整った顔立ちをしているから正面から見てもきれいだけれど、ウタ子さんは断然横顔の方がいい。大き過ぎる鼻と細い目が右も左も半物ずつだととても立体的に見える。頬骨が張っていて、厚めの唇がゴーギャンの描いたタヒチ島の女に似ている。

「どこにあるんですか。井戸の跡。水はとっくに涸れているでしょうけど」

風が力任せにブローするようにウタ子さんの髪を持ち上げる。日に焼けた額の上に白っぽい頭皮が珍しい果実のように産毛で覆われている。毎年春が来て、草木がいっせいに芽吹くとウタ子さんは若返る。カイを産んだ頃の若い母親の相貌を風がかぶせていくように。

「柘榴の木の近く。やっ、胡桃の木だったかもしんない」

答えながらウタ子さんの視線はあちこちに逸れる。忘れるはずはないのだから、多分私に教えたくないのだろう。

「雪の下が咲くよ。ドクダミも。そうすりゃあ、もっと詳しくわかる」

「オープンガーデンのお客さんに危険なんてこと、ないですよね。知らずに子どもが落ちたりしたら、危ないじゃあないですか」

「子どもなんか入れないよ。庭にも畑にも」

雅史が聞いたら目をむいて怒りそうなことを私たちは喋り続ける。その間も凪は勢いを増し、ますます狂暴になっていく。ごうごうと山全体を揺り上げ、庭には風の波濤《はとう》が押し寄せては返す。

「椎茸の原木も将棋倒しだろうし、花屋の店先みたいなちゃちな鉢植えは叩き潰されてめちゃくちゃだ。薔薇のアーチなんか真っ先にぺちゃんこさ」

冠婚葬祭以外はほとんど家にいて、新聞も読まないし、電話で長話もしないウタ子さんの情報源は概ね、役場が定期的に出している「今月の町便り」の類いである。オープンガーデンは初の試みだから、役場も農協も商工会も力が入っていて、庭のマップまで配られたから、きっと仔細に読んだのだろう。

ウタ子さんの悲観的な観測を裏づけるように、ばさばさと断末魔のような荒い呼吸をしていたシートの一枚が、私たちの眼前を巨大な烏賊のような格好で飛ばされていく。

「井戸の蓋が動く」

まるで呪いのような言葉を残してウタ子さんが家の中に引き上げて行ったのと入れ違いにアトリエの方から初めて耳にするクラシックの曲が流れてきた。

「井戸のこと、知ってた？」

凪の音は開け放ったアトリエにも自由に往来している。いつもよりずっと大きな声をあげて、カイに聞いた。

「知ってるよ、もちろん。山の湧き水が溜まるんだ。冷たくて上手いよ。蛍の味がする」

「えっ、カイは蛍食べたことがあるの」

「ある。正確には蛍のついた瓜だけど。飲み込んだら腹が光るって言われた。腹は光らなかったけど。瓜も井戸の水も上手かった」

節子さんのドレスにつけるのだろう。シフォンらしい一巻きがプレス機のそばに立て掛けてある。襟と袖口に翡翠《かわせみ》の羽のように透き通ったシフォンをたっぷりあしらったら、大胆に開いた白いデコルテに映えるに違いない。

「そんなにいい湧き水だったら、なぜ塞いじゃったの」

スチーム台に肘をついたままで、カイは振り向かない。百番手らしい細いエメラルド色の糸が首筋と背中に三本くっついている後ろ姿は、彼自身が緑の糸で縫われた操り人形のようだ。

「私、井戸の跡でもいいから見たい。教えてよ、場所」

「ずっと前のことだ。涸れちゃったよ、きっと」

これ以上何も聞かれたくないし、喋りたくもないと思っている面倒臭そうな声だった。きっといい加減お喋りを切り上げて、私に立ち去って欲しいのだ。アルコール依存症の患者が家族に酒を飲んでいるところを見られたくないように、音楽に耽溺《たんでき》している自分を誰にも見られたくないのだろう。風の一陣が私の背後を唆すように過ぎていく。

「春の嵐で井戸の蓋が動くってウタ子さんが言ってたのよ。それって、何か悪いことが起きる前兆ってことじゃないの？」

何にもこだわらない、物わかりのいい年上の女でいることがたまに、地団駄踏むほど嫌になる。うるさがられてもかまわないし、扱いにくいと思われても結構。開き直るように思うたびに、頭の中に公民館で見た青色の薔薇が点滅する。

「しつこいなあ。知りたいことがあるなら、お袋に聞けばいいじゃないか。いちいち俺の所に来ないで」

楽章が変わって、一度途切れた音楽がまた始った。最初はピアノの嫋嫋《じょうじょう》とした流れに見え隠れしていたヴァイオリンが浮上して、旋律をリードするように激しく鳴る。弦を離れた矢が風を切って進むような緊張を孕《はら》んだ音がうねる。

「ウタ子さんじゃなくて、カイに聞いてるの。私に教えたくない理由でもあるの」

きちんとした返事でなくてもいいのだ。振り向くとか、首を振るといった仕草だけでも気が済むのに、カイはかたくなに背を向けたまま無視している。まるでもうとっくに、私がいなくなった後のように。

「もしかして、井戸で誰かが死んだんじゃないの。事故か自殺。だから塞いだのよ、きっと。

井戸と墓は似ているって、ウタ子さんも言ってたもの」

聞こえないふりをさせないように、耳近くで怒鳴るように言った。

「どうだっていいじゃないか。そんなこと。井戸だって墓だって家だって、どうせ俺たちが死ねばみんななくなる。今だけのことだ。みんな」

今だけのこと。そんなこと、よくわかっている。カイが私を選んだのも、ここに住むために籍を入れたのも、今だけのため。過去のことも未来のことも、何ひとつ責任を負いたくない。家族にもならず、子も生まない。十歳年上の女の生死を引き受ける気など最初からないことくらい私だってよくわかっている。

「いやな音ねえ、このヴァイオリン。聞いているとイライラしてくる。消してよ、CD。このまま聞いていると発作が起きそう」

音楽の美しさが際立てば際立つほど、どうしようもなく私たちの間は分断され、亀裂は決定的になる。不安が掻き立てられ、理由のはっきりしない怖れと興奮がどんどん増殖していく。

「ああ、いやだ。この音の擾乱は外の嵐より始末が悪い。心が振りきれてしまいそう」

耳を塞がなかったら何かが決壊してしまいそうだった。いっそ決壊してしまったら、日常的になったしつこい眩暈も、胸の圧迫感もパタリとやむに違いない。その時きっと今日子という滅びやすい名の女は、確実に消滅するのだ。

「うるさいなあ、いい加減にしてくれ。最高の気分で聴いてるのに、なんで止めなきゃあならないんだ。ルービンシュタインのピアノとシェリングのヴァイオリン。奇跡のような演奏、最高の組み合わせじゃないか」

「そんなこと関係ない。聞きたくないの、これ以上。それだけよ」

滅多に張り上げない声が我ながらみっともないほどヒステリックに響く。それでもカイはエメラルドグリーンの生地の上に置いた手をぴくりと動かしただけで、私の懇願など聞こえないかのように背を向けたままじっとしている。

アトリエの窓には颪に身をよじる木々の姿が映っている。木のてっぺんに止まりそこねた鳥の影が尾っぽのある礫《つぶて》のようにさーっと降下していく。

こんなふうに私は蓋の開いた井戸の底に真っ逆さまに落ちていくしかないのだろうか。考えてみるまでもない。カイはいつだって私のぎりぎりの悲鳴を無視し、致命的な危機から目を逸らし続けてきた。騙した時も、騙した後も、ずっと。

「こんなにいやだと言ってるのに。消してよ。さんざん私を騙したんだから、ひとつくらい言うことを聞いてくれてもいいじゃないの」

罵っているのか、甘えているのか自分でもわからない。音楽に掻き立てられた心は藁半紙《わらばんし》のようにたやすくめくられて、言葉が私の口をついて出てくるのだ。

「ばかばかしい。そんなにここがイヤだったら、出ていけばいいじゃないか。帰る所なんかないくせに」

帰る所なんかなくても、もうへっちゃらなのだと唐突に悟って、私は立ち上がった。あれほど心を掻きむしられるようだと感じた音楽がすーっと静まって、低いピアノの音色がむしろ慰撫するように胸に触れた。

帰る所なんかなくてもへっちゃらだったけれど、当面行く所がなかった。

私は着替えもせず、エプロンをはずしただけの格好で、土間から自転車を引っ張り出した。やみくもにペダルを漕げば、とりあえずここから逃れられる。自転車を走らせているうちに少しは気持ちが落ち着くだろう。何かまとまった考えが浮かぶかもしれない。カイの言葉に追われたわけでも、怒りに任せて出て行こうとしているのでもない。庭にいても、母屋にいても、鷲頭の家にいる限りあの音楽が耳につき、私を取り囲み、心を不安と新たな怒りで苦しめるのだから、ひとまず家から離れることだ。

風の圧力が私の感傷を引きちぎり、加速するスピードとともにわだかまっていた恨みのようなものを吹き散らしていく。今さら何を惑乱することがあるだろう。騙されたといっても、カイが勝手に利用した私の人生なんて、もともとちっぽけなものだった。裏切りと引き換えにもらった報酬を私は充分味わった。鷲頭の家での十五年間でそれをすっかり、使い果たしてしまったことに気づいただけなのだ。

残った臓腑を風の餌に差し出すつもりで胸を広げ、私は深々と深呼吸をした後、タキ子伯母さんの家に行く長い坂を一気に駆け下りた。


意外なことに、オープンガーデンのマップでは二軒目になる「ジャムと蜂蜜が買える庭」にはすでに客の姿があった。

「すいません。入場時間の二十分前から来てしまって。お父さんもお母さんも気が早くって」

一見してすぐに親子だとわかる三人組を相手に、薄いピンク色のエプロンをかけたタキ子伯母さんが、風に吹き飛ばされそうな髪を一生懸命撫でつけながら、熱心に相手をしている。

「あら、今日子さん。来てくれたの。グッドタイミング」

私が自転車を置くと、タキ子伯母さんがテーブルの上にあったお揃いらしいエプロンをさっと押しつけた。

「こっちは蜜柑。こっちはエンジュ。この小さい瓶は栃の花の蜜。ジャムは苺と梅。柚子のマーマレード。瓶の底に賞味期限が書いてあります。値段も」

まるでもう何年も売っているように手際よく説明している。客がいちいち持ち上げて瓶を透かして見るたびに、置いてあるマップが風に飛びそうになるのを、伯母さんは笑顔のままで、はっしと押さえる。

「もちろん蜂蜜の味は花によって全然違います。あっ、今日子さん、台所から試食用のビスケットとスプーンが乗ってるお盆があるから、持ってきて」

春の嵐で客は来ないだろうと高をくくっている鷲頭の家の様子がちょっと気にはなったけれど、グッドタイミングと言われては、もう後戻りは出来ない。

タキ子伯母さんの庭はオープンガーデンを引き受けた十軒の庭の中で一番狭い。白根さんが近所で植木市があるたびに買ってきた苗木と、伯母さんがあちこちから株分けしてもらった花木や宿根草などが中心で、一番古い桐の木でさえ、鷲頭の家の半分の太さだ。ただ田舎のよく見かける庭のように石や松が配されたり、畑があったり球根の花壇があったりとごちゃごちゃ入り混じっていないから、すっきりとモダンに見える。草花には高低差をつけ、配色も揃え、春夏秋冬花が途絶えないように作ってある。

「よかった。今日子さんが来てくれて。だって、こんなに風があったら、商品がみんな埃だらけになるし。どうしようかと困っていたら、もうお客さんが来ちゃったの」

客が帰った後、蜂蜜とジャムでべとべとになった机を拭き終わると、伯母さんはおつりと売上金を入れてある缶をうれしそうに引き寄せた。

「あの娘さん、楓の新芽も知らないの。可愛い花ですねえ。だって」

「でも伯母さん、いいお客さんよ。ジャムと蜂蜜を三つも買ってくれたんだから」

「ほんとね。瓶が重いから、庭はあと二つくらい見たら、帰るって言ってた」

タキ子伯母さんはオープンガーデンが始まる寸前、鷲頭の家の庭をほっぽり出して私がここに来てしまったことについてはまったく触れない。質問をしたり、遠回しに探りを入れたりもしない。カイもウタ子さんも概して鷲頭の家の人間は多くを知りたがらない。詳しく知っても仕方がないという姿勢は諦めや忍耐ではなく、消極的な攻略法なのだということを私は彼らから学んだ。


いくつも坂を下り、風を切って走ったせいで、突風の領域を知らずに脱したのだろうか。朝方よりもだいぶ風の勢いが弱くなった気がする。食べ残したパンを缶にしまったりしていたら、居間で電話が鳴った。

「きっとカイよ。今日子さんはこっちで借りるって言っておかないと」

エプロンのリボンをはためかせて家に入ったタキ子伯母さんはすぐに、新しいバスケットを抱えて戻って来た。

「カイじゃなかった。ご用心の雅史さんがお客様を連れて、来るんだって」

補充の蜂蜜とジャムの瓶をバスケットから出しながら、初めてタキ子伯母さんは私に何か尋ねたそうな顔をした。

「伯母さんは鷲頭の家にある井戸のこと知ってますよね」

カイとの夫婦喧嘩の発端は省いて尋ねた。もしかしたら、井戸はタキ子伯母さんの庭にもあるのかもしれないという気がして、視線が桐の木のある方へ逸れる。

「井戸のこと、誰に聞いたの？」

申し合わせたように伯母さんの視線も桐の木のあたりで止まった。

「ウタ子さん」

答えた途端、どこかで待機していたかのように風が隊を組んで庭に押し寄せてきた。植栽の種類や庭の規模によって、風の勢いも変わってくるのかもしれない。さわさわと波立っていた風はさざ波となって、吸い込まれたように足元の花韮《はなにら》を揺らして消えてしまった。

「あっ、お客様が来たみたい」

タキ子伯母さんは心持ちほっとしたように言って、いそいそと私のそばを離れた。

「ジャムは白根さんの手作り。蜂蜜はこれから案内する養蜂家が作った天然のものですよ。純度百パーセント。だから、病人や赤ちゃんにはあげないで下さいね。刺激が強いから。美肌と若さを求める女性専用でーす」

三十代から六十代らしい女性四人に、なるべく平等に見えるように雅史は笑顔を振りまく。

「ロイヤルゼリーを食べてるみたいなものだから、お婆さんはきれいな肌なのね。羨ましいわ」

私と同年輩らしい客が口を滑らしてしまってから、しまったというような顔でちぎったパンに蜂蜜を塗っている私の方を見た。七十代の主より、手伝っている女の方がどう見ても老け顔だという事実に気づいたらしい。

「ありがとうございます。娘は東京にいて、蜂蜜食べていませんからねえ」

タキ子伯母さんが動じる気配もなく応じたので、雅史の方が面喰らった顔をしている。

「せっかくオープンガーデンに来たんですから、試食と買物は後にして、庭を一回りして下さい。一軒目の庭は典型的な日本庭園でしたけど、白根さんの庭は明るくて、可愛い感じですよ」

エニシダの金色の花に歓声を上げ、まだ蕾のリラの匂いを嗅ぎ、スノードロップが満開の庭を賑やかに遠ざかっていく四人組を目で追いながら、雅史が伯母さんに上機嫌で話しかける。

「大成功だね。オープンガーデンなんて言っても結局花より団子。試食と買物がセットなら鬼に金棒。カイの所も気取ってないで、何か売れればよかったんだよ」

雅史の嫌味など聞こえないふりで、私は蜜柑の花の蜂蜜をたっぷり乗せて、試食用のパンをつまみ食いした。

「タキ子伯母さん、蜜柑の花の蜂蜜って意外とあっさりしてて美味しい。帰りに私も買っていこうかな」

「もちろん。アルバイト代に全種類あげる。現物支給よ」

蝶が飛んでいると大騒ぎしながら、四人組が代わる代わる写真を撮り合っているのを目に止めて、雅史が慌てて近づいて行く。

「あわよくば、写真を送るとか何とか言って、一番若い人の住所かメールアドレスでも聞くつもりなのよ。ご用心、ご用心」

ついでに自分も試食用のパンを取って、年寄りとは思えない勢いでタキ子伯母さんがむしゃむしゃ食べ始めた。

庭を見て回るのは二十分、試食と買物に十分。来た時と帰る時の挨拶とお喋りで合計一時間弱。四人の客が雅史の軽自動車に乗り込んで帰った後、客慣れしていない私たちはぐったり疲れてしまった。

「口の中がジャムと蜂蜜でべとべとするし、顔中埃だらけでざらざらしてる。ちょっと家の中で休憩しよう。お客さんの姿が見えてから出てきても大丈夫よ」

伯母さんの提案で、ジャムと蜂蜜の瓶を置きっ放しにして、私たちは庭の見える居間に引き上げた。

「この風じゃあ、マップ通りにガーデンを見て回る客なんかいないね。お目当ての庭をいくつか見て、写真撮って、直販所で買物して、三時頃にはみんな帰っちゃうよ」

伯母さんは作り置きの麦茶をコップに注いで、雅史が直販所から持ってきた草餅の袋を開いた。つきたてなのだろう。餅はまだむっちりと柔らかい。オープンガーデンに来る客用に少し甘みを抑えてある草餅は蓬《よもぎ》のいい匂いがした。

「村興しより、観光客の落とす現金の方が私たちには有難いんだから。商品さえ売れれば春の嵐もまんざら悪役ってわけでもないね」

庭の方をちらちら見ながら、伯母さんが二つ目の草餅に手を伸ばす。

「鷲頭の家は奥から二番目だからまだ客は少ないでしょうね。試食も売るものもないし。あるのはお墓くらいのものだから」

さりげなく相槌を打ったつもりだったのに、草餅に伸ばした手を引っ込めて、伯母さんが私を正面から見た。糸切り歯に粒餡が挟まっている顔が、ちょうど同じ場所に歯が一本ないウタ子さんの顔と余り似ていたので驚いた。

「井戸の場所、ウタ子は教えなかっただろ。墓のある場所からちょっと下った所にトネリコの木がある。ドクダミやシャガの花が咲いてたあたり」

タキ子伯母さんは言うと決めたら迷ったり言い淀んだりしない。あっさりと井戸の場所を明かしてから、ちょっと未練げに置いた草餅を見た。

「風が吹くと井戸の蓋が動く、なんてウタ子さんが謎めいた言い方をしたの。気になったからカイに詳しく話してもらおうと思ったのに。その話はしたくないみたいだったから」

タキ子伯母さんの口からすぐ知れることを、なぜ二人とも私に教えようとしなかったのだろう。聞いてしまったら拍子抜けして、自分がなぜ井戸のことにあれほどこだわったのか不思議な気がするほどだった。

「ウタ子は思い違いしてるのよ。カイが生まれた日、井戸の蓋が動いたから大騒ぎしたわけじゃない。妹が跡継ぎを産んだことのショックで、長女が井戸に身でも投げないかと、お父さんや親戚が心配しただけ。ずっと以前、石女《うまずめ》って罵られて婚家を追い出された遠縁の娘が、帰る所がないと思い詰めて、あの井戸に身を投げて死んだの。みんな気を回して大騒ぎしたのね。その後何度も井戸浚《さら》いもしてるし、お祓いだってしたはずよ」

伯母さんは草餅についていた粉を振り払いながら、さばさばした声で話した。

「鷲頭の家のことでウタ子さんが忘れたり、思い違いするなんてちょっと考えられないことですけど」

「忘れるわよ、そりゃあ。忘れなきゃあならないことだって、あるのよ。跡取り娘だって石女だって、いい齢だもの。勘違いしたり、ボケて物忘れがひどくなって。お墓に入るまで後生大事にしていた秘密だって、ぼろぼろこぼす」

四十年も前の話だ。妹の思い違いでも、姉の嘘でもかまわない。タキ子伯母さんの井戸の記憶が確かだとすれば、トネリコの木のあたりもすぐ見当がつく。今はまだ枯草のしがみついている日陰の一角にそのうちシャガの花が咲くことも知っている。

「あら。商売繁盛よ、今日子さん。またお客さんが来たみたい」

タキ子伯母さんのうれしそうな声につられて立ち上がった途端に脚がもつれた。昏倒して意識が途切れる瞬間、重い蓋が一瞬ずれたように、目の底に井戸の水らしいものが揺らめいて消えた。

(八) カイ

ブラームスの『ヴァイオリンソナタ』を聴き終わってから、俺は改めて今日子との会話を思い出していた。やっぱり音楽は魔物だ。「クリエイティブな仕事をしている人の感性を磨くし、高揚をもたらす」といつか節子さんが言っていたけれど、細々と内職仕事のようなことを続けている人間は、クリエイティブな感性や高揚なんてものとは無縁なのだろう。音楽はむしろ俺には過重な疲労感と、満たされない苛立ちを引き寄せてしまうことが多い。

「この女がいなかったら」という思いがルービンシュタインのピアノとともに噴出して溢れ、「この女がいる限り」という被害者意識に似たやりきれなさをシェリングのヴァイオリンが掻き立てた。

心は音楽に絶えず惑乱され続けながらも、無意味な諍《いさか》いは一刻も早く終わらせなければならないと胸の奥では焦っていた。こんな態度を続けていたら、今日子は家を出て行ってしまうだろうと怖れながらも、ルービンシュタインのピアノが上手に宥め、追いかけなくては取り返しがつかなくなると思いつつも、シェリングのヴァイオリンは痺れるような旋律で俺の心を麻痺させ続けた。

ＣＤが終わっても、すぐ飛び出していくことが出来なかった。やけっぱちと甘えが入り混じった思いが俺の思考停止を助長させていた。今日子とのやり取りを反芻しながらエメラルドグリーンの生地を撫でていたら、お袋が来てアトリエの窓ガラスを乱暴に叩いた。

「何やってるの。じきに雅史がお客様を連れて来るってさ。私は接待なんてしないよ。庭はおまえが案内して」

「こんな荒れた日に、朝っぱらから庭見物なんて、物好きな客がいるもんだ」

仕方なくのろのろ庭に出ると、珍しくきちんとブラウスを着たお袋がそれでなくても細い目を一本線のようにして俺を睨んだ。

「だから言ったろ、反対だって。今日子さんの姿も見えないし。私は客のご機嫌取るのも雅史に礼を言ったりするのもまっぴらだよ」

何をそんなに苛立っているのかと、お袋の剣幕に驚いていていたら、こでまりの株すれすれに雅史の車が停まるのが見えた。

「じゃーん。オープンガーデン随一の見せ場に到着でーす。出迎えますのは名家、鷲頭家のイケメン当主でございます」

朝っぱらから一杯飲んでいるようなテンションで嫌味を連発する雅史を、俺はまだ音楽の薄い膜がかかったままの目で軽く睨んだ。助手席と後部座席から争うように出てきた女性四人が、庭と俺を半々に見て、ぱらぱらと無意味な拍手をした。

「他の庭より一段と荒れた感じがするなあ。ここは風の巣窟かも。なーんちゃって、嵐を呼ぶ男！」

曖昧に頭を下げて挨拶をした俺の背中を、馴れ馴れしく雅史が叩く。叩いたついでに小声で「白根さんちで奥さんに会った」と囁いた。

「鷲頭さんの庭は広いですけど、山裾は墓地です。家庭菜園ならぬ、家庭墓地ってとこですけど、立ち入り禁止ですから、よろしく。お墓に興味のある方の撮影は許可しまーす」

多分土間で様子を窺っているであろうお袋へのアプローチも兼ねて、雅史が不必要なほどの大声をあげる。

「奥さんと喧嘩でもしたんか。だけどびっくりしたよ。白根さんが、しゃあしゃあとこの人は東京にいる私の娘ですなんて紹介するから。俺はてっきり分家に夫婦養子に入ったのかと思った。はっはっはっ」

「まさか。おまえこそ、タキ子伯母さんとこでハシリドコロのお茶でも飲まされたんじゃないのか。目が血走って。今にも鼻血が出そうだぞ」

喧嘩云々という言葉をはぐらかすために、雅史に負けぬほどの気安さで新調のシャツの腕をつついてやった。

「冗談じゃないよ。タクシーの運転手みたいにあちこち走らされて。モデル並みに写真ばっかり撮られてさあ」

まんざらでもない様子でニヤニヤ笑いながら、荒れた庭を一列に歩いていく客めがけて走り出していく。

「カイ、今日子さんはどうして姉さんの家に行ったの。おまえがやったのかい」

七十を過ぎても聴覚はまったく衰えを知らないらしく、土間の戸の隙間からお袋が珍しく神妙な声で話しかけてきた。

「さあね。ひどい風だったから、心配して行っただけだろ」

俺の答えに納得したのかしなかったのかわからない。お袋がそろりと土間の奥に引っ込んだのと同時に、雅史が墓のすぐ近くで俺に手招きをしているのに気づいた。

「あのさあ、この丸い糞みたいな茶色のもの、なんだかわかるか。あっちこっちに落ちているんだけど、俺は初めて見たから名前もわかんない。毒じゃなかったら、お客さんが拾いたいって言うんだけど」

雅史が足元の二センチほどの茶色の実をこわごわ拾って、俺に渡した。

「ムクロジだ。毒じゃないよ。この実は羽子板の玉になるくらいだから」

「えっ、これが。羽子板の羽根の玉？」

早速地面に落ちている実を拾った一番年配らしい女の人が、掌に乗せて指で転がしてみている。

「耳元で鳴らしてみて下さい。蝋みたいな殻の中に黒い玉が入っているんです。まだ充分熟していないから、種が真っ黒じゃないかもしれないけど」

俺の説明が終わらないうちに、四人の客だけではなく、雅史まで熱心にムクロジ拾いを始めたのには驚いた。

「たくさん集めても食べられませんよ。表皮は昔は石鹸代わりにしたって聞いてますけど、試したことはないんで」

当たり前のことだが、花が咲く木は概ね実をつける。鳥が食べないものは、枯れて乾き、風が吹けば地面に落ちる。風雨に晒され、表皮は溶け、種は実生になるか腐る。庭にあるどんなささやかな草でも木でもみんなその繰り返しの中で生きている。小学生でも知っていることに驚き興奮し、地面にうずくまってムクロジの実をあさっている客たちを俺はなんだかバカバカしいような、いじらしいような気持ちで眺めた。

「こんなに拾っちゃいました。持って帰っていいですよね。見るのも、聞くのも初めてで、興奮しちゃった。孫や友だちにいいおみやげが出来ました」

掌いっぱいのムクロジの土を落としながら、めいめいがハンカチに丁寧にくるんでいる。雅史までポケットの中からティッシュを取り出して飴でもくるむように大事に包んでいるのを見て、思わず笑った。

「見れば見るほど変てこりんな実だなあ。俺も食える木の実は大体のものは知ってるけど。初めて見た。皺が寄ってるのに、硬いんだ。少し透き通ってるし。種を見たいけど、殻をむしるのはもったいない気がするなあ」

ポケットの中に大切そうに入れながら、珍しく雅史が照れ臭いような、恥ずかしそうな顔をして言った。

それで思い出した。雅史のお袋は身体が弱かったうえに、ずいぶん齢がいってから彼を産んだ。生んでからは持病の心臓病が悪化して、入退院を繰り返していたらしい。小学生の頃、俺や友だちが山や川で遊び回っていると、病院に見舞いに行く途中の雅史によく出くわした。

「あっ、山葡萄だ。母ちゃんにみやげにやりたいから、それ、くれよ」とそのつどせっかく採ったばかりの収穫物をねだられるので閉口したものだ。十歳に満たない子どもが見舞いに持っていけるものなんて高が知れている。当時は田舎の男の子が花を摘む習慣などなかったから、庭の果樹や野山の実をせっせと病室に運んでいたのだろう。

「そう言えば、ムクロジのムクロって、死骸のことですよね。やだあ、だからお墓のそばにあるんだ」

実を捜していた派手な服を着た客が、急に頓狂な声を張り上げると、せっかく拾った実をぱらぱらと足元に落とした。

ムクロジは死体とも墓ともまったく関係ない。その証拠に漢字では無患子と書くのだということを俺はわざと黙っていた。

「何を今さら言っているの。いいじゃないの、私は平気。田舎のお墓ってもっとじめじめ暗いものだと思ってたけど、ここはとっても明るくてきれい。私は死んでここに埋められている人も、ここでお墓を守って生きている人も羨ましい。うちの小さい庭にもムクロジの種を撒くつもりよ」

少し白髪の混じった女の人がそう言うと、客のこぼした実を丁寧に拾い集めて、雅史が平気だと言った女の人の掌にそっと手渡した。

墓の前の短いやりとりを終わらせるように、一陣の風が客のスカートを膨らませ、俺や雅史の少し薄くなった髪を持ち上げる。

広いといっても売物は庭園墓地だけの鷲頭家のオープンガーデンを一周するには三十分もあれば充分だ。雅史が余計な予備知識でも吹き込んだのか、客がアトリエ見学をしたいと申し出たが、「開店休業でお見せするようなものは何もない」と言って丁寧に断った。

「みなさん、ずいぶん歩いたし、よく喋ったし、甘いジャムや蜂蜜を試食したから喉が渇いたでしょう。最後にティータイムも楽しめるとっときの薔薇の庭にご案内します。美人のピアニストの演奏つきですよ」

また風が出てきたのを潮に雅史が、放っておけば畑の方まで遠征しそうな客を牧羊犬並みの手腕で集めて、やっと車に押し込んだ。

「残念だなあ。当主じゃなかったら、一緒に久美さんのピアノが聴けたのに。まっ、いいか。おまえはそのうちたっぷり彼女も彼女の演奏も楽しめるわけだから」

相変わらず思わせぶりな捨て台詞を残して一度車に乗った雅史が、慌ただしく戻って来た。

「なんだ。忘れ物でもしたのか。墓参りでもしていく気になったのか」

俺が負けずに憎まれ口を言うと、ちょっと言いにくそうに頭をかいた。

「少し気になってな。今さっき、白根さんちでハシリドコロのお茶でも飲んだかって聞いたよな。なんだ、それ？　ほら、鼻血がどうのって言ったじゃないか。ハシリドコロって、精力剤みたいなもんか。まさか眠り薬ってわけじゃないだろ。草なのか。根か。乾燥出来るのか。直販所にも売ってるもんか」

途中からしどろもどろになりながら雅史が早口で問いかけるのが終わらないうちに、いつの間に出てきたのか、お袋がさも愉快そうに答えた。

「精力剤どころか、とんでもない毒草だよ。その根を食べると気狂いみたいに走り回るから、ハシリドコロって言うんだ。そんなことも知らずに客を連れ回してるのかい。まあ、これはあたしの勘だけど、あんたはもうとっくに一服盛られてるね」

「い、今は咲いちゃあいないんだろ。冗談じゃないよ。お袋さんも意地が悪いなあ」

「咲いてるさ。茄子に似たきれいな紫の花だよ。知らずに食ったら、命取りだ」

車の中で客が何ごとかと眺めているのに気づいて、顔をわずかに引きつらせて雅史が車に戻るのを見届けてから、お袋が耐えられないといったふうにぷっと吹き出した。

「あいつはあいつなりに頑張ってるんだから、あんなにいじめたらかわいそうだよ」

「いじめちゃあいない。ほんとのことだもの。雅史はおまえとは違って、こんなことぐらいでへこたれやしないよ」

お袋が不満そうに顔を膨らませて土間に入ると間もなく、玄関の電話がけたたましく鳴った。

昔は全然気づかなかったけれど、タキ子伯母さんが怒った顔はお袋によく似ている。

「なんだよ。今日子が倒れて意識不明だって言うから、俺も発作が起きそうなくらい驚いて、車を飛ばしてきたら、気持ちよさそうに眠ってるじゃないか」

居間に入った途端、寝かされている今日子の穏やかな寝息が聞こえた。俺は安堵と同時に、大騒ぎした伯母さんを咎める気持ちも湧いて文句を言った。

「ずっと意識不明だったら、とっくに救急車を呼んでいるよ。おまえはその方がよかったとでも言うの」

そんな薄情者を安堵させるのも癪《しやく》だと言わんばかりに、伯母さんは今日子が寝かされている居間と食堂を区切った硝子戸をいきなり閉めてしまった。

「すぐに来てもらわないと取り返しがつかないから呼んだんじゃない。今日子さんが眠っているうちに、おまえに改めて聞きたいことがあるんだよ」

狼狽したり腹を立てたりした手前、ちょっとバツが悪くなって、俺は食堂の椅子に横座りに腰掛けて庭を眺めているふりをした。

「カイ。一度ちゃんと聞こうと思ってたんだけど、あんたどうして鷲頭の家に帰って来たの。東京にいられなくなったとか、仕事に失敗したってことじゃないよね。つまり納得づくで、帰りたいから帰って来た。ウタ子と今日子さんと一緒に鷲頭の家で暮らすために？」

「ああ。だからずっと暮らしてるじゃないか。他に何を確かめたいって言うんだよ」

俺はふと目を覚ました今日子が俺たちの会話に聞き耳を立てているような気がした。雅史が「白根さんがしゃあしゃあと私の娘」だと言っていたと耳打ちしたことも思い出した。あるいはこれは今日子とタキ子伯母さんが共犯して仕組んだことではないか、ふっとそんな疑いさえ胸に兆す。

「もちろん、私はあんたが母親の老後の面倒を見るために帰って来たんじゃないことくらいわかってる。結婚して、跡取りを作って、鷺頭の家を継ぐつもりでもない。そりゃあ、あんたの勝手。でも鷺頭の家を自分の代で潰そうとして今日子さんを利用したのだとしたら、私は許さない。利用するだけして、時効がきたらまた気持ちが変わる。そんな罰当たりなことを考えただけで、ぞっとする」

伯母さんは気づかないふりをしているけれど、白根さんはずっと鷺頭の家を恨んでいた。伯父さんは俺をずいぶん大切にしてくれたけれど、それは俺が妻の実家の跡取り息子だったからではない。むしろその逆だ。伯父さんは密かに俺が鷺頭の家を出て行くことを望んでいた。

「先祖伝来の土地や家なら有難い資産だけど、墓のくっついた家屋敷なんて一生の重荷だよ。そんなものを背負い込んだら、社会人としても、男としてもダメになってしまう」

釣りに行っても、野球を見に連れて行ってくれても、ことあるごとに伯父さんは俺を諭した。

洗脳するくらいに執拗に。鷲頭の家を出て行かなければ、自分は本当の人生を始められないのではないか。俺はいつかそんな気分になっていた。

それなのに、さんざん背反を焚きつけた人の妻であり、鷲頭の家の長女でもある伯母さんが、今さら俺に「なぜ帰って来たのか」と問い詰めるというのか。

「タキ子伯母さんはこの先、俺にどうしろと言うんだ。どうすれば満足なんだ」

「わからない。わからないから、私は鷲頭の家を出た。だけど、今さっき、今日子さんの寝顔を見ていてわかったんだ。子を産む女だけが守ることが出来るようなものは、なくなったっていいんだって。命がけで、一生かけて守る必要なんてない。そうじゃないか。木だって花だって、根っこはあっても、花粉は飛んでいくし、実だって鳥に運ばれる。お墓に埋められた人の魂だって、きっと同じことだ」

どんな理屈を言っても、分家は分家さ。捨てて離れて行く者は、残って守っている人間のことを好き勝手に非難する。諦めた人間は諦められない人間のぶざまや欲を笑うけれど、どんなちっぽけな覚悟だって意地だって、死ぬまで続ければいつかは人の根っこになるもんだ。

親父は伯父さんよりずっと無口だったけれど、冠婚葬祭や町内会の集まりから酔って帰るたびに、俺にそう言った。白根さんを嫌っていたわけではないが、息子が義兄の方になついているのを寂しく思っていたのだろう。結局息子を人質にされた形で婿に入った自分を、不甲斐なく思う気持ちもあったのかもしれない。

親父や白根さんの人生は所詮彼ら自身の問題で、自分には関係ない。俺は滑らかな絹や、透き通った布や、金糸銀糸の羽のような織物に囲まれて、それを自由自在に使って、美しい衣服を作って生きていくのだ。田舎の人間なんか想像したこともないような華やかな世界にいる人たちが感嘆して、溜息を漏らすような服を。

スーパーマンになる時に着替えるマントみたいに。シンデレラが南瓜の馬車で舞踏会に行く時だって、必ず着替えをするんだから。同じように、着る人はもちろん、見る人や触れる人を必ず魅了するマジックみたいな服。着れば力が湧いて、どんな変身も可能にする服をこの手で作るんだという夢が、外来種の風媒花みたいに俺の心に飛んできて、育っていった。

そんなゴージャスな目が眩むような夢と、この鷲頭の生活はなんと隔たっているだろう。俺は白根さんがローンで買い、半生をかけて丹精した小さな庭を見ながらそんなことをぼんやり考えていた。諦めて去った白根さんと、意地でしがみついた親父。ぼろになった夢を引きずったまま帰って来た自分。

秘密の根から育った木は、秘密の梢に接木される。恥知らずでも罰当たりでもかまわない。音楽という青い薔薇と、その象徴のような女を手に入れるために、老いた母親と病気の妻を捨てて去ろうとしている自分は放浪の夢を諦めきれずに、納屋で変ちくりんなブーツを磨いていた父親とどれほどの違いがあるというのか。

「伯母さんは俺が、もう一度鷲頭の家を出て行く方がいいっていうのか」

ずっと俺を見据えていた伯母さんの目が気弱に逸れて、まるで死んだ連合いに相談でもするように庭を見つめた。

「私はもう齢だし。こんな話をもしウタ子が耳にしたらと思うと」

伯母さんの言葉が途切れたその時だった。軒や食堂の窓硝子に異様な物音がして、二人とも椅子から飛び上がってしまった。

「カイ、この音は雨じゃない、雹《ひょう》よ。ほら、見て」

春に雹が降るのはこのあたりでは珍しいことではない。桜が散って、新緑が盛んに萌え出す頃に襲来するから、草木だけでなく作物も果実も思いがけない打撃を受ける。ただ雹の降るのは予測もなく束の間なので、珍しい現象に気を取られて、天が悪ふざけしているような、春がとんでもない気まぐれを起こしたくらいにしか感じない。子どもの頃は雹がやむ間もなく、止められるのを振りきって小さな氷の粒を拾うことに熱中したものだ。

「すっごいよ、カイ。かなりの大粒。ここからでもはっきり見える。オープンガーデンのお客さんに当たったりしなければいいけど」

「意外と当たらないものですよ。私も一度庭にいる時、降られたことがあります」

気がつくと寝足りた子どものような顔をした今日子が後ろに立っていた。

「あら、雹に起こされちゃったのね。大丈夫？」

「すいません。すっかり驚かせちゃって。もう平気です」

今日子さんが眠っている顔を見て、思ったの。女が子どもを産まなければ守っていけないようなものは、なくなったっていいんじゃないかって。

半透明の礫を一心に眺めている今日子を見ていたら、伯母さんの言った言葉がもう一度くっきりと胸に響いた。

二十年前、俺は思ったのだ。この女となら、鷲頭の家に帰っても大丈夫かもしれない。十歳年上の、子どもも産まず、実の両親とも疎遠で、家庭なんかいらないという一人ぼっちのこの女となら、俺は田舎へ戻っても、白根さんや親父のようにならなくて済むかもしれない、と。

「ほら見て、カイ。まるで生きてるみたい。こっちに向かってころころ転がってくる。五カラットのダイヤか、水晶のかけらみたい。昔はこんな形の硝子玉やスパンコールをドレスの襟や裾に重たいほど縫いつけたりしてたわねえ」

俺は何だかたまらなくなって、すぐそばにたらりと垂れ下がっていた今日子の手を握った。ロックミシンを使う時に出来た目打ちだこのある女の手は、思いもかけないほど小さく、柔らかかった。

(九)　ウタ子

齢をとると一昨日とか、一週間前とか、一ヵ月経ってからというふうにいちいち数えたり、区切ったりしなくなる。カレンダーをめくるみたいに記憶を順序よく思い出すことが出来なくなる。たとえば、「あの人が来た時」とか、「お彼岸の頃だった」とか、「怪我をするちょっと前」といったふうに忘れられない出来事と一緒に覚えるしか時間を整理する方法がなくなってしまう。

そんなわけで、「オープンガーデンのあった日」と「雹が降った日」と「今日子さんが倒れた日」が同じ一日だったということが、私にはどうにも理解しきれない。オープンガーデンの日に雅史や客が帰ってから、電話があって、カイは慌てて姉さんの家にすっとんで行った。それから間もなく雹が降って、カイが今日子が倒れたけど、もう治ったから大丈夫だと安心させるような、心配させるような電話を寄越した。

それっきり二人はなかなか帰ってこなかった。

よりにもよって、姉さんの家で倒れるなんて。何もオープンガーデンの日に雹が降らなくてもいいのに。年寄りの私だったらわかるけれど、働き盛りの今日子さんがなんで病気になんかなるんだ。

あれからどのくらいの日数、私は同じことをぐるぐる考えていただろう。もっともっと時間が経ったら、「あの日から私のボケが始まったのかもしれない」と思うかもしれない。

そして今日、カイと今日子さんは二人一緒に東京へと出かけて行った。もしかしたらこの日は、「二人との別れの日」ということになるのかもしれない。

「精密検査をするために大学病院に行くだけだよ。検査って言ったって結果がすぐ出るわけじゃないし、場合によったら入院ってことになるかもしれない。はっきりするまで、二人でホテルに泊まるよ。詳しいことはまた電話するから」

カイの暢気《のんき》なのか、無責任なのかわからないような説明で、心配するなって言われてもどだい無理な話だ。

「はっきりしたら、また後で知らせるなんて、言って。大事な時はいつだって私は聾桟敷《つんぼさじき》じゃないか。縫製工場を閉める時だって、なんの相談もなかったし」

夕べ私がカイを摑まえてなじると、珍しく殊勝な顔で「色々面倒をかけて、すまないけど。後をよろしく頼むよ」ってえらく真面目に頭を下げた。四十六歳って言えばもう立派な中年なんだから当たり前だけど、なんだか本物の大人の男みたいな気がした。

齢をとった母親っていうのは所詮無力で、愚かなものだ。相手は自分が産んで育てた息子だというのに、まるで当主になったような顔で改まって頼まれると、つい気後れしてしまって何も言えなくなってしまうんだから。

「すいません。行ってきます」

今日子さんは下駄箱に仕舞ってあった茶色の靴を履いて、カイの隣で深々と頭を下げた。身体は病人らしくやつれていたけれど、顔は妙に晴れ晴れしていてちょっとうれしそうだった。カイの隣にピッタリついて、病院に行くって知らなければ新婚旅行に行く夫婦のようにさえ見えた。

「私のことは心配いらないよ。自分の家で留守番してるだけだから」

そう言って見送ったけれど、連れ立って行く二人の後ろ姿を見て、ふっと「待っているから、元気な赤ちゃんを産んできてね」と呼びかけそうになったので、ひどく慌てた。そんなこと、もちろん一度も経験したこともないのに、すっかり同じ光景を以前にも見たような、そんなふうに二人を見送ったことがあった気がしたのだ。

目の裏にくっきりと焼きついている。息子に寄り添う身籠もった嫁が満開の花桃の下を遠ざかっていく姿が。あれは他の人の思い出だろうか。将来、必ず起こることの確かな予感だろうか。

雲雀《ひばり》がボケかかった年寄りの錯覚を笑っている。ああ、あんたらにそれほどうるさく言い立てられなくても、とんだ思い違いだってことくらいわかってるよ。今日子さんが身籠もっているのは、鷲頭の家の跡取りなんかじゃない。まったくの反対。もしかしたら、死と言う今生の別れの徴《しるし》かもしれないいんだもの。

「赤ん坊なんて、いらない。このままでいいんだ。だからずっと一緒にいて」

泣きながら、後を追って行きたくなるなんて。まったく見下げ果てた意気地なしだ。だけど、お父ちゃん。悲しくて悲しくて、心細くて心細くて仕方がないいんだもの。自分の寿命を知らされたって、こんなに寂しい思いはしない気がするよ。

二人はこれっきり、帰って来ないかもしれないね。アトリエにはまだカイがあんなに大事にしていたステレオもＣＤもすっかり残されたままだけれど、雹が降った日から、つまり今日子さんが倒れた日から、カイは一度も音楽をかけていない。もしかしたら、あのピアノやらヴァイオリンの音が今日子さんの病気に悪いって心配したのかもしれない。

片方が病気になれば、片方が心配して万事に気をつかう。相手のためになるならどんな苦労も犠牲も惜しまない。いなくなってしまうかもしれないと思うと、以前にも増して愛しい。だとしたら、あの二人は案外、まともな普通の夫婦だったのかもしれない。

昨日、つまり「二人が行ってしまう」前日ってことだけれど、カイは出来上がった洋服を届けに公民館へ行った。ピアノ教室がない日を選んで。

東京に出発する前に服を仕上げるために、ずいぶん根を詰めて仕事をしていたらしい。結局、あのキラキラ光る波みたいな色のドレスがどんな仕上がりになったのか私は見ていない。

「とっても素敵です。シンプルだけど、ロマンチックで。ノクターンのピアノの音色がびっしり塗り込められているようなエメラルドグリーンのドレス」

意味のよくわからないカタカナだらけの言葉で、今日子さんがうっとりするように喋っていた。

だから今、アトリエにはそのノクターンだか、エメラルドだか知らない青い服はもうかかっていない。アトリエだけじゃあない、二人が使っていた部屋も別棟もとっても静か。ずっと以前は毎日縫製機械の音がしていたし、ここ一、二年は音楽が流れていない日はなかった。カイが朝飯や昼食を知らせる大きな声も、今日子さんと喋る声も、もういっさい聞こえてこない。

せっちゃんはあの服が気に入っただろうか。カイはせっちゃんに、久美さんのことを話しただろうか。あるいは遠回しに別れの言葉を伝えたのだろうか。

カイが珍しい薔薇の花を公民館に持っていって、娘の久美さんに贈ったことを私はせっちゃんから電話で聞いた。

「久美が枯れたのをひどく惜しんで。挿し木で育てたいから薔薇の枝を貰いたいって言ってるんだけど」

棘がある植物はお父ちゃんが好まなかったから、カラタチもピラカンサも抜いてしまった。薔薇だって垣根にしてあるのは棘のないモッコウバラだけだ。せっちゃんが言うように「青味がかった薄紫の薔薇」なんて見たこともない。まして、このあたりで四月に薔薇が咲くなんていう噂も聞かない。

「まあ。お宅の庭のものだとばっかり思ってたのに。きっとカイさんは久美にプレゼントするために、よほど苦心して探されたのね。いいわねえ、若い人ってロマンチックで」

まるで自分もロマンチックのお裾分けにあやかったようなせっちゃんの若やいだ声が、幾日も耳から離れなかった。

「滅多にない青味がかった薄紫の薔薇」なんて薄気味の悪い花にはまるで興味はないけれど、一体カイがなぜそんなものを久美さんにあげたのか。その薔薇を受け取った久美さんが、どんな思いで枯れたのを惜しんだのか。私は実の息子にも直接聞けないほど、悶々と考え込んだものだ。

あっ、昨日まで気がつかなかったのに、こんな所になんの苗木だかわからない小さな若木が芽吹いている。まだ木とも言えないような弱々しい緑はまるで羽化する寸前の蝶みたいだ。私の親指ほどの双葉だから、はっきりしないけれど、多分ムクロジだ。風で落ちた実が四月の光に育てられ、もしかしたら突然の雹のノックで地表にひょっこり目を覚ましたのかもしれない。

雹はとんでもない人騒がせな狼藉者だから、じきに八十八夜を迎えるお茶の木は五割がた肝心の新芽をやられてしまった。今日子さんはえらくがっかりしていたけれど、考えてみたらどうせ今年は窯出し茶を作れはしないだろう。自家製のお茶は摘むのも蒸すのも、縒《よ》るのも大仕事で、年寄り一人でとても出来るもんじゃあない。

雹が降った日からずっと晴天続きで、草も木もどんどん伸びる。自分がこの世界では「ムクロジ」なんていう不吉な名前で呼ばれていることも知らずに、実生から育った若木もすくすく大きくなるだろう。茶畑とお墓の境目に生えてくるなんて邪魔っけだから、普段ならむしってしまうけど、せっかくここを選んで芽吹いたのだから、目溢《めこぼ》しをすることにして通り過ぎる。

振り返ってつくづく眺めると、古くてちゃちな家だねえ。こんなに緑が勢いを増して、木々がゆさゆさ、畑もこんもり、向かいの山まで真緑色に盛り上がってくると、家っていうものはますます頼りない、みすぼらしいものに見えてくる。ねえ、お父ちゃん。ここから見ると、墓も家もさして変わらない、おんなじようにちっぽけな住処じゃないか。

ほんとうはお父ちゃん、あんただってもうこんなちっぽけな家や庭にいるわけじゃあないんだろ。真っ青な桑畑の道をずんずん歩いて、川をいくつも渡って、春蚕や夏蚕や秋蚕を集めて、秩父の山奥から会津の方まで。繭玉のずっしり重い荷をしょって、桐生だけじゃあない、あっちこっちの生糸屋を渡り歩いているんじゃないのかい。一度も履いたことがなかったのに、手入れを欠かさなかったあのきれいなブーツが埃や泥でよれよれになるほど遠くまで。

お父ちゃんが商った繭で織った絹の布で、カイが見たこともないほどきれいな服を作ったことだって、一度くらいはあったかもしれないねえ。

私は思いつく限りの独り言を言いながら、寂しさや心細さを紛らわすために家の回りをうろうろ歩く。肥料をやったり、親株を分けたり、虫の駆除だってしなきゃあならない。留守居の年寄りの仕事は山積みなのに、どうしたら心を落ち着けることが出来るのか見当もつかない。

虫が知らせるようで待っていたから、最初は空耳だとばかり思っていたけれど、電話の音が確かに聞こえる。私は一度手にした鎌を放り投げるようにして、慌てて家へ戻った。

「もしもし、お袋さんだろ」

受話器を取った瞬間は息がきれて、まともに声が出ない。やっとかすれるような声を出すと、決ってしてカイではない男の声がもう一度言う。

「もしもし、お袋さんだろ。カイんとこの」

聞き覚えのある声が「カイんとこの」と言う言い方で相手が雅史だと察した。

「そうだけど。カイなら留守だよ」

がっかりしたら、途端に腹が立ってぶっきらぼうな返答しか出来ない。

「留守なのは知ってる。今さっき駅へ行くのを見かけたから。奥さんと一緒にでかい荷物持って」

　東京行きの一時間に二本しかない電車に乗って行くのだから、誰かに見られるのは仕方がないけれど、よりによって町のスピーカーみたいな男に見られるなんて。二人の幸先が悪くなった気がしてますます不機嫌になる。

「東京へ行ったんだよ。だけど何もあんたに報告するようなことはないよ」

「オープンガーデンの日は色々世話になって。お礼も言ってなかったから」

　頼みごとをきいてやっても、あんたが礼を言わないのは別に珍しいことじゃあない。どんなふうに探りを入れられたって、金輪際口は割らないと、私は電話に向かって無言で見栄をきった。

「評判よかったんだよ。売物や接待はないけど。鷲頭さんちの庭が一番忘れられなかったって」

　雅史が口先ばかりの男だということはこのあたりの者は誰だって知っている。知っていながら、案外あちこちで重宝されるのは、その口先が田舎の変化のない暮らしには欠かせない刺激だからだ。腹の中ではどれほど悪態をつかれていても、面と向かって言われたお世辞は気持ちのいいもんだ。おだてでも、おべんちゃらでもめったに食えない御馳走だ。

「墓がある庭なんて、そんじょそこいらにあるもんじゃあないからね。うちだって、役場の許可取るのに苦労したんだよ」

「ああ、今じゃあ田舎だって土葬は滅多にないからな。したくても土地が狭いし、環境問題もあるから」

お祖父さんの時も、お父さんの時も弔ってから、人魂が飛んだ。ゆらゆらと青白いものがお辞儀をするみたいに揺れながら山裾に消えていくのを何回も見た。井戸に飛び込んで死んだ人は人魂じゃあなくて、蛍みたいなものがぽっぽっと水に浮かんでいたと、井戸浚いをした時に聞いた。いや、それはもっと後、井戸を閉じる前の空気抜きの時だったかもしれない。

「オープンガーデン、好評だったから、秋にもしようってことになって。花じゃなくて、今度は紅葉だ。カイんとこはでっかい七竈《ななかまど》の木があるから、実が色づくと見事だろ」

「そうだよ。真っ赤な実がいっぱいに垂れ下がると、灯りのついた天然のクリスマスツリーみたいだ」

「天然のクリスマスツリー。お袋さんも上手いこと言うなあ。でも七竈は食えないんだろ」

「食えないけど、薬になるよ。木の皮を煎じて飲むと皮膚病にいいんだ。食べるなら、ガマズミだね。そのままでもいいし、酒に漬けても美味いから」

「食った、食った。ガマズミもアケビも。秋には新米も茸もあるから。是非今度も参加してもらいたいと思ってさ。カイはいつ頃帰って来る？　だって特別用事があって、東京に行ったんじゃないんだろ」

やっぱりそうか。褒められていい気になって油断すると、すぐこれだ。カイと今日子さんが大荷物を持って家を出た。いずれ探りを入れてくると察しはついていた。まだ春の真っ盛りなのに、秋のオープンガーデンの相談なんて、いくらなんでも手回しがよ過ぎるってもんだ。もう少しで雅史のおだてに乗るところだった。

「私はなんにも聞いてないんだよ。年寄りはいつだって、大人しく留守番さ」

しらばっくれることにかけちゃあ、若いものよりよっぽど上手だと、少しからかう気さえ湧いた。

「あっ、雨だ。こんなに晴れているのに、お袋さん、天気雨だよ」

雅史に言われて、驚いて外を見た。確かに日照り雨が金色の糸を光らせるように音もなく降り出している。

「ほんとだ。狐の嫁入りだねえ。だけど、あんた、どこから電話をかけてるんだい。直販所じゃないだろ」

「あはっ。バレちゃった。蜂蜜を仕入れる途中、あんまりいい匂いがするんで、エンジュの木の下に車を停めて、あちこち電話してた。さぼってるわけじゃあない。これも仕事だよ」

川岸の小さな家に今年も渡りの養蜂家が来ていることは知っている。レンゲや栃の花や、クローバーは少なくなったけれど、エンジュはあちこちでミルク色の煙のような花が満開になっている。その後は多分蜜柑の花の蜜を採りに移動するのだろう。

「今じゃあ、公衆電話なんかなくても、携帯電話っていう便利なものがあるからね。おかげで、一日近隣をうろうろ走り回って、営業が出来るってわけだ。お袋さん、日照り雨っていうのはちょっと蜂蜜みたいに見えるねえ」

雅史の言う通り、春の雨が緑を背景にキラキラ金色に降っているのは、蜂蜜に似ていなくもない。カイと今日子さんも車窓の雨に気づいただろうか。やっぱり新婚のように肩を寄せて、二人が緑の田野に降る金色の雨に見惚れているのが見えてくる気がする。

見えてきて、遠ざかっていく。

「お袋さん。ほんとは俺、カイが東京から戻って来た時うれしかったよ。だから、きっと秋にもオープンガーデ」

便利だ便利だ、って言うけれど携帯電話なんて、話に聞くほどのもんじゃあない。雅史の言葉は肝心の時に途中から聞こえなくなった。あのスピーカー男があんまりあちこちと電話でお喋りするから、きっと電池切れだ。

しばらく握り締めていたけれど、ツーツーという音だけなので、受話器を置いた。気がつくと、頰が濡れていて、涙が流れていた。ちっともつらいわけじゃあないのに、私の目にも天気雨が降ってるってことだろう。

「素敵な庭ですねえ。私なんか一人でこんなとこに住んでいたら、毎日毎朝感動ばっかりしてるけど。ねっ、やっぱり感動するでしょう?」

カイが姉さんの家にすっとんで行ってから、雹の降る束の間、二人の中年の客が来て興奮して喋っていたことを思い出す。

素敵、感動する? 私が慣れない質問にどぎまぎしていると、二人が代わる代わる畳みかけるように聞いてきた。

「だって、この豊かな自然、美しい世界、素晴らしいじゃないですか。感動するでしょ」

自然、とか美しい世界とか言われると戸惑うけれど、咲き始めた海棠《かいどう》やこごめ桜や、草や木の繁った庭はいつ見てもきれいなもんだ。日照り雨に光る栃の木も、雨に濡れた大きな欅が枝をいっぱいに広げて静かに立っているのも、神々しいほど立派に見える。思わず手を合わせたくなったりするけれど、感動するというのとはちょっと違う気がする。自分なんてものはここにいてもいなくてもどっちでもかまわないという安らかで満ち足りた思いは、神仏への感謝に似ていなくもない。

見惚れてばかりいないで、そろそろ仕事を始めなければと、雅史の電話を取るために放り出した鎌を拾おうとして庭に出ると、カイと今日子さんが並んで出て行った花桃の咲く道を、姉さんが傘もささずにまっすぐやって来るのが目に入った。

水の出会う場所

mizu no deau basyo

夏野

「まあ、早瀬先生、お久しぶりです。吟行の日取り、決まったんですか。ええ、結構です。私たちはいつだって暇を持て余していますから、大歓迎。八日の十時五分ですね。いつものようにお迎えにあがります。先生もお身体に気をつけて。楽しみにしています」

本人は気づいていないが、妻が客を迎える際の挨拶は十年一日のごとく変わらない。十年と言っても、私たちがこの避暑地で有名なK町に移ってからなので、正確には七年になる。妻が夫にスケジュールを確認しないほど暇で、行楽にこと寄せてやって来る客をのべつまくなし歓迎する。そういう生活を送るようになって、もう八回目の夏を迎えようとしている。

「いつもの吟行。来週の水曜日ですって。ねえ、ハミングバードの定休日はいつだっけ。あそこのパンで作るサンドイッチが早瀬先生は大好きだから。明日パンを買いに行ったら、忘れずに訊いてね」

歓迎の挨拶も同じなら、客を接待するパターンもほぼ決まっている。東京でマンション住まいをしていた頃に始めた俳句仲間がやって来る時は、ドライブで数箇所の観光スポットを巡り、蕎麦屋か軽食屋で食事をし、どこか季語の豊富そうな場所を散策する。夕方に我が家で句会をして、客たちにサンドイッチと菓子とお茶を出して、八時台の特急電車に間に合うように送る。

「今度は何人だ」

もう一度半くらい読んだ新聞を畳みながら、さりげなく聞いた。

「何人って、三人に決まってるじゃない。私たちを入れて五人。それだって、うちのちっちゃな車じゃあ、ぎゅうぎゅうでしょ。先生はますます太ってきたし。しょうがないから、今度から先生に助手席に乗ってもらおうかな」

「いやだよ。すぐ寝ちゃうし、方向音痴だし、そばにいると体温で暑い」

「まあ、失礼ね。わかった。あなたは泉さんに助手席に来てもらいたいんでしょ。でもお生憎様。彼女は細いから後ろに座ってもらいます」

畳んだばかりの新聞を慌ててまた広げてしまった。うろたえたからではない。泉さんを助手席に、などと妻が軽口を言うからには、彼女は来るのだ。春の吟行には風邪をこじらせて来られなかった。ということは、彼女に会うのはなんと半年ぶりということになる。

「やあねえ、思い出し笑いなんかして」

妻の言葉に今度こそうろたえた。笑った覚えはない。いくら六十七歳になったからと言って、どこもかしこもそれほど弛緩してたまるか。

「春の吟行で泉さんの代わりに来た人、ほんとに変な人だったね。兵頭さんって言ったっけ。鬼瓦みたいな顔してるのに、すごい山野草マニアで。句に出てくる花の名前が難しい漢字や古語ばかりで、みんな往生したじゃないの」

女のお喋りは面倒ではあるが、時にはずいぶん役に立つものだ。特に齢をとってくると五感が鈍るので、喋ることを先行させようとしたら、物事を観察したり、答えを吟味したりするのは疎《おろそ》かになる。疎かになるどころか、相手の反応など最初から期待していないし、注意深く聞いてもいない。ただ一応儀礼として、自分が喋る順番を待つ真似くらいはするけれど。

妻の恵は若い時分は無口な方だった。嫁に貰う時、姑が「軽々しく夫の仕事に口出しをしたり、うるさく攻め立てたりしないおっとりしたところがある」ことを娘の美質に挙げたくらいだ。

「先生と泉さんと矢部さん。このメンバーで来たのは去年の冬だっけ。今年になってからかしら。あの時は確かローストビーフのサンドイッチとスープだったたと思うけど。だって、あなたが年金を貰ったばっかりで、奢ったのよ。俳句の出来はすぐ忘れるけど、さすが主婦歴四十年にもなると、メニューの方はよく覚えてる」

妻は満足げに頷くと、返事も待たずに台所へ引き上げて行った。二人の娘が結婚して親元を離れ、夫婦二人だけになってから、彼女は人が変わったようにお喋りになった。同じマンションに住んでいた早瀬先生の句会へ出るようになってから、一層拍車がかかった。

「女が無口で得をする年齢は過ぎたのね。口数が少なくて、大人しいのが美徳だった時代も終わり。黙っていると、これからの人生がますますつまらなくなる気がする」

俳句の話より句会の様子や噂話に熱が入るようになった頃、聞きようによっては告白とも宣戦布告とも取れることを口走ったことがある。

男の変節は女の変貌ほどたやすくない。早期退職をして仕事人間を返上したくらいでは長い間培った性情は変わらない。二月一日の、寒い寒い冬の日。泉さんは襟に毛皮のついたダッフルを着ていた。ココア色のマフラーを巻いていた。作った句も選んだ句もよく覚えている。どんなふうに解釈し、褒め、あるいは批評したか。その時の声の響きまで即座に思い出すことが出来る。

御神渡り罠にはまっている夕陽　　泉

水餅の膨れに似たる一日かな　　浩二

その他のことは忘れてしまった。先生の句も妻の句もまったく思い出せない。まして、サンドイッチの具がローストビーフだったか、スープが南瓜だったかジャガイモだったかなど。食べている時ですら、わかっていなかった気もする。

泉さんと初めて会ってから五年が過ぎた。年に四回の早瀬先生の句会にはほぼ毎回出席しているから、通算二十回くらい会っていることになる。

最初彼女が句会に参加した夏は記録的な冷夏だった。出席者が増えたから電車ではなく車で行くことになったと電話があったものの、約束の時間が大幅に過ぎてもなんの連絡もない。私も妻も渋滞に巻き込まれたのか、事故でも起こしたのかとずいぶん気を揉《も》んだ。

約束の時間が二時間以上過ぎ、早春か晩秋のような肌寒い雨が降り始めた頃になって、やっと私道に車が入ってくる音がした。

じきに夏至だというのに、ウールのカーディガンを着た先生が転び落ちるように助手席から降りて、すぐにトイレに駆け込んだ。当初からの参加者である矢部さんは疲れの滲《にじ》んだ声で詫びを言った。見慣れない大型車の運転手席から髭をたくわえた男性が降り、後部座席から出て来た中年女性が二人揃って挨拶をした。その二人のことはほとんど何も覚えていない。

最後に泉さんが降りて来て、車のドアをずいぶん音高く閉めた。その時、私はずっと昔に読んだ『魔の山』に出てくる、いつも食堂のドアを開けっぱなしにする女性のことを突然思い出した。あるいは、その後、思い出したことにしたのかもしれない。

夏の太陽など忘れてしまうような長い梅雨。細かい雨がまだ若い緑をベールのように覆い、庭一面に咲いていた百合の花をぼーっと霞ませていた。泉さんは傘をささずに、薄手の上着のフードで頭をすっぽり覆っていたから、最初は年齢も性別もよくわからなかった。

長雨のせいで山には行けなかったものの、あの句会は今でも忘れられないほど素晴らしかった。冷夏だったので、春の名残の花と、盛夏の花に加えて、初秋の花までもがいっせいに咲き誇っていた。緑は雨に洗われて瑞々《みずみず》しく、時おり気まぐれに陽が射したりすると、まるでコローの絵の中を逍遥しているような幻想的な気分がした。

思い切って東京からK町に引っ越して来て本当によかった。あの日ほどそれを実感したことはない。

五年経った今でも、フードをかぶったままの泉さんが、今年はもうやって来ない夏の現身《うつしみ》のように、花盛りの野を彷徨《さまよ》っていた姿が目に浮かぶ。

草莽や虹の門立つ家を出て　　泉
彼女はまだ四十歳で、四年間の結婚生活に終止符を打ったばかりだった。

「いらっしゃいませ。お待ちしてました。今日は比較的涼しくて、よかった」

「ちょうどいい気温よ。ここは湿気がなくて、からっとしてるもの」

電車の中で眠っていたらしい先生は、すっかり寝癖のついた髪を手で直しながら、まだしょぼしょぼした目で迎えの車に乗り込んだ。

「あら車、変わったのね。ガソリンも値上がりする一方だから経費も節約しなくちゃあね」

車が小さくなったのではなく、乗る人間が来るたびに重くかさばってきているのだと思いながら、バックミラーでちらちらと泉さんを見る。以前より彼女も少し太ったようだ。会った当初は尖っていた顎に優しい丸みが出来ている。ベージュの麻の服の胸元から水牛のペンダントが覗いている。彼女は決して年配の女性が好むじゃらじゃらした大振りのネックレスをつけない。ダイヤモンドや金のアクセサリーをつけているのも見たことがない。

「私、一度行ったことのあるダムが見たいな」

見つめられていることに気づいたかのように、珍しく彼女が開口一番リクエストをした。

「今年は梅雨が長かったから、水の量が多いでしょうね」

矢部さんがうきうきした声で同意したので、行く先はすぐに決まる。先生は返事の代わりに大欠伸をしている。

「名前のせいかな。私は水の風景が好き。川でも湖でも、水を見ると心がすーっと落ち着くの」

「よく言うじゃないですか。人間はみんな胎児の時の羊水への憧れを持っているって」

妻が助手席から声を張り上げる。こんな小さな車の前後に座っているのだから、振り返る必要もないし、声を高くする必要もないのに。

夏休み前の平日の観光地はがらがらで、対向車とすれ違うこともないし、バスも通らない。山の麓《ふもと》のトウモロコシ畑を抜けて、ダムのある山道をスピードを落とさずに上ることが出来る。

「あら珍しい。蔓紫陽花が咲いてた。いいわねえ、楚々として涼しげで。名前ばっかり凝って、赤ん坊の頭ほどある大きな紫陽花にはまったくうんざり」

先生がやっと目が覚めたらしい声で言った。

「品種改良の園芸種はいくらでも作れるけど、絶滅種の野性の花は育成できない。花も名もどんどん滅んでいきますねえ」

妻が話題にそぐわない大声で相槌を打つ。

泉さんは窓から手を出して風をすくっている。短い髪と小さな耳を風に触らせている。彼女の周囲にたゆたう存在自体が僕にとっては泉そのものだ。五年間、心がひび割れた湖底のようになるたびに、僕は彼女の小さな顔と、手鏡ほどの沈黙と気配を、湧き水のように大切にすくって飲み、渇きを癒してきた。

「一句拾った」と矢部さんが得意そうな声で言ったので、はっと我に返って吟行なのだということを思い出した。

「小学校の頃、決壊した土手の水を自分の手でせき止めて、村を洪水から守った少年の話を読んだことがある。あれは童話だったのかしら。それとも実話かな」

「泉さんの創作じゃないの。ずっと昔に読んだ気がするなんていうのは、大体言い伝えや昔語りを、知らないうちに自分で脚色したりしてるものよ。人間の記憶なんて、当てにならないんだから」

妻はずいぶん念入りに化粧をしている。東京からこちらに移ってきた当座はもう一生顔に色々つけなくて済むと言っていたくせに、ここ数年自分の容貌にかなり気をつかって手間暇をかけるようになった。東京にいる娘の所へ子守に行くだけなのに、まるで見合いか同窓会に行くようなおしゃれをして出かける。帰宅する時は必ず、デパートの紙袋を一つ、二つ提げている。留守番の亭主には夕食代わりの弁当か、ちょっと値の張る菓子だけで、袋の中身は自分の服や靴と相場が決まっている。

「あら、私も似たような話を聞いたことがある。偉人伝みたいなものだった気がするわ」

妻よりも一回り年上の先生の方が格段に記憶力がいい。先生の皺の寄った口元はよく締まる蟇口《がまぐち》のように、記憶をしっかり飲み込んで閉じ込める。

「今頃の水の景色は特にいい。分け入っても分け入っても青い山。山頭火じゃあないけれど、水に映った夏山は格別ですね」

八年前、その水に近づけなくて難渋したと打ち明けるのは憚《はばか》られた。妻でさえ忘れている過去を思い出したところで仕方がない。半年もあちこちの大学病院で検査を繰り返した挙句、医師の下した結論は「鬱病」ということだった。慢性的にだるい、吐き気がする。疲労が溜まる。食欲がなくて、眠れない。そうした諸症状が、これは気分ではなくて病気に違いないと確信したのは、トイレで倒れた時だった。

下痢や嘔吐や排尿のトラブルではない。トイレの水が怖かったのである。日常生活を普通に送っている人は気にもとめないだろうが、生活の中で最も水のイメージが濃い場所はトイレである。

決壊と沈没と入水の恐怖がとめどなく広がって、ただ水が怖かった。風呂は怖くない。湯はなんとも思わないのに、水道の水や排水溝やびしょ濡れの路上が怖くて歩けないのだ。ちょうどサラリーマンの心の闇が取り沙汰され始めた頃だった。社内でも自殺者が出たこともあり、会社の対応は親切過ぎるほど手厚かった。心療内科の医師と相談して、ストレス軽減のためにカリキュラムが作られ、休暇が与えられ、閑職が用意された。

それでも結局、病欠の延長は心苦しく、早期退職することに決めたのだ。

「あのサイレンは何かしら」

泉さんが近づいて来て、僕に尋ねる。髪からも首筋からも、水牛のペンダントが揺れている胸からも水の匂いがする。それでも僕はまったく息苦しくもならないし、盛り上がり続ける水面の幻像に追い詰められることもない。

「放水の合図じゃないの。そろそろ帰りましょう」

妻がやっと夫の八年前の病みを思い出したらしく、少し性急な面持ちで提案する。

「そうね。俳句は出来なかったけど、充分堪能しました。これだけの体積の水を見て。でも私はやっぱりダムよりも流れている川の方が好きだわ」

「僕もです。夏河を越すうれしさよ手に草履、です」

先生と矢部さんが未練げもなく車に戻ると、泉さんがもう一度振り返って満々と水を湛《たた》えた七月のダムを見つめた。

「ダムの水だって元は川です。川が畳まれて眠っている。またいつか遠くへ流れていくために」

鬱病と知れた時は、まだ「これで正々堂々と仮病が使える」と強がりを言うくらいの余裕はあったのに、退職した途端症状はむしろ悪化した。だから川や沼や水田のある田舎に引っ越すと決めた時、家族や周囲の者は猛反対した。「まるで自殺行為だ」と担当の医師は激怒した。その通り。自殺するつもりで、縦横に大小の川が交差するこの町を選んだ。怖くて身動きの取れないような心の空洞を、持ちこたえることに疲れきっていた。

「この前ダムを見に来た時は、冬でしたね。確か」

私たちはさりげなく寄り添ってもう一度ダムを見た。まるでオンディーヌのようにこの人は帰りたがっているのだ、とふいに思った。どこへ。もちろん、心理学者が言うような羊水などではなく、もっと未知の場所、たとえば永遠に彷徨い続けていられるような所へ。そしてまた遠くへ流れ去って行くために。

「とっても寒くて。途中から風花が舞ってきた。もう三年くらい前になるのかしら」

「ええ。三年前の三月五日です。子の吐息ひとつふたつは風花に」

「よく覚えているんですね。だけどほんと下手な句。私ってちっとも俳句が上手にならないの」

少しふっくらした頬に、水のような浅い笑窪を見せて泉さんが笑った。


「あっ、また売り家の看板。今さっきも誰も住んでいない家がありましたね。このあたり、交通の便がよくなったのに不景気なのかな」

「一時の別荘ブームが終わったせいもあるけれど。引っ越しの理由は住人の老齢化だと思いますよ。年寄りは若者のようにインターネットとコンビニがあれば生きていけるわけじゃあない。せっかく一生懸命保険を払っても、病院がないんじゃあ、どうにもならない」

矢部さんと僕の会話を聞きながら、妻が助手席でわずかに身を硬くしたのがわかった。過疎化や買物難民の問題は六十七歳と六十五歳の夫婦にとって決して他人ごとではない。

「やめましょ。吟行に来た時くらい。不景気の話と病気の話はきりもないし、俳味もない。矢部さん、時事川柳みたいな句はおやめになって下さいよ」

先生が凛とした声で体重に見合った太い釘を刺す。

まるで草に沈没するような赤い屋根のドライブインが近づいて、瞬く間に消える。三年前にはけっこう美味いピザを食べさせる店で、妻と幾度か通ったことがある。こだわりの窯で焼いていると若い夫婦が自慢していたが、五年もたなかった。跡地を誰かが買ったという噂も聞かない。真っ青な茅と葛の葉の土用波が乗っ取って、自慢の窯もたやすく沈没してしまったのだろう。

「ホスト役が席題出してよ。浩二さん。恵さんでもいいわ」

先生が座を盛り上げるように言う。寡婦になってからもう二十年近くになる先生の、一人息子や孫の話題を滅多に口にしない非日常的なところが気に入っている。ずっと句会を続けていても、お互いの私生活についてはほとんど知らない。噂話と自慢話をこれほど見事に排除したつきあいが維持出来るのは、もっぱら彼女の才覚によるものだと密かに敬意を払っている。

「夏料理」

妻が迷いのない声で言った。これから出すサンドイッチのことを考えていたのか、あるいはメニューを決めた際に句を作っておいたのか、きっとそのどちらかだ。

「浩二さんは？」

偽アカシアが散っている林道の入口に、「蜂蜜売ります」の看板が出ているのが目に入った。

「蜜」

思わず口から出ただけなのに、隣で妻が息を飲む気配がした。出てしまった言葉は戻らない。たかが席題ではないかと思いながら、なぜか顔が上気するのだった。

「じゃあ私は蓮にする。他にはある?」

「出句は六句でしたね。では私は水ということで」

矢部さんが答えると間もなく、「私も水しか思い浮かばない」と泉さんが言ったのでみんなで笑った。


私は俳句結社に入ったこともないし、数十人が集まる大きな句会の経験もない。ただ勤めていた頃に俳誌の編集をしていた上司がいて、毎号義理で読むうちに、自分もこのくらいは作れそうな気になり、句らしいものが出来るとくだんの上司に指導を乞うた。一年が過ぎた頃、勧められるまま投句を始めた。三回に一度くらいは最後尾にしろ掲載されると、俳句を作ることが生活の中に習慣として定着した。

定着はしたが、向上はしなかった。こういうものは向上とか上達とかは元来しないものだという思い込みが最初からあった。今でもある。最低限のルールと方法さえわかれば気楽に続けられる。

「今度はまあまあ」「やっぱりだめだな」と反省をしたり、少し満足したりすることは、スポーツの世界で常に最新の記録を目指したり、他者との競争に骨身を削ったりするのとは違う、極めて内輪の喜び、密かな趣味の領域に留まるものだった。

生活のひとつの習慣のような俳句は、病気による日常生活の瓦解に伴い、真っ先に姿を消してしまった。治療の一環として、リハビリを兼ねた閑職に席を置いていた頃、俳句を手ほどきしてくれた上司が定年の挨拶に来て、「本当はこれからが俳句を楽しめる時期なのに」と傷ましそうな目で気づかってくれたのを覚えている。

私の句が掲載されている俳誌を、たまたま夫婦二人きりの生活になって暇を持て余していた妻が読み、面白半分に区の主催する俳句教室に参加した。早瀬先生はその時の講師である。

「席題に水が出てきた時は、どきっとしたの。でもあなた、本当に完治したのね。私、今日は俳句のことより、そっちの方がうれしくて。なんだかじんときちゃった」

句会は無事済んで、先生たちを八時七分の特急に乗せて七月の吟行句会は終わった。この次に会うのは秋ねと先生が言った時、唐突に「十月までは生きよう」と思った。今度は秋、という言葉を聞く前は、切迫した思いなど少しも感じずにいたのに。

「どうしたというのだ。ずいぶんオーバーな決意なんかして。つくづく弱気な奴だ」と自分を嘲笑する一方で、そんな自分に憐憫に似た思いを抱いた。

僕の泉は後三ヵ月はどこへともなく彷徨って、遠いK町のちっぽけな砂漠がひたすら泉の再来を待っていることなど知る由もないのだ。特急電車はとっくに、本物の砂漠よりずっと猥雑なヒートアイランドに到着しているだろう。

「浩二さんの蜜の句、とてもよかった。私も蜂蜜用の木の匙《さじ》が欲しくなったくらい」

送って行く途中で泉さんが言った言葉が、霊妙な音を伴った水輪のように今でも消えない。やがて水輪は遠ざかり、あるかなしかのさざ波を残して消える。彼女はもう都会の人混みと絶え間ないお喋りの泥はねを浴びて、ネオンの破片が散らばっている薄汚い幻野に紛れてしまっただろう。

「どの花の蜜とも知らず朴の匙。あなたもずいぶんロマンチックな句を作るようになって。病気の前と後とでは句風まで変わるのね。私、驚いちゃった」

手みやげにもらったチョコレートケーキを食べながら妻は上機嫌で喋る。

「白きもの短冊に切る夏料理。君の句もよかったよ。先生も素直でさっぱりしてて、気持ちのいい句だって褒めてたじゃないか。でもあれはズルだね。席題を出す前に作ってあった。とっときだろ」

「とっときだなんて。ずいぶん意地悪な言い方ね。だって席題って、大体そういうもんじゃないの。私よりあなたはどうなのよ。蜜なんていう席題をしゃあしゃあと出して」

チョコレートのついた唇を雑にぬぐうと、妻は紅茶のおかわりをするために席を立った。


吟行の翌日は雨だった。五年前の冷夏を思い出させる肌寒い日で、昨日とは温度が五度以上低い。寒暖の差が激しく、降水量も少なく乾いているというのが、K町が避暑地として開けた最も大きな理由である。

「ちょっと散歩をしてくるよ」

客が来た翌日は遅寝をする習慣の妻に声をかけ、家を出た。

夕べはあまり眠れなくて、何度も夢の中に五年前の夏野が出てきた。泉さんの姿もなく、もちろん自分もいない。人影のまったくない朝露に濡れている野原だったからこそ、「待たれている」という気がしてならなかった。

その野原は以前は牧草地だったというが、十数年前にレジャー施設用に買い上げされたものの、ご多分に漏れずバブルの夢と消え、そのまま放置されている。

軽自動車がすれ違うにも苦心する道を隔てて水田が広がり、水路のような細い川が流れているので、野原の中は湿原の植物が多く自生している。「立入禁止」の立て札が、伸び放題の葦に半ば埋もれ、蝶の採取に来るらしい子どもたちがつけた細い道が伸びている。

車の中で合羽と長靴という出立ちに着替え、身をこごめるようにして草の種族の領地に入っていく。雨の中、水田に出ている農夫もいないし、人家も遠い。野原の中に入ってしまえば、身長一メートル七十三センチの男など、あっけなく草の波に没してしまえるのだ。

立ち泳ぎをするような格好で、草を分け入ってどんどん奥まで行く。雨の滴で重くなるほど濡れ、身体ごと草の波に抗うように進むので、頭からも顔からも滴が垂れ、合羽を着ていても草いきれと汗で全身が蒸れたようになってくる。夢中で草を分けた時につけたのだろう。気がつくと手や腕にいくつもひっかき傷が出来て、薄く血が滲んでいる。

「夏草が繁っている時は軍手がいるな」

独り言を言いながら、少し高くなった場所で周りを見渡す。茅や青い葉や葛などの蔓が幾重にも絡まった草むらには、飛沫《しぶき》のような白い花が浮かんでいる。蛍袋やぎぼうしやひよどり草の薄紫が滲みながら傾いでいる。

一度花たちに目が止まると、湿原の貴重な蘭などもあるので歩く速度はぐっと落ちる。花たちを避けてわざとぬかるみの中を歩いたりするから、ズボンの裾は泥だらけだ。

「野性の鷺草が咲いていますよ」

泉さんが初めて吟行に来た五年前にすぐ前を歩いていた彼女に声をかけると、「鷺草って」と言って、小さな白い花を屈んでしげしげと見つめた。近づいてみると、ずいぶん童顔なので驚いた。目も口もあどけないほど無防備な感じがした。

「よく見ると、ちょうど鷺が飛び立つ形をしているでしょ。純白の羽を広げて」

泉さんは、妻や同年輩の女性のように急き込んで慌ただしく同意したり、無闇に興奮したりしない。じっと見つめている沈黙の気配が、彼女の独特のオーラになっている。そのオーラこそ、僕にとっては掌で大事にすくって飲む尊い水なのだ。

「気をつけて、あなたの足元に咲いている野性の撫子を踏まないように」

「野性の撫子?」

五年前、彼女は俳句をする人には珍しいほど、花や植物の名前に疎かった。

「ほんとうに、撫子。扇子なんかに描かれているのと同じ」

花を見終わってもなかなか歩き出さないので、また何か知らない花でも見つけたのかと、思わずそばに戻った。

「貴重な花があまりあちこちに咲いていて、今までのようにはさっさと進めなくなりました。案内をしながらすぐ前を歩いてくれませんか」

夏萩が花よりもたくさんの露をこぼして、立ち尽くしている彼女の膝を濡らしている。足元を見ると、ずいぶん華奢な布の靴を履いているのだった。

「じゃあ僕が前を歩いて、茅や濡れた枝を分けますから同じ所を歩いて来て下さい」

黙ったままついて来る彼女を従えるようにかばうようにしながら、どのくらい歩いただろう。妻と寛《くつろ》いで歩くより、知らない間に早足になっていたのかもしれない。子どもがむきになって進むように、濡れた草原を果敢に踏み分けてどんどん奥へ行った。

「普段はもっと咲いているんですけど、今年は山百合の数がとっても少ない。だけどいい匂いでしょう。雨の中でさえこんなに匂う」

花を教えるたびに二人の距離は縮まって、彼女の気配がまるで水の袋を背負っているように、ひたひたと濃くなっていく。忘れていた息苦しさが蘇って、だんだん歩き続けていくのがつらくなってきた。

「もうこのあたりで引き返しましょう。先生たちも、あなたの連れの姿も見えなくなってしまった。みんな私たちが遭難したのかと、心配しているかもしれません」

雨は小降りになっていたのに、二人ともびっしょり濡れていて、彼女がかぶったままのフードには緑色の染みがたくさん出来ている。

「あと少し。だって、じきに川があるのに」

疲労の滲んだ声は心細そうなのに、前方を向いた目は逸《はや》るように草原の先を見据えている。もし私が引き返しても、彼女はこのまま進むに違いない。草原の奥に川があるはずもないが、ここまで引率してきた責任は自分にあるのだと観念した。

少し歩くと、今までなかった菅草の花が一列に咲いているのが見えた。鮮やかな色に手招きされるように並んで数歩進むと、下草を倒すほど水嵩《かさ》のある川岸に出た。梅雨が長引いて溝が増水したのかもしれない。

「こんな所に川が流れてるなんて、知らなかった。それにしても、よく分かりましたね」

彼女の深い呼吸音が聞こえて、はっとした。疲れて気分でも悪くなったのかと、顔を覗き込むと、その目には感動としか言いようのない無邪気な悦びが漲《みなぎ》っていた。

深い悲しみや激しい嘆きに心を揺さぶられることはあるが、他人の陶酔や法悦にこれほど魅入られたことはかつてなかった。誤解を恐れずに言うならば、それは性的な高揚を共有することに少し似ていたかもしれない。一瞬、私たちは指一本髪一本触れずに、同じ水に触れ、抱き取られ、縒《よ》り合わされながら、一緒に飲み込まれた。

「この湿原にはたくさんの泉が隠されていて、その地下水が集まって流れている。歩きながらずっと、ここは水が出会う場所だと思っていました」

そうか、ここは水が出会う場所なのか。二本の濡れた木のように、草原の岸に立ちながら、僕をここに導いてくれた彼女に、言葉では言い表せない神秘的な力を感じていた。

あれから五年が経つのだ。

同じ川を一人で見ている。あの時に比べると三分の一位の水量で、色もほとんど無色で、柔らかい水の肌が誘うように嫋嫋《じょうじょう》と流れている。

佇んでいるうちに、次第に雨が勢いを増して、流れに小さな水の渦を作る。季重ねの出来損ないだから、昨日は出せなかった句を思い出して、一人で笑った。

　戻り梅雨水につまずくあめんぼう　　浩二

秋声

妻は朝早くから、近所にあるペンションのオーナー夫妻とレストランを営む俳友と連れ立って、茸取りに出かけた。夕べのおかずとほぼ同じものが詰めてある弁当を一人で食べていたら、次女の杏子から携帯に電話がかかってきた。

「お父さん。今、家でしょ。近くにお母さんがいる?」

留守番だと告げると一端切れて、居間の電話が鳴った。

「お母さんには内緒の話。前もってお父さんだけには知らせておくけど。私、近々離婚することになると思う」

次女は東京で服飾関係の仕事をしているが、社内恋愛をして五年前に結婚した。仕事は辞めないままバイヤーとして国内外を飛び回る多忙な生活が続いて、子どものいない夫婦の間はすぐにあちこち綻《ほころ》びや軋《きし》みが生じ、平穏だったことがない。離婚話もこれが初めてではないが、愚痴や不満の刷け口である母親にではなく、父親にだけ知らせるというやり方が、今までの夫婦喧嘩とは異なっていた。

「徹君は承知したのか」

「承知も何も。帰って来ないのよ。女の所から」

これはひどいことになっていると直感した。杏子は思いきりのいいクールな外観とは反対に、根は寂しがり屋で臆病なところがある。男がきちんと向き合おうとせず、答えを避け続けているとしたら、娘はなかなか決断が出来ないだろう。修羅場は場数を踏んでいるし、戦うなら勝算もあるかもしれないが、自分をじっと持ちこたえることに慣れていない。支えたり、待つという持久力に乏しい娘なのだ。

「仕事は続けているのか。会社では顔を合わせるんだろ」

「だから余計、参っているのよ」

次女に比べて長女の菜緒は一見素直で大人しく見えるが芯がしっかりしている。自分の立場を相対的に見る目があって、足場が揺るがない。どちらの娘が、両親のどの性質を受け継いでいるのか判然としないが、私は外観にそぐわない次女の脆《もろ》さを、長女の安定した性格よりも、自分に近いと感じることが多い。

「参っているなら降参すればいい」

「簡単に言わないで」

「簡単じゃないのはわかるが、降参した後に、意外とすんなり覚悟が出来ることもあるよ」

心配と男親の甘さでつい体裁《ていさい》が綻び、本音が漏れた。漏れてしまってから、自分が病んでいる時に、同じアドバイスを受けて、ひどく苛立ったことを思い出した。

「お父さんは降参して仕事を辞め、覚悟が出来たの？　だから水だらけの田舎へ引っ越すことにしたわけ？」

次女の反撃に少し怯《ひる》んだ。病んだり傷ついたりしている最中は、どんな演技も建前も本人には必死の防御だから、人の意見をがむしゃらに跳ね返して省みない。かつて自分が病んでいた時も同様だった。

「降参はしたものの、覚悟が出来なかったらどうすればいいのよ。後悔して、やっぱり別れなければよかったと思ったら。あたし、どうなっちゃうの」

受話器から嗚咽が漏れてくると、しゃくりあげる気配が呼び水となったのか、自分が発症するきっかけになった時のことをふいに思い出した。

山梨に接待ゴルフに行った帰途のことだった。私は東京に帰る専務の車の後ろを走っていたが、やがて襲ってきた容赦のない睡魔のためにスピードを落とさざるを得なくなった。

どこかに停車して、仮眠を取ろうと決めた時、前方に立ちはだかるように隧道《ずいどう》が現れた。急ブレーキをかけた瞬間、頭の中でどろりと液体が傾くような嫌な感じがした。

眠気の塊だと思ったそれは、意外にもどんどん体積を増やして、頭の中だけでなく全身を包み込む重さとなっていった。停車して外気に当たるしかないと、車のドアを開けたところまでは意識がはっきりしている。

気がつくと、びちゃびちゃっと滴の垂れる音がして、私は隧道の中にいた。間断なく滴ってくる水が髪や腕を濡らし、寒さのために全身が総毛立っている。このままでは水と暗闇に潰される。ぐしゃぐしゃになって、惨めな猫の死体のように捨ておかれる。

反対車線から来た車のクラクションで、私はよろめきながら、やっと隧道を出た。

「お父さん、聞いてるの、私の話。とにかく近いうちに帰るから。その時までお母さんには何も言わないでね」

あの時のクラクションの音に似た娘の甲高い声で、私は八年後の現実に連れ戻された。

もう残りの弁当など食う気がしなくなった。朝から吹いていた風が勢いを増して、庭の木々を容赦なく揺すっているのをぼんやり眺めた。庭には以前の住人が植えた木々がちょっとした雑木林ほどに育って、水木もエンジュもクヌギも色づき始めている。鮮やかな実を燭台のように掲げた七竈《ななかまど》や山法師。どんな木々も花が咲くものは、すべて色とりどりの実をつける。ここへ来るまではそんな当り前なことさえ、わかっていなかった。

秋は紅葉と菊人形。松茸と栗飯くらいしか知らないで俳句を作っていたことを思い出すと、我ながら余りに乏しい自然観に苦笑せざるを得ない。引っ越して来た当初は病気のぶり返しに脅えていたから、春夏秋冬の一巡りを無事に過ごせただけで満足だった。

二年目になってようやく周囲を見回す余裕が出来た。庭木に水をくれたり、鼻歌混じりに洗車も出来る。渓流にかかる吊橋も渡れるし、散歩の途中に現れる沼や貯水池はもちろん、喫茶店の水槽にすら脅えなくなった。

このK町に転居して三年目、発病の発端さえ忘れかけていた頃、泉さんと初めて会った。

鳩尾も鎖骨も深し秋の水
去年の秋の句会で彼女が作った句をこの頃よく思い出す。いい句だと思ったのに、どうしても選句出来なかった。選べば人前でこれを詠まなくてはならない。そうすればきっと誰かに気づかれる。妻でないとしても、先生か、あるいは泉さん本人に。それはどうしても避けたかった。今となっては、私が最も怖れ脅えるのは、妻の不信を招くことでも、快癒した病みがぶり返すことでもない。彼女と会えなくなるかもしれないという、ただ一点にかかっているのだと、その時身に沁みてわかった。

夏野の吟行から、待つこと百日。六十八回目の夏を無事生き延びて、やっと後一週間したら秋の吟行句会で彼女に会える。

「月夜茸表札のない門に生え。この句いいでしょ。茸狩りの後、笹山ペンションで句会をしたら満点句。あなたも来ればよかったのに。来週先生たちと句会をする時の練習にもなったし。それに少しは地域交流もしないと、変人扱いされるわよ」

「どれが月夜茸なんだ?」

妻の意見をはぐらかすために、新聞紙に並べられた茸を眺める真似をした。

「月夜茸はこの中にはないけど。でもこっちの袋茸は炒めるとすっごく美味しいの。もうペンションで試食済み」

並べられた茸は、泥と朽葉と樹液と乳の匂いがした。一見毒のように見えるケバケバしいものが食べられて、マーケットに並んでいるような無害らしい茸が、猛毒だったりする。シーズン中には近在でも一人、二人は中毒で死ぬ者がいると聞く。句会は口実で、ペンションの主は茸名人と評判の高い山根シェフに茸の見分け方を教わっているのだろう。

「紅葉山男は男と連れ立ちて。いつまでもこんな句を作ってるから、山根さんは結婚が出来ないのよ。もうじき五十歳になるんだって。あんなにハンサムなのに、もったいない」

妻は濡れティッシュと綿棒と刷毛で茸の下処理をしながらお喋りを続ける。茸山を吹いてきた風が裾野に下りてきたように、茶の間は晩秋の森の匂いに包まれる。

「本当に毒茸はないだろうな。名人だって、弘法にも筆の誤りってことはある。ちゃんと試食済みのものしか食わない方がいい」

「あなたって、見たより臆病なのね。大丈夫よ。句会で泉さんに食べさせたりしないから」

早瀬先生の句会が近づくと、妻は揶揄や冗談に紛らせて軽い嫉妬のジャブを繰り出すことが多くなる。夫が日増しに他の女性に惹かれていっていることに気づいているのだろう。

「泉さんより、気をつけなけりゃならないのは先生だろ。なんと言っても高齢なんだし、口は達者でも、免疫力は落ちているから」

「もちろんよ。これはみんな地産地消ということにします。いいじゃないの、夫婦揃って茸で死ぬのなら。人間なんてどうせ何かに当たって死ぬようなもんよ」

「それもそうだ。水に当たって、死ぬより俳味がある」

私の応酬に、妻は慌てて下処理の終わった茸の籠《かご》を抱えて台所に引き上げて行った。

味噌汁の具にしたり、スパゲッティに混ぜたり、鍋に入れたりと、その後は山根さん直伝の講釈を聞きながら、色も匂いもまちまちの茸料理を連日食べさせられた。

「ねえ、明日の句会の食事は『レストラン山根』にしましょうか。泉さんって、オーナーみたいな男性が案外好みかもしれない」

妻は興味津々といった表情で私の顔色を窺《うかが》った。

「そうだな。だとしたら早く予約を入れた方がいい」

見当はずれの牽制球をあっさり交わして、老夫婦の攻防は片がついた。午後になると、妻はつまらなさそうにハミングバードにサンドイッチ用のパンを買いに出て行った。

句会の当日は素晴らしい秋晴れとなった。

「こんな晴天は滅多にないから、山に登ってみましょう」

最初からその予定だったらしく、三人とも軽い山歩きの格好をしている。先生すらスポーティな上着にリュックという出立ちで、矢部さんは古い登山靴を履いていた。わざと泉さんの姿を見ないようにしていたら、「泉さんって、サングラスをし慣れているのかしら。とってもお似合いね」と妻が私の肘をこれ見よがしに突いた。

登山と言っても目当ての山は、ケーブルカーで登れば十分ほどで頂上近くまで行ける。冬季の三ヵ月を除けば、軽装のカップルで賑わうハイキングコースなのだ。

「裾野は七分だけど、頂上は紅葉の真っ盛りよ。K町は桜よりも、錦秋で有名な景勝地ですから」

妻は後部座席で先生と泉さんを相手に熱の入った観光案内をする。山道を上る時、助手席ではらはらするのは嫌だからと、矢部さんと席を交換したのだ。

「私も花見よりむしろ、紅葉の方が好きだなあ。花の盛りは短か過ぎる。男はこの齢になると、桜より残照の山が身に沁みるもんじゃないですか、浩二さん」

矢部さんは来るたびに饒舌になる。無闇に感動しては、句や歌をひっきりなしに引用し、自己陶酔に浸る。挙句、感傷的なおばさんのような句が最近目立ってきた。

「俳句はね、いたずらに身に沁みちゃあいけないの。カラオケで演歌に感情移入するみたいになったら、おしまいよ」

似合わないニットの帽子をかぶった先生の言葉に、内心喝采を送る。泉さんも笑った。彼女は滅多に歯を見せて笑わない。大声を出したり、笑み崩れたりしなくても、首や肩や顎の線で私には彼女が微笑んだのがわかる。きれいな水溜まりに光が通って過ぎる。そんな密やかな微笑が泉さんには似合っている。

「あの赤い実はなんなの。その上の紫色の鈴なりのものは、野葡萄でしょ。すごいわねえ、アケビがあんなふうに割れているの、初めて見たわ」

先生が興奮してしきりに指さすので、仕方なくスピードを落とす。クラクションを鳴らしてスポーツ車が追い越して行った後、中継点に車を停めた。

「錦の屏風を立てまわしたよう、とはよく言ったものね」

「落日の時はまるで山火事だろうな」

嘆賞し合う三人から離れて、泉さんがさりげなく私の隣に来た。

「浩二さん。あの山襞《ひだ》に見えるのは滝かしら」

「よく見つけられましたね。冬枯れの頃には時おり姿を現しますが、この季節には滅多に見えない。地図や観光案内にも載っていない幻の滝。あの山には何度も登りましたが、滝に会えたのは私もたった二回だけです」

私のいる場所からでは、華やかな紅葉の隙間を縫う光の線にしか見えない。よく確かめようとして身体を傾けた拍子に、泉さんの柔らかな胸に肘が触れた。慌てて姿勢を戻すと、妻がアケビの蔓が伸びている崖によじ登ろうとしているのが目に入った。先生と矢部さんが口々に妻を励ましたり、煽動《せんどう》したりしている。

「滝の真下まで行けるのかしら。近くで見たことがあります？」

泉さんは他のことはまったく眼中にないように、滝の見えるあたりに目を凝らしている。

「ええ。一度だけ。人間嫌いの気難しい滝で、なかなか会ってくれないけれど」

「まるで抜き身の刃みたいに光ってる。ほんと、気難しそうな滝ですね」

泉さんはうっとりと子どもっぽい憧れと興奮を全身で表している。あまり無防備な表情で我を忘れているようなので、つい寄り添って言葉を継いだ。

「何度もはぐらかされて、やっと対面出来たのは、三年前の初夏です。梅雨の後で水量が増していたから、瀑声に導かれて」

「冬になると凍ってしまいますか」

「ええ」と短く答えた。滝と対面した感動を詳細に伝えられなくても、今まで誰も気づかなかった滝を、他ならぬ泉さんだけが発見してくれたという思いが胸に満ちた。

「どんなに気難しい滝でも、冬になって水音のない凍滝になってしまっても、私は必ず見つけ出せる、きっと会える」

滝からのエールに全身で答えるように、泉さんは確信に満ちた声で言った。


ケーブルカーを降りてから、山の頂上まで登った私と矢部さんが、待合室にいた女性三人と合流したのは午後一時を過ぎていた。

「早く下山して句会をしないと、夜になっちゃう」

待ちくたびれた妻の苛立った声に急き立てられて、下りのケーブルカーに乗った。

「最近はほんとに日が短くなって、午後から日暮れまでがあっと言う間。都会みたいにネオンがないから、ここは真の闇夜なの」

「短日は東京も同じですよ。年寄りは毎日毎日ちょっと損した気分。それでなくても少ない残り時間を搾取されたみたいで」

先生の冗談でみんなが笑うと、ケーブルカーが少し揺れる。よろけた瞬間に矢部さんが、泉さんが持っている青い花に目を留めた。

「あれ、ずいぶん物騒なものを摘みましたね。それ、鳥兜の花じゃないですか」

矢部さんの指摘で、他の客がいっせいにサングラスをかけたままの泉さんを見た。

「彼女が高山植物を盗んだわけじゃないのよ。たまたま森林パトロールの人が通りかかって、自然に折れたのをくれたの。若い美人は得ねえ。鳥兜は根には有毒物質があるけど、花は無害なんだって」

若い美人、と泉さんを称した時妻は少し皮肉な表情をした。正確に言えば泉さんは若くもないし、美人というわけでもない。顔立ちだけに限れば、むしろ妻の方が整っている。妻はきっと「若くもないし、美人でもないけれど、私より目立つ」と言いたかったのだろう。

確かに泉さんには他の女性たちにない不思議な魅力があった。それが一種の華やかさなのか、個性なのかわからない。ただ薔薇やカーネーションならともかく、高山に咲く青紫の鳥兜を差し出すとしたら、この人こそふさわしいと思わせる雰囲気がある。そんなことを思いながら、黒いサファリジャケットを着た泉さんの横顔を盗み見た。

「今生は病む生なりき鳥頭」

ケーブルカーが麓に着くと、手を差し出した私に摑《つか》まりながら、先生は石田波郷の句を口ずさみ、ちょっと傷ましそうな目で泉さんと鳥兜の花を見た。

妻の心配が現実となって、自宅に戻った頃には短い日が暮れかかっていた。

「あら、私道に車が止まってる。誰か来てるのかしら」

妻が車を降りて小走りに門に近づくと、二階の窓から次女の杏子が手を振っている。

「お父さん、杏子が帰って来てる。何かあったのかしら」

夫婦二人きりの生活になってから滅多に私のことを「お父さん」などと呼ばない妻が、途端に自分もお母さんに戻った声で言った。

「いくら林の中の一軒家でも不用心過ぎるんじゃない、お父さん。鍵もかかってなかったのよ」

句会に出すサンドイッチの準備をしていると、杏子がそっけない声で話しかけてきた。

「やっと決心がついたから、気が変わらないうちに来たの。明日は帰るけど」

案じていたほどは憔悴していないので、ほっと胸を撫で下ろした。事情を知らされていない妻はただ単純に娘の里帰りにはしゃいで、先生たちに引き合わせたりしている。

「こんな才色兼備なお嬢さんが句会にいると、座がぱっと華やぐんだけど」

先生のお世辞にご機嫌な妻の傍らで、泉さんが句を作る時の癖で、眉間に薄い皺を寄せてペンを走らせている。

句会も済み、夏よりも一時間早い特急に間に合うように送ることになった時、珍しく妻が「私はここで失礼します」と車に乗らずに見送りの挨拶をした。

「恵さん、よっぽどお嬢さんの里帰りがうれしいのね。俳句なんて、上の空って感じで」

先生が皮肉など微塵も混じらない声で、おかしそうに言った。それにしても今回の句会での、妻の落ち着きのなさには、私の方がずいぶんと居心地の悪い思いをした。

「いやいや、上の空でもないですよ。萩の月寝台二つ繋ぎをり。そこはかとなく色っぽくて。恵さんの句、私は好きです。まったく夫婦仲良くて、羨ましい限りです」

矢部さんの見当はずれの褒め言葉に、いっそういたたまれない気持ちになる。十年前に更年期を理由に、寝室を別にしたいと言い出したのは妻の方だ。仕事人間の私につきあっていると、睡眠不足でノイローゼになりそうだと訴えられては是非もなかった。

当時の妻の提案が、私の思いがけない発病から、ずっと退職した後も続いている。性生活のないことについて、一度も妻から不満を言われたこともなければ、私から好んで話題にしたこともない。なぜ今頃になって、妻がこんな句を作り、あまつさえそれを泉さんのいる句会で披露したのか。不可解を通り越してただ腹立たしかった。

「とんでもない、夫婦円満なんて。お恥ずかしい限りです。他注他解で恥の上塗りをするわけにはいきませんしね」

駅に着く前に日はとっぷりと暮れてしまった。泉さんの沈黙が水のように漲っていく気配がする。沈黙が続くほど存在感が増して、深い眼窩の下で一対の目が黒々と鎮まっているのがわかる。やがて瞼が伏せられ、息が緩くなり、腕がしなやかに降ろされて、眠りが彼女を支配するまで、ずっと傍らで見守っていたいという思いがどうしようもなく募ってくる。「萩の月寝台二つ繋ぎをり」という妻の句の景が、皮肉にも私の想像を増幅させる。萩の月でも、無月でもかまわない。棺のように並んだ寝台が、やがて静かに水に浮き、私たちをゆっくりと悠久の夜の川に押し流してくれたら。

帰宅すると、句会用に作ったサンドイッチを肴に、妻と娘がワインを飲んでいた。

「おかえりなさい。恋人と存分に別れを惜しんできましたか。後三ヵ月か、もしかしたら今年いっぱい会えないかもしれないんだから」

妻は若い頃はアルコールは一滴も飲めなかったのに、中年過ぎになってから医師に勧められたと言って、赤ワインを嗜《たしな》むようになった。私はつきあいで酒を飲むのは苦ではないが、酔うという状態に、一抹の用心を忘れることが出来ずにきた。しかし飲酒の習慣のない家庭に育ちながら、二人の娘は揃って酒に強く、酔いを歓迎する性質だった。

「杏子、真剣な話があるなら、お母さんに酒なんか飲ませるんじゃないよ」

泉さんを送ってきた失意を紛らわすために、少し乱暴な口調で小言を言った。

「何よ真剣な話って。キョンちゃん、真剣な話ってなんのこと?」

たった数十分飲んだだけにしては、ずいぶん酔った様子で妻が次女を昔の愛称で呼びながら、肩を叩いた。

「知らない。お父さんが勝手に何か勘違いしてるんじゃないの。気にしないで、お母さん」

杏子はまったく酔いのない目で私を睨んだ。

「そうよねえ、キョンちゃん。真剣な話があるのはお父さんの方かもね。草の実のはぜて無頼の土となり。なあんて気取っちゃって。無頼の土ってどういうことよ。妻子を捨てて、家を出るってわけ？　そんなふうに勝手に死にたいってことなの」

今度は娘の方が心配そうな様子で、妻と私を見比べている。

「ああ疲れた。一日中運転手を務めて、句会をして、山にまで登って。そのうえ酔っ払いの機嫌取りまで出来ない。部屋で少し休んでくる」

その場を逃れるために口から出た言葉は、まんざら言い訳でもなかったらしい。子どものふて寝のように、着のみ着のままでベッドに横になり、ドアがノックされた音で目が覚めるまで眠り込んでしまった。

「お腹がすいた頃じゃないかって、お母さんが」

目を開けると杏子が湯気の上がった椀に、漬物と握り飯の乗った盆を持って立っていた。

「お父さんとお母さん、喧嘩したの？　娘に触発されて熟年離婚なんて、いやよ」

深く眠ったはずもないのに、夢の澱《おり》がまとわりつくように、娘の声がたわんで聞こえる。

「やだお父さん。変な目つきして。いったいどうしたの。ねえ、大丈夫」

握り飯の中身は梅干しで、汁の具はまたも茸だった。ぬるりとした舌触りと梅干しの酸っぱさが口いっぱいに広がる。まるで誰かがさんざん咀嚼《そしゃく》した後みたいだ。ばかにするのもほどがある。とても嚥下《えんげ》できる代物じゃあない。みんな吐いてしまいたいと思った途端、トイレで倒れた時の臭気に満ちた水がぐわっと迫り上がってきた。

「杏子、急いで窓を開けて、それから食い物はみんなすぐに下げてくれ」

ごく表層にあった病みが進入してくるきっかけはいつも眠りだ。睡眠と病みが縒り合って濁流は勢いを増す。川下から川上に流れる水もあり、滑らかな瀞《とろ》が錐揉み状の渦になることもある。覚醒による噴出も遡行も一瞬のことだ。

驚いた娘が乱暴に開けていった窓に寄って、晩秋の冷気を貪るように吸った。目を固く閉じ、襲いかかってくるイメージを懸命に払いのけて、唇をぬぐう。力を抜き、上半身を思いきり外気にさらす。次第に呼吸は楽になり、吐き気を助長させていた幻聴は、オーボエの通奏低音ほどになっていく。

「少しは落ち着いたみたいね。一応血圧計を持ってきたけど。薬は飲まなくてもいいの？」

娘の細い手が老いた父親の肩をゆっくり撫でるごとに、吐き気も眩暈《めまい》も遠ざかり、耳を逼っていた音は間遠になる。

「お母さんだって齢よ。あんまり心配させないでね。あれでずいぶん繊細なところがあるし。一途で、焼きもち焼きで。お父さんのことが心配なのよ」

それどころではない、と言えなくて息を整えることに専念する。この発作は一体なんだ。病気の再発だろうか。パニック障害のひとつに「予期不安」という症状があるが、それだろうか。今後もまた同じような発作が繰り返されるのか。

「どっちにしても、夫婦揃って趣味が俳句っていうのも考えものね。句会の度に色々気に障ったりして、ストレスの元よ。いっそ、やめたら」

口が渇いて声が出にくい。発作の引き金になるかもしれないので、水が欲しいとも言えないから唾を飲み込んでは喉を鳴らしている。娘が言っていることの半分も頭に入らない。喉いっぱいに声を張り上げて、句会なんかどうでもいいんだと叫び出しそうになる。

「早瀬先生も齢をとったわね。老人にしてはさすがに頭いいけど。でも齢よ、やっぱり。あの人だって」

「齢、齢って、なんだ、偉そうに。お前だって、もう若くはないじゃないか。親だけが齢をとるわけじゃない。子どもだって同じだ」

怒っているのに、情けないほどかすれた声しか出ない。出来れば誰とも話したくないし、娘には早く部屋から出て行ってもらいたい。鈍感なのか、お節介なのか。肝心な時に相手を見ない、よく似た母娘だ。

「違うわよ。私が言っているあの人って泉さんのこと。古谷泉、結婚したのね。あれから」

耳の中の音がやんで、娘の言葉だけが響いた。フルヤイズミ、杏子はそう言ったのだ。

「ずっと一緒に句会してるのに、お互いのことなんにも知らないなんて。俳句って変なサークル。作品にしか興味がないのかしら。孤独なのね、みんな」

「お互いの身の上なんて知らなくても句会は出来る。お父さんだって知らなかったよ。まさかおまえが泉さんと知り合いだったなんて」

「知り合いってわけでもない。向こうはこっちのこと、全然忘れてたみたいだから」

私はあえてそれ以上、娘に尋ねようとしなかった。今は何も聞かない方がいいと警告するように、耳鳴りがまた勢いをぶり返す。

翌朝は普段通りに起きて、妻と朝食をとった。娘はまだ眠っているらしい。

「キョンちゃんが持ってきたワイン、いつものより上等で、酔いが回ったみたい。私、ちょっと酔っ払ってたでしょ」

一晩ぐっすり眠ったら、妻の言い訳を聞き流す余裕も生まれた。安眠出来たのだから、病気がぶり返したわけではない。単なる胃の不調かもしれないと少し胸を撫で下ろしてもいた。妻の様子から察すると昨晩、杏子は母親に離婚の話をしなかったらしい。

「朝寝坊の娘なんか待っていられない。腹ごなしに草刈りでもしてくるよ」

台所で娘の朝食の準備を始めた妻に声をかけて、納屋から草刈り用の道具を取り出した。

落葉だらけの私道にはクヌギや椎の実もたくさん落ちている。割れないまま腐った栗のイガを足でどけながら、道沿いの藪《やぶ》を刈り出した。チェーンソーで一挙に刈れば造作もない距離だけれど、草刈り機の猛烈な音にだんだん我慢が出来なくなっている。最近は腰痛もあって草むしりは苦手だが、丈高い草を鎌でわさわさと刈る作業は嫌いではない。

晩秋の草むらは花よりも実の色が目立って、野分けの風に折られた枝からは甘酸っぱいような日向の匂いがする。

草の実のはぜて無頼の土となり。

昨日妻にさんざん嫌味を言われた句もこんなふうに、草刈りをしている時に出来た。はじけた種も、実をこぼした莢《さや》も、白く透き通った穂も、無頼の土にもなれずに老いた男のズボンやシャツや髪の毛にまで、いじらしいほどしがみついてくる。がむしゃらに束ねて刈った草に紛れ、どきっとするほど鮮やかな花の首も絡まっている。

「お父さん。草刈りなんかして大丈夫なの、身体の具合はどう?」

気がつくと、杏子が昨日泉さんがしていたようなサングラスをかけて立っていた。

「これからお母さんとドライブに行って、途中で離婚のことを話すつもり。運転中なら、お母さんもうるさく言えないだろうし」

一端踵《きびす》を返した娘が、私が草刈りを再開せずに秋空を見ていたら、もう一度戻って来た。

「お父さんは聞きたくないみたいだけど。言いかけたんだから一応言っとく。泉さんと昔、二、三度、仕事をしたことがあるの。私がまだ駆け出しだった頃。うちのバイヤーが目をかけてたデザイナーがいてね。彼の恋人がジュエリーデザイナーだった泉さん。二人は組んで仕事をしてた。でも自殺したの、そのデザイナー。泉さんのアパートで首を吊ったから、当時はマスコミで騒がれた。結局自殺の原因はわからずじまいだったけど」

「おまえが駆け出しの頃なら、ずいぶん昔のことだ。彼女はその後結婚してる」

「聞いた。だけど離婚したんでしょ。お母さんが言ってたもの」

私の反応などおかまいなく、さっさと行こうとしている娘に訊かずにはいられなかった。

「相手のデザイナー、いくつだったんだ。死んだ時」

「二十四、五じゃないかな。泉さんよりずいぶん若かったはずよ」

娘はまだ何かつけ足したい様子だったが、サングラスの隙間から父親の姿を覗いただけでそのまま立ち去った。


娘が東京に戻った後、案に相違して妻は取り乱した様子もなく、妙に無口に沈み込んでしまった。杏子は事後報告をしたのか。あるいははっきり打ち明けられなかったのか。うるさく相談してくるのは鬱陶しいが、反応がなさ過ぎると逆に心配になってくる。

あんなに待ち焦がれていた吟行も終わり、変わり映えしない夫婦の生活が戻った頃、秋はふいに果てた。日めくりを繰るように葉を散らせていた木々は、ある日いっぺんに金糸銀糸の能衣装を脱ぎ捨てたように、老躯を露にした。二度、三度と裾模様の変わった山並みも、いつの間にか墨蹟の粗い稜線となった。

初霜が降りた日、「レストラン山根」の主が、腹に茸を詰めた野鳥を持って訪ねて来た。

「ジビエも美味いし、根菜も出回るベストシーズンなのに、ぱたっと客足が途絶えちゃって。仕方なく押し売りをして回ってます」

髭面に似合わない優しい声の山根さんがお気に入りの妻は、漬けておいた猿梨《さるなし》の焼酎を出したり、初成りのリンゴでパイを焼いたりして、もてなしに余念がない。

「暇にまかせて本を読んだり、俳句を捻《ひね》ったり。客は来なくても、一冬分の薪は割ったし、保存食は地下にたっぷりある。いい冬構えです。たまには三人で即興句会でもしませんか」

山根さんの真の目的は愚痴話でも、押し売りでもなかったらしい。みやげにもらった秋の味覚をごちそうになった後では否やはない。私たちは食い溜めした冬眠前の熊よろしく、満腹の身体を庭先のテラスに運んだ。

散り始めた山茶花の木を挟んで、家庭菜園と庭の境にある枯葉の万年床を風がしきりに撒き散らし、撒いたものを気ままに寄せては、また攫《さら》う。落ちてきた枯葉が合流して流れると、風の道が見える。

「目を閉じるとまるで時雨ですね」と山根さんがしみじみとした声で言った。

時雨と言われれば、時雨にも聞こえる。吟行の終わった夜から始まった幻聴は、せせらぎであったり、湧き水の囁《ささや》きになったりして続いている。それが山巡りの村雨にも、痩せた滝の音にも聞こえる。水と風が耳の中で出会う秋声だと思ったりもする。

秋澄むや耳の形のパスタ食う　　山根

花梨漬け猿梨を漬け日々を漬け　　恵

百夜かけ木の実を落とす山であり　　浩二

白い橋

孫の名前は宙という。産院のベッドで初めて面会した時、「名前はそらよ」と長女に告げられて妻も私も違和感を覚えずにはいられなかった。まさか本人は納得したのかと聞くわけにもいかず、婿の工藤君が「これからは空の時代ではなく、宇宙の時代です」と自慢げに言うのを聞いて、私と妻は了承したふりをするしかなかった。

「そういう当て字みたいな命名は、戸籍係が受けつけないんじゃないの」

初孫の将来を案じた妻が思いきって言ったが、「今は大丈夫なの」と心得顔の長女に一蹴されてしまった。

孫の宙はまだ自分の名前の大胆な意味に気づいていない。気づいてはいないものの、ソラちゃんと呼ばれ慣れているせいか、実君とか一郎君よりずっと頻繁に空を眺める。三歳児なので、それは瞑想や放心の類いではなく、一般には「余所見」と言うべきなのだろう。

その当然の結果として、ぼんやり者の孫は怪我が多い。生傷が絶えない。普通の歩行ではぶつからないものに突進したり、目を開けていれば躓《つまず》くはずもないものに、躓く。

「あら、困ったわね。ええ、もちろんすぐ行くわ。大急ぎでお昼の特急に乗るから」

朝刊を読み始めた頃にかかってきた長女の電話で、妻は慌ただしく外出の支度を始めた。迷うことなく特大のバッグに荷物を詰めているので、二、三泊で帰るつもりはないらしい。

「今度は階段か。壁か。まさか車にぶつかったわけじゃないだろうな」

「階段。足首の靭帯損傷。入院はしないで済んだけど、菜緒は悪阻が長引いているし。十日か二週間くらいは手伝いが必要みたい」

寒さと雪に閉じ込められて、留守居の二週間は長い。妻を駅に送りがてら、本屋とスーパーマーケットに行き、色々買い溜めをしなければならない。

「たとえ口先だけでも、お父さんにはご不便をおかけします、という挨拶くらいあってしかるべきだろう。夫婦揃って非常識なもんだ。半人前夫婦だから、我が子に宙なんて名前をつけて、悦に入ってるんだ」

妻は私の文句などちっとも聞いていない。孫が怪我をして、身重の娘の手伝いに行くというのに、女友だちと小旅行に行くような浮き浮きした顔をしている。

「だけど、ソラはじーじが好きですよ」

短いが、年寄りの急所を射た言葉を残して、振り返りもせず特急電車で発ってしまった。

駐車場に戻って来ると雪が降り出している。

車も人も見当たらない道を郊外の大きなマーケットに向かって走りながら、ふと夏野の奥にひっそりと流れていた川はもう眠ってしまっただろうか、と思った。水音がなくても必ず見つけられると泉さんが宣言した、あの滝も凍ってしまっただろうか。

音も色もなくなった水は、閉じ込められて出会うことが出来ない。毎年節分が過ぎると、早瀬先生から「齢をとるごとに真冬の水墨画のような景色が好きになってきます」と厳寒も厭《いと》わない様子で吟行の予定が入るのだが、今年は風邪が長引いて冬籠《ご》もりが続きそうだと年賀状に添え書きがあった。

妻がいない二週間は耐えられても、泉さんと会えない半年は長過ぎる。

雪原の無音も尽きし信濃川　　　　泉
新年には、泉さんから「しばらくぶりに実家に帰ってお正月を過ごしています」と俳句を添えた賀状がきて、彼女の故郷が長野県だったことを知った。

妻を送った後、雪籠もりに備えてＣＤや本を仕入れたついでに、子ども向きの本を数冊買って、怪我をして文字通り空を見上げているしかない孫に送った。

「じーじ、ごほんいっぱいありがとう。みんな、よんだよ」

二日後、孫は練習をしたらしいセリフをすらすら言った後、電話口で黙ってしまった。いつものように、すぐに妻が割り込んだり、隣で長女が口添えをする気配はない。受話器からは柔らかい沈黙が伝わってくる。言葉を捜したり、相手の返事を待ったりしているのではないらしい。最近はすっかり馴染み深くなった耳鳴りさえ混じらないしじまを、言葉未満の幼い甘えのように受け止めた。

「そうか、読んだか。おもしろかったかい。えらいなあ、ソラ君は本が好きで」

三歳の孫の言葉にならない息をすくうように間を置いて喋った。わけもなく時々目頭が熱くなる。こんな一瞬を、大人はやむを得ず感動などというありふれた言葉で表すしかない。

「よんだ。おほしさまのほんも、あふりかのほんも。かわのほんも」

余り活字のない、レイアウトや色のきれいな、ストーリーの単純な本を選んだつもりだが、急いでみつくろったので、内容は余り覚えていない。昔、娘に与えた絵本だけは選ばないようにした。何しろ今度の相手は宙という名前の未知の生き物なのだから。

「じーじー、きてね」

また沈黙。おいでおいでをしたり、手を振ったり、はにかんで笑ったりする。そのくらいの余白があって、電話が切れた。

子どもは本当にいいものだ。血の繋がった孫だからではない。無邪気とか、将来があるからというのでもない。幼いから無闇に可愛いわけでもない。なぜならば、子どもを無条件に素晴らしいと思えるようになったのは、五十代の後半、病んでからのことだからだ。幼い者に対する驚きと喜びの混じった畏敬の思いは、最近ますます深くなっていく。

「じーじ、だまってた、ってソラが言うのよ。心配だから電話してみたの」

心配というより不服そうな声で妻から折り返し電話がかかってきた。すぐに長女が代わって、

「お世話になってばかりで、すいません」と、ついでのように詫びを言った。

「ソラ君は初めて携帯電話で電話をしたの。私たちには内緒で」

怪我をして自由に歩けなくなったソラは、父親から携帯電話の使い方を習った。その初体験が祖父へのお礼の電話だったのだ。

「あの子、私たちの目を盗んでかけたのよ。切ってからもすごく緊張した顔つきで、携帯を握ったまま、じっとしてたの」

それからひとしきり長女家族の近況を伝え、おざなりに「ちゃんと食べてね。夜、水道が凍りそうだったら、水を抜いておいて」などと言ってから、妻は電話を切った。

話し終えてからも、電話を握り締めてじっとしていたというソラの沈黙がとても尊い気がして、最後に「じーじー、きてね」と言った言葉がいっそう深く胸に沁みた。


「じーじ、こないから、ソラくんがきた」

電話を取った時には、確かにあった幻聴がざわっと道を開けるように消えて、たどたどしい幼い声がすんなりと通ってきた。

「きたか。ありがとう。よくこれたね」

携帯を握り締めている三歳の孫の手の暖かさ、少し湿った柔らかな感触がまざまざと蘇って、愛しさとしかいいようのない思いが溢《あふ》れた。

「きた。でもいたいよ。あし、こつこつしてる。ながーいほうたいしてるから」

「ギブスは取れないのか。でもお医者さんの言うことをよく聞いていれば、すぐに治るよ」

「まだなおらない。じーじ、くる」

きっと切れるな、という予感のようなものがあって、言葉を飲み込んで待っていると、やはり切れた。

将来は鳥博士になる毛糸帽

去年の冬、泉さんが作った句を思い出した途端に、ソラの小さな頭が鳥のように窓をよぎった気がした。

「またきたよ。じーじ、ゆきがふってる」

まるで千里眼だ。昨日の夜から降り始めた雪が二階の窓を飛ぶように行き過ぎて、裸木の間を白い闇のような緻密さで埋めている。

「どんどん降ってる。ソラ君にも雪が見えるかな。真っ白で冷たいよ」

「まっしろで、つめたい」

ソラの思考はのろいのではなく、大人よりずっと遠回りをするらしい。小さな頭の中に真っ白で冷たいものがいくつか現れて、それをぐるりと回ってからでないと、次の言葉に向かう体勢が整わない。そんなふうになっているらしいと電話で話すようになって、少しわかってきた。

「ほうたいもまっしろ。ながーいの。おくすりのにおいがする」

「ソラ君の足は治ってきたの。まだ痛いのかな」

「いたい」

そして、ソラは笑った。

「いたたっ、いたたっ。うーんうーん、あーあ、もうだめだ」

子どもはみんな模倣の天才だから、ソラもきっと通院しながら、他の病人の真似をしたりして遊んでいるのだろう。三歳の幼児にとって、病みや苦痛や悲鳴でさえ、発見のおもしろさに直結してしまうのだ。

「ゆきだるま、いまなんにん?」

「五人、大きいのと小さいのと」

「ソラくんの、いる」

「いるよ」

五人の雪だるまがゆっくりと東京のマンションの一室で携帯電話を握り締めているソラの所へ行ったのだろう。一人、二人と確かめて自分の雪だるまもいる。それがわかったので孫は電話を切った。大人のように挨拶をして、目的を伝え、相手と自分の気持ちを確認して会話を締めくくる。そんな手順は幼児にはない。会話の内容や形ではなく、相手に通じたという手ごたえがあれば、ソラは気が済むらしいのだ。

塩壺に匙残したり雪籠り

ソラから電話があるたびに、泉さんの句が頭に浮かぶ。どんな連動作用なのかわからないが、孫との会話を充分味わい、その余韻が消える頃になると、決まって泉さんのことが思い出される。白いバトンが雪の中でそっと手渡されるように。

大人が幼児に日常的に言う嘘のひとつをついて、「雪だるまが五人いる」と言ってから、まるで辻褄を合わせるように、電話の後で作った雪だるまが五体、少しずつ溶けかかってきた朝、珍しく妻から電話があった。

「まったく、ずっと家にいるくせに、電話一本寄越さないなんて。毎日何してるの」

「東京と違って地下鉄がないからね、雪に閉じ込められて遭難状態だよ」

それほど不自由でも寂しくもないのに、つい嫌味らしいセリフが口をついて出るのは、妻の滞在が長引くと察しての牽制球のようなものだった。

「こっちだって大変なのよ。菜緒の具合はよくないし、足が治り出してから、ソラ君は目を離すといたずらするから、部屋の中はいつもぐちゃぐちゃ。マンション暮らしって、病人と子どもがいると最悪ね」

妻と電話で話している途中で、小さい方から二番目の雪だるまがあっと言う間に溶けて、窓外に没した。それがあまりに突然だったので、一瞬目の錯覚かと思ったほどだった。

「私たちの目を盗んで、ソラ君、あなたに電話してるでしょ。通話記録を見れば一目瞭然なんだから。なんの話をしてるの。あの子、変なところが強情で聞いても言わないのよ」

三歳の孫と祖父が内緒話をしたり、告げ口を言い合ったりするわけもない。くだらないことで、ソラを問い詰めたりするな、と怒鳴りつけたくなるのをぐっと我慢した。

「私、おととい早瀬先生の句会に行ったの。東京の句会に出たら、田舎暮らしの自分の感受性がどんなに鈍ってたか、改めてわかったわ」

瞬く間に没した雪だるまだけがどうしてあれほど脆かったのか、と妻のお喋りを聞きながらちょっとしたショックを受けていた。一番大きな雪だるまの真後ろに陽が当たっていても、一向に溶ける様子は見えない。最初はずいぶん雪だるまを固く作ったのかもしれない。昨日来た郵便配達の男が、「五人家族なんですね」と当たり前のように言った。雪だるまの家族など作ったつもりはないのに。

「犬と子の従者とならん春の泥。東京句会でこの句だけ褒められたの。やたらあちこち掘りまくる犬みたいなソラ君のおかげね。ねえ、聞いてる」

なんのことはない。滞在が長引くという言い訳と、句の自慢という二段構えなのだと苦笑しながら聞いていた。ソラの足は順調に回復しているのだろう。穴を掘ることが出来るようになったのなら、靭帯はきっと無事繋がったに違いない。

「こっちも雪晴れだ。だけど雪は後が厄介だから、東京にもう少しいた方がいい。帰った途端、転ばれでもしたら大変だ」

残った四体の雪だるまを見ながら思いがけないねぎらいの言葉が出た。家事手伝いの祖母がいるうちは、ソラのいたずらも少しは大目に見てもらえるだろう。

「あっ、そうだ。東京の句会で耳にした話なんだけど、泉さん、ずっと実家に帰ったままらしいわよ。親の介護って齢でもないのに。あの人って男性遍歴も色々あるみたい」

「他人のことなんてどうでもいいじゃないか。生きていれば誰だって色々あるよ。噂話を仕入れに東京に行ったわけじゃないだろ」

夫の応対に機嫌を損ねたらしい妻がそっけなく電話を切った後、また嫌な幻聴が始まったことに気づいた。

雪だるまなんか作るべきではなかった。だるまでも、家族の肖像でも、雪で作ったのならば当然溶ける。溶ければ、水になる。そんな自明の理にも気がつかないほど、自分は耄碌してしまったのか。油断しきって暮らしていたのか。

雪だるまが三体になっていることに気づいた朝、いっそきれいに片づけてしまおうと庭に出た。物置の庇《ひさし》が突き出ていて、雨風は多少凌《しの》げる庭の一角に並んでいるそれに近づいた時から、ざわざわと嫌な予感がしていたのだ。

残った三人家族の、母親格の雪だるまの胴体が溶けかかっていた。どこから崩そうかとうつむいた時、八年前隧道で経験したことと同じことが起こった。どろりと固まったものが頭の中で大きく傾いて、すぐにそれは言いようのない不気味な重さになった。

「おまえは水の死体をどう始末するのだ」

ずっぽりと雪だるまの胴体に腕を突っ込んだまま、しばらく動けなかった。水の死体が気化していく幻にひしひしと取り囲まれる。同時に発病直後の恐ろしい体験が蘇った。

地下鉄を降りて、地上に出ようとした時のことだ。突然の驟雨《しゅうう》らしく、階段を下りて来る人が真っ黒に濡れて、ずぶ濡れの死人の行列のように押し寄せて来たことがある。病みの思い出の凶暴なエネルギー。雪だるまの水の死体に、黒々と濡れた幻の行列が繋がる。

どのくらい動けずにいたのだろう。恐怖と寒さで食いしばっていても歯の根が合わないままだったが、幸いなことに陽が陰って、雪だるまは溶けるどころか崩れかかった私を両脇から支える格好になっていた。

ほうほうの体でやっと家の中に入った。動悸を宥《なだ》めながら濡れた衣服を着替え、毛布にくるまってごろりと横になった。どくどくと不気味に鳴っていた鼓動が少しずつ平常に戻っていく。大丈夫。少し我慢していれば、このくらいは凌げる。以前医師から聞いた「冬型鬱」の症状かもしれないと思いながら、眩暈と吐き気に耐えていた。やがて自然に瞼が重くなって、眠りという優しい看護師に身体ごと抱き取られていくのを感じた。

ずいぶん眠った気がしたが、目覚めると部屋にはふんだんな陽が射し込んで、早春のような長閑《のどか》さに包まれている。重量の増した疲労感の底に何か気にかかっていることがあるのだが、すぐには思い出せない。なんだったのかと考えた末、妻が言った泉さんに関することだと気づいた。次女の話も妻の噂話も、一時は聞き流しても後味の悪さが尾を引く。まさかそれが発作の元凶ではあるまいが、不穏な思いが胸に押し寄せて消えない。

八年前、鬱病と言っても私の症状は軽微な方だったのだろう。水に対する過度な反応と発作的な恐怖だけを診断して、「パニック障害」と見立てる医師もいた。今となっては病名はどちらでもかまわない。ここ四年ほどは病気を気にすることもなく過ごしてきた。眠れるし、食欲もある。急激に意欲が減退して、人と接するのが怖いということもない。

だから、数ヵ月前から幻聴が始まっても、発病時に似た発作に襲われても深刻に悩まなかった。鬱病の再発ではなく、新しい病気の兆候かもしれないと疑ったこともない。

それなのに今度の雪だるま事件の後、気分が急に沈んで、食欲がなくなったのには我ながら驚いた。不眠はなく、むしろ嗜眠《しみん》傾向と言っていい。すべてに億劫で、食物をとろうとすると怯む。牛乳もスープもインスタントの粥もみな水分ではないか。冷蔵庫を開けようとすると、溶けかかった雪だるまの中に片腕をめり込ませたまま息が出来なかった記憶が強烈に蘇る。悪寒がして、身体が震える。あんなふうに濡れたらおしまいだ、という恐怖に心も身体もがんじがらめになっていく。

妻がいたら事情が少しは違っていたかもしれない。彼女の無造作な明快さと行動力が私の生活に活気を与え、沈みがちな気持ちを引き立ててくれただろう。こと食事に関しては彼女はプロだ。水分を感じさせない料理はもちろん、こぼしても、濡れても、水気が滴っても私が気に病んだり負担を感じたりする間もなく、即座に始末しおおせる術を知っている。

眠ろうとするたびに携帯の鳴る幻聴を聞いた。そのたびに、「ソラくん、きたよ」という幼児の電話を命綱のように待っている自分を何度嘲ったことだろう。

それでも三日目には一大決心をして、卵を落としたフライパンに、コンビーフの缶詰をぶちまけたオムレツ擬《もど》きとパンを食べた。火は水の恐怖を忘れさせてくれる。幸いにも昼は少しずつ長くなり、陽射しは確実に明るさを増している。真冬の澄み切った空気の中をがむしゃらに歩き回ると、「冬型鬱」に効くというメラトニンが脳で活発に産出される気がした。疲れてくたくたになると、夜はストーブの上で蒸し焼きにした肉や野菜を食べた。

四日目にやっと電話が鳴った。今さら帰ってきても、妻の有難みも薄いと思いながら電話に出た。

「ソラくんかな」

受話器から漏れてくるしじまに耳を寄せて聞いた。歩く自由を取り戻した孫はきっと電話ごっこより、あちこち穴を掘ったりして遊ぶのに忙しいのだろう。あるいはもう必要ないからと、長女はさっそく孫から携帯電話を取り上げてしまったのかもしれない。あれこれと考えながらも、数日ぶりの電話がうれしくて思わず頬が弛《ゆる》む。

「いずみです。浩二さんですか」

ついに頭がいかれたな、と咄嗟に電話を切るところだった。雪だるまに殺されそうになって、水分の極端に少ない食事を三食摂取した結果がこのざまだ、と苦笑いした。だが声は幻聴であっても、電話は現実に繋がったままだ。

「今日、そちらに行きたいと思って。凍滝を見に」

凍滝を見に来たというのに、泉さんはエレガントな黒のコートを着ていた。上質なカシミアらしいそれは、彼女が改札口を通って来る時、黒い水のようにうねって見えた。

「思っていたより寒くはないですね。東京も暖冬だそうです」

妻同伴でないことをいぶかしがる様子もなく、泉さんは長いコートの裾を上手にさばいて、するりと助手席に乗り込んだ。慣れた手つきで真珠のピアスをはずす仕草が、吟行の時の、そっけないほど生硬な感じとはまったく違う。成熟した女性のしなやかな所作であった。

「襟に雪がついている。どこで降られたの」

隣町まで走って、教会に似た造りの喫茶店で向き合った時、思わず親しげな口ぶりになって訊いた。

「塩です。お清めの」

指摘された白いものを彼女は忌わしいものであるかのように、乱暴に指ではじいた。

案に相違して、コートの下はカジュアルなセーター姿だった。

「どなたかの告別式だったんですか」

「ええ。二十年近く私を支えてくれた男性です。物心両面で」

簡潔に核心だけをえぐるように言って、泉さんは口をつぐんだ。儀礼的なお悔やみや慰めを受けつける顔ではなかった。さんざん一人で泣いて、嘆きなどなんの役にも立たないと悟った表情をしていた。

「去年の暮れに倒れて、そのまま意識が戻りませんでした」

句会の時の彼女はこんな声だったろうかと思いながら、久しぶりにコーヒーを飲んだ。一口飲んでコーヒーというのはこれほど美味いものだったのか、と驚いた。香りと苦さが液体というより、大気に近い感じで胸を熱く包んだ。こんな状況で不謹慎な気もしたが、おかわりを注文せずにはいられなかった。

「私もおかわり。店に入ってコーヒーの匂いがした時、生き返ったって思ったの。生き返ったことをもう一度確かめないと。アクア・ノワールで」

飲んだばかりの苦くて芳醇な液体と同じ味がする声だった。アクア・ノワール、黒い水を心おきなく味わってから彼女を見つめた。

「吟行の時、この店に来たことなかったですね」

「ええ、早瀬先生は紅茶党ですから」

彼女は会話が途切れた後の沈黙を怖れない性質なのだろう。心地よいほどのかすかな緊張感を伴った寛ぎと親しさがゆっくりと醸していく。アルコールも介さずに、女性にこんな自然な間の取り方を教えたのは、亡くなった年上の恋人だったのかもしれない。

「こっちは雪が多いですね。道路の脇に雪壁が出来ていました」

「七日ほど前に、三日降り続きましたから。まさに、塩壺に匙残したり雪籠り、です」

彼女の句を諳んじていることを自らバラしても、今日は赤面することもない。

「実家の方も大雪ですっかり閉じ込められました。冬の日の丸ごとありて腐りたる、です」

私たちはお互いの句を詠み合って、空白の多い会話を埋めた。好意を抱き合っている男女が天候の話をしたり、かつての句を披露し合ったりしている。それは高まっていく感情を均《なら》そうとする試みなのか。あるいは煮詰まってしまえば、逃げ場がなくなる思いを無意識に逸らそうとしているのか。

「告別式の帰り道、自分には帰れる所も行く当てもないとわかってしまった。長野行きのホームで呆然としていたら、線路が光ったの。凍滝が呼んでるって気がした。呼ばれている所へ行くしかない。来てしまったのだから、せめて今夜だけでも女一人、泊まらせてくれそうな宿を紹介して下さい」

淀みなくすらすらと、ずいぶん思いきったことを言い終えて顔をうつむけた。

「宿ですか」

困ったことになったという思いもちらりとした。彼女にしてみれば一年に三、四回来るだけの行楽地だが、私にとっては生活圏である。別荘組と地元の人が半々という土地柄でも、八年も住めば当然知己は増える。分けても妻は地元の人たちとの交流に熱心だ。

「直接連れて行って下さいとは言いません。適当な宿を教えていただければ一人で行きます」

こっちの戸惑いを見透かしたように彼女は言葉を継いだ。

「私は焼香になんか行くべきじゃなかった。ずっと骨のひとかけらも灰の一握りも残せない関係だとわかっていた。生身で会えなくなればそれっきり。それっきりだと覚悟は出来ていたはずなのに、まるで自分の骨も肉も血も一緒に持っていかれたみたい。こんな空っぽのまま、老いた親の元に帰ることは出来ない」

ホームで茫然自失していた時、ふと彼女は線路の遥か先にある幻の滝のことを思い出したのだろう。誰に知られることもなく凍てついた飛瀑《ひばく》を、恋人に死なれた自分の姿に重ね合わせたのかもしれない。

「あの滝は泣いている雌の龍の化身だという言い伝えがあるそうです」

かつて山には女滝と男滝があったのだが、どういうわけか水量のもともと多かったはずの男滝が涸れて、女滝だけが残ったのだと言う。

「残ったと言っても、確かなことはわからない。時々現れる滝が実は男滝なのかもしれない。でも同じ龍の化身なら、女滝の方がロマンチックですからね」

滝にまつわる古い話を教えてくれたのは「レストラン山根」のオーナーだった。

「そう言えば一軒だけ、宿に心当たりがあります。昔はある資産家の別荘だったそうです。料理人がいないので、夕食はなく、朝食だけの片泊まりと聞いています」

「かまいません。ここでサンドイッチでも作ってもらいますから」

その宿を教えてくれたのも山根さんだった。もう別れてしまったが、以前の恋人と一度だけ利用したことがあると言っていた。

雪の降り出した川沿いの道を四十分ほど走った。普段なら喫茶店から二十分足らずで着ける場所なのに雪道はところどころ凍っていたから、スノータイヤの車でも時速三十キロ程度のスピードで進むしかなかった。

「すっかりご面倒をおかけして。すいません」

宿の予約が取れたことを告げると、泉さんは軽く頭を下げた。

「六十代後半の姉妹で経営しているので、朝食は彼女たちと同じ一汁一菜。同じものを召し上がっていただくしかないと恐縮していましたよ」

信州生まれであるなら、雪も雪景色も見慣れているはずなのに、車に乗った泉さんは放心したように窓の外を見つめ続けている。いつか妻の目を気にせずに飽かず眺めたいと願った横顔を、スピードを緩めては盗み見た。右耳の下に二つ黒子がある。頬紅を刷いていない喪の化粧は寒さに少し青ざめて見えるが、喫茶店を出る時に口紅だけ塗り直していた。

「もうじき着きます。少し停まって川でも見ますか」

まったく車も人の影も見えない。木々も人家も雪煙で朧《おぼろ》になって、早い夕刻の青さを重ね着したように鎮まっている。

「こんなに寒いのに、川はなかなか凍らないものですね」

「水は大気より暖かいのかもしれない。湧き水の井戸は真冬でも凍らないそうだから」

「実家のそばの川は凍ってました。波の形のシャーベットのように。氷上を鳥が滑って遊ぶのをよく見ました」

泉さんが真っ白な息を吐きながら凍った川を見ている夢を何度も見たような気がする。あるいはそれは賀状に記された「雪原の無音も尽きし信濃川」という句の連想だったのかもしれない。

「ゆきふるといひしばかりの人しづか、という句が昔から好きだけれど、作者が思い出せなくて」

「多分室生犀星だと思います。私は、いくたびも雪の深さを尋ねけり、という句が気に入っています」

「二つの句、ちょっと似てますね。どっちも話す相手がいるのだから、一人でいるわけじゃないのに、一人にとっても近い二人未満。言っただけの人と、尋ねても答えない人。雪だけがかもす不思議な距離感と静けさですね」

私たちのように、と泉さんは言わなかったけれど、そんな静けさと慰安を求めて此処《ここ》を選び、私を頼ったのだと言う思いが伝わってきた。深い喪失感と哀傷を抱えたまま帰途につこうとして、泉さんは今は亡き恋人に近い齢で、一日だけでも現身の自分を預かり、受け止めてくれそうな私のことを思い出したのだろう。

「浩二さん、少しお痩せになりましたね」

「冬眠に失敗した年寄りの熊ってところでしょう」

「私たち、餌の獲れない凍った川で、途方に暮れている非力な熊と狐みたい」

泉さんがちらりと私を見つめた時の、ほんのひとひらの媚態を私は降りしきる雪片の中でたちまち見失ってしまった。

「ああ、やっと見えてきました。あそこです。ほんとに川岸にぽつんと建ってるんだなあ。教えてくれた人が橋を渡って一軒だけの隠れ宿だと言っていたけれど、確かに目立たない。それに増水でもしたら、すぐに浮きそうな古い木造の二階家で。大丈夫かなあ」

「この橋もきっと私道の一部なのね。古いけれど、しっかりした造りの橋ですよ。私の故郷ではもっと貧弱な木造の橋がたくさんあります。大丈夫、ここで降ろして下さい」

身を乗り出したまま、今にもドアを開けそうになっている泉さんを慌てて止めた。

「玄関まで送ります。車が通れるんだから、駐車場はあるでしょうし」

「本当に。ここで降ります。この橋を一人で渡りたいんです」

雪は激しさを増していたから帰途の不安は胸をかすめたけれど、このまま別れたくない気持ちの方が数倍も勝っていた。発作の前ぶれに似た激しい動悸が始まって、彼女に気づかれはしないかと気になったが、逆に手を伸ばして引き寄せればすべてが片づくという逸る気持ちもあった。

「このままずっと一緒にいて、と私が言い出す前に帰って。お願い」

お願い、と言う切羽詰まった声が逸る思いも懊悩も同時に金縛りにした。自分は結局雪と泥で固められた老いた雪だるまではないか。傍からは逡巡に見えるその一瞬を衝いて、飛び立つ鳥に似た素早さで黒いコートの裾が動いた。

「まるで清めの橋みたい。真っ白で」

積もった雪の上とも思えない確かな足取りで、泉さんの黒いコートは確実に遠ざかる。振り返りもしないし、歩調を緩めることもない。橋を渡りきるまでもう半分の距離もない。川は凍らずに無音のまま橋の下を流れ続けている。灰色の水の上を、じきに彼女は渡り終えてしまう。醜態を曝《さら》そうと拒絶されようとかまわないと決心して、追って行こうと決めた時、胸ポケットで携帯電話が鳴った。

「ソラくんが、きたよ」

雪の橋で白いバトンが静かに渡されて、ソラの声が聞こえてきた時に泉さんの姿は雪道に滲む小さな黒い点となっていた。

水の模様

孫の怪我よりも長女の悪阻の方が長引いて、結局妻が家事手伝いの役目を終えて帰宅したのは三月になってからだった。

「東京で早瀬先生に、恵さんは女性としても俳人としてもこれからが正念場よ、なんてはっぱをかけられちゃったから思いきって句誌に入会してきたの。この齢になるとなんでも誘ってもらえるうちが華だから」

句会だけでなく、東京にいる間に美容院にも行ったらしい妻は、ずいぶん若返った感じで晴れ晴れと言った。

「結局色々こじつけて、これからは句会や吟行という名目でどんどん外出したり、上京したりするってことだろ」

「その通り。杏子にも言われたの。田舎に住んで夫婦で四六時中お互いのお守りだけしてる生活なんてつまらないし、精神衛生上よくないって」

次女の杏子は三ヵ月前に離婚したのを契機に、友だちと新しい会社を立ち上げた。再び独身生活に戻ってからは、もともと苦手だった家事は公然と放棄した形になり、仕事に明け暮れる毎日らしい。

「後から杏子に聞いて驚いたよ。まさかおまえが離婚に賛成したなんて思っても見なかった。でも終わり良ければすべて良し、だ。仕事は順調な時ばかりじゃないが、本人が承知のうえで頑張ればいいいんだから」

「終わり良ければすべて良し、なんて簡単に言うのね。離婚して一人に戻った女の気持ちなんか全然わかってないくせに。あなたなんか黙って見守るって言ったって、ただ静観してるだけじゃない」

見守ると言っても静観してるだけという妻の指摘は、たった二ヵ月前、「お願い帰って」と言った泉さんの切羽詰まった声を思い出させた。

「杏子は依存心もないし、甘ったれじゃないけど、寂しがり屋なの。二人で生活してきた女が、また一人に戻るって大変なことよ。男の人は一時凌ぎの慰めで乗りきれるかもしれないけど、女の寂しさは命取りになりかねないんだから」

命取りになるかもしれない寂しさを持て余して、凍滝を見にやって来た女と雪の橋で別れたままになっている。今でも悔いと自嘲の思いが斑《はだら》雪のように残って消えない。

「女は子どもを産めば、その子が成長してからも母親の仕事が続くの。菜緒の手助けは身体を使えば出来るけれど、杏子のサポートには心が必要。もちろん菜緒が出産したら、また手伝いに行くし、キョンちゃんには定期的に愛情たっぷりの手料理を食べさせてあげるつもり。だから私は忙しくって、誰かさんに焼きもち焼いてる暇なんかないのよ」

妻はさばけた声で軽い皮肉を言うと、いそいそと外出の支度を始めた。

「やっと雪も溶けて少しは春の兆しも出てきたから、あさっての句会の下見に午後から出かけて来ます」

あの雪の日、泉さんは本当に凍滝を見たのだろうか。どうにも収拾のつかない悔いや自嘲を持て余して、連絡も出来ないまま日にちばかりが過ぎていく。山々の雪渓も馬や牛の形から、羊になり犬になり、今では二匹の兎が跳ねているばかりだ。

あの雪の日、千里眼としか思えないタイミングでかかってきた孫の電話になけなしの勇気をそがれ、泉さんを宿に送っただけで帰って来てしまったが、その夜はまんじりとも出来なかった。

翌日、冬晴れの中を病気も忘れるほど急いで宿に向かったけれど、泉さんは朝一番の特急で帰った後だった。臍《ほぞ》を噛むというのはああいう意気地のない悔いを指すのだろうと、我ながら情けなかった。反面、ぶり返しそうだった鬱病のことを思えば、かすかな安堵もあった。あの状況では結局どうしようもなかったのだと、無理やり自分を納得させて、泥と雪でぬかるんだ橋を渡った。

「ねえ、先生たちを今度はどこへ案内しましょうか。吟行も六年目に入って二十回も続くと、大体の所は見尽くしてしまう。去年の春と同じ場所じゃあ新味がないもの」

それに今回は泉さんは欠席だし、と妻の口から告げられるのではないかと吟行の話になるたびに心臓がどきどきする。あんなことがあった後でも、彼女は来るだろうか。いや、結局あんなことと言えるようなことは何も起こらなかったのだから、必ず参加するだろうと、煩悶はきりがない。

「そうだな。でも発想の転換で、新しい場所でなくても季節が違えばいいんじゃないか。春と秋じゃあ植物も違うし、景色も違う。同じメンバーだって、時間が経てば感性も変化してるだろ。最初はまったく気がつかなかったものを発見出来るかもしれない」

妻は私の熱弁を深く勘繰るふうもなく、聞き流している。

「五年前に行った草原にしようか。ぼちぼち下草も萌え出すよ。あそこは湿地だから水芭蕉や座禅草なんかが咲き始めているかもしれない」

話しているうちに、もう一度泉さんと二人きりで草原の奥にある川を見たいという思いが抑え難いほど募ってくる。


Ｋ町の春は遅い。桜は咲いても、それからいっせいに緑が芽吹き、花々が次々と鮮やかなパレードを繰り広げるというふうに季節は進まない。余寒とか別れ霜とか言われながら、冬の気配はあちこちにしぶとく残って、幾度も春の嵐の追撃を受ける。早瀬先生たちが吟行に訪れた日も、そんな春の一日だった。

「東京ではじきに暮春だっていうのに、こんなに寒いとは思ってもいなかった。花冷えなんて悠長な気温じゃないわね」

着膨れなのかまた太ったのか、先生は春の装いとはほど遠い出立ちで、ぐるぐる巻きにしているショールを引き寄せる。さすがに若い泉さんは薄色の春着をふわりとまとっているが、また一回り痩せたように見えた。

「浩二さん。隣の泉さんと見比べて、そんなに厚い肉襦袢を着てるくせに寒いのか、なんて目つきは失礼ですよ」

以前なら途端に、妻の目つきが変わるような冗談を先生が口にしても、妻は一向に気を悪くする様子もなく、屈託なく笑っている。

煙草の匂いをさせた矢部さんが、当然のように助手席に乗り込んで来た。

「喫煙家には厳しい受難の季節ですよ。泉さんが風邪で喉を傷めているってことで、車輛も別々にさせられるところだったんですから」

妻と先生が後部座席で代わる代わる泉さんの容態を気づかっている。そう言えば会ってから一度も彼女の声を聞かない。風邪はいつ頃引いたのだろうか。長引いていると言っても、まさか二ヵ月前の雪の日が原因ではないだろう。運転をしながらも心配の余りつい先生たちの話に耳をそばだててしまう。

「生まれが信州っていったって、東京暮らしが長いのだから、身体はすぐに順応しないわよ。

一人になってしまった母親が心配な気持ちはわかるけど、暖かくなるまでは東京にいた方がいいんじゃないかしらねえ」

先生が珍しく個人の事情に立ち入ったことを話しかけても、泉さんははかばかしい返事をしない。

「まだ野焼きの跡が残ってるのね。車窓から見た土手はすっかり緑が濃くなっていたけど」

車は雪解けの畝と、灰褐色の寒々とした冬景色の中を走っている。

「まったくです。山なみ遠に春はきて、こぶしの花は天上に、って感じなのかと期待してたんですけどね」

矢部さんが吟行モードにどっぷり漬かった調子で、酔ったように朗詠する。

「確かに野も山も春浅しって風情ですけど。でもだからこそ、これから案内する店の山菜料理はとびきりの美味しさなんです。採れたての本物の新芽ばかりで」

場を引き立てようと朗らかな声で言いながら、妻がさりげなく隣の泉さんの肩を慰めるように抱いたのが見えた。

「ほほう。これこそ、ままごとの飯もおさいも土筆かな、ですねえ」

料理屋に着くと、テーブルいっぱいに並べられた山菜料理を見て、さっそく矢部さんが星野立子の句を披露して嘆賞の声をあげた。

「私は土筆より、野蒜《のびる》味噌に感激。あらっ、うるいの芥子和えもある。恵さん、せっかくだから お酒頼みましょ。ねっ、泉さんも少しだけ飲みなさい。身体があったまるから」

先生はしきりに泉さんを気づかい、妻まで調子を合わせて何かと彼女を労る。女性たちの常にないほどの親密さが、微妙に私と矢部さんを疎外している。あんなに待ち焦がれていたのに、会ってから二時間が経過しても、まだ一度も泉さんに話しかける機会さえ見つけられない。

「浩二さん、ロラン・バルトの『表徴の帝国』の中で、天麩羅油のバージン性についての件があるのを読みましたか」

竹籠に盛られた山菜の天麩羅を次々と平らげながら、矢部さんが女性たちに無視された話をもっぱら私に振ってくる。

「へぇえ、泉さんの実家って山葵田を持っているの。山葵は水がきれいじゃないと育たないんでしょ。清新な湧き水のある土地で生まれたから、泉っていう名前なのね」

女性は弱いものや傷ついた人、折れそうになっている心にとても敏感なのだろう。普段も決してお喋りではない泉さんの、常よりいっそう深い沈黙を励ますように、妻と先生が彼女を引き立てようと話題を選んでいる。

「矢部さん、調子に乗って山菜の天麩羅を食べ過ぎると、胃をやられるから気をつけて。芽というものは命の先端で生気が漲っているから。高が葉っぱだからって、見くびるととんでもないことになりますよ」

　先生は口は厳しいが心根は繊細で優しい。馴れ馴れしくはならずに、時々身内の者のような気づかいを示す。生来の気質に加え、俳句を通じて人と人との関係を心地よく、新鮮に保つ術を会得したのだろう。生き方も生活も、文学的な知識もセンスも異なった人たちが同じ座に連なり切磋琢磨しつつ、それぞれが新しいフィールドを開拓していく。その先頭にいつも早瀬先生の軽やかな指導があった気がする。

　吟行で会うたびに、妻も自分も老いの入口で先生のような人に出会った幸運を感謝せずにはいられない。

「早瀬先生、私は東京の句会で初めて名草の芽っていうのが、名前のついた植物の芽の総称だって知りました。植物図鑑を引いてもないわけだわ。ほんとに、不勉強で恥ずかしい」

　妻の話に、微笑んだ泉さんと束の間目が合った。微熱があるような少し潤んだ瞳だった。

「あの雪の夜、一晩で川が凍ったの。だから私、入水も出来ずに、翌朝無事に橋を渡って帰りました」

　冬木の芽より薄い色の唇で、泉さんが私に囁くように言った。他の三人は食事の後、宿の人の案内でカタクリの群落を見に行って、まだ帰って来ていない。

「なあんて、嘘です。浩二さんが翌朝迎えに来てくれた時には、まだ宿にいました。なんとなく恥ずかしくて、女将さんに嘘の伝言を頼んだの。ごめんなさい」

蕗《ふき》の天麩羅の清新な苦さと香り。泉さんの嘘も謝罪も同じ味がする。鬱の発作で水分を怖れていながら彼女と向き合って飲んだコーヒーの苦くて芳醇な香りを思い出す。禁忌と悦楽の微妙な配合。泉さんの声を聞くと、思いと味が分かち難く混ざり合ってしまうらしい。

「やられた。宿の人が言ってたでしょ。こっぴどく振られ、すっかりぺしゃんこになってしょんぼり帰ったって」

恥ずかしさを紛らわすように、二人とも目を合わせずに笑った。泉さんの風邪でかすれた笑い声は枯葦に吹く風のようだった。この人はまるで名草の芽だ、とつい今しがた妻の言った言葉をそのままに思った。

「だけどあんな寒い日に遠くまで、よく来てくれました。突然会えて本当にうれしかった」

「あの日、私はこの町に来ることしか考えられなかった。凍滝のあるここしか、行く所がなかったから」

四十三歳の名草の芽は、まだこれから何度も芽吹いて、青々と繁ることもあれば、風にいっさんに靡《なび》くこともあるだろう。牡丹の芽なのか、薔薇の芽なのか。再び鮮やかな大輪の花を咲かせるのか、あるいは花よりも芳しい香りで人を惹きつけるのか。どちらにしても、泉さんを見ていると苛酷な運命に翻弄されても、傷ましい別れが繰り返されても、根まで凍ててしまうことはない。何度でも芽吹いて、萌え、人を愛したり、愛されたりする情熱を秘めていると思わずにはいられない。

「ずっと実家に戻ったままですか。それとも」

問いかけた時、先生のよく通る声が庭の方から聞こえてきた。

「山独活を食ひし清しさ人も来ず、節子の句みたいな暮らしもしてみたいわねえ」

「それは大歓迎。田舎暮らしもいいですよ。清しさなんか味わっている暇もないほど、毎日句会しましょう」

はしゃいだ問答に笑いざわめいて、宿の人まで加わった賑やかな足音が近づいてきた。


山菜料理を食べてから、宿の近辺を散策してゆっくり句会をするという妻の案と、食事の後、ドライブをしてから五年前に行った草原に行く、という私の案はどちらも実現しなかった。食べ過ぎと酔い醒ましを兼ねてカタクリ見学に行った先生たちが戻って間もなく、泉さんの具合が悪くなってしまったのだ。

料理屋の座敷を借りて少し休めば治るという彼女を、隣町の総合病院まで送るべきだと頑強に言い張ったのは妻だった。本人は解熱剤が効いてくれれば心配はないと固辞したが、先生の鶴の一声で、私がそのまま病院に送ることになった。

「恵さんの家までは料理屋の人がマイクロバスで送ってくれると言うから、私たちのことは心配しないで。何かあったら、連絡を下さい」

まったく慌てる様子のない先生に端然と言われると、私たちの心配も不安も一応落ち着くから不思議だった。

車で走り出すと間もなく、全身が熱で熟れたように感じられた泉さんの身体が、解熱剤の効果なのか、自然な感じですーっと赤みが消えて、青ざめてきたように見えた。

「すいません。すっかりご迷惑をかけて」

後部座席で妻のストールにくるまっていた泉さんが弱々しい声で私に声をかけてきたのは、出発して二十分ほどした頃だった。

「寒くて風邪がぶり返したのかもしれない。気分が悪くはありませんか。遠慮なんかしないで。少し車を停めましょうか」

不思議なことに運転中でろくに様子が見えなくても、一心に思いを凝らしていると、彼女の体調の変化が手に取るようにわかる。ほっとしたような息づかいが伝わってきたので、高台になった場所で車を停めた。

「少し走ると喫茶店があります。もう吐き気は治まりましたか」

こっくりと子どものように頷いて、彼女が車の外に出ようとしているので、急いでドアを開けた。

「寒いけど、いい気持ち」

ずり落ちそうになっているストールをかけ直したついでに、覚束ない上半身を抱えるようにした。寄り添うと妻の貸したストールからは妻の匂いがする。二月に上京した際に娘に貰ったという浅葱色の薄いカシミアに頬を埋めて、泉さんは弱々しい息を継いでいる。あまり無造作な、子どもの病人のような様子がいたたまれないほど愛しいのだった。

「末黒野《すぐろの》」と泉さんが細い声で言った。

言われて、改めて周りを見渡した。このあたりでは早春の行事になっている野焼きの跡が黒々と広がっている。下萌えは始まったばかりで、まだ緑の芽は点描になるほども立ち上がっていない。枯草を燃やした跡だけが残る荒涼とした野面が広がっている。

「じきに若草で煙るような緑になりますよ。害虫駆除が目的の野焼きだけれど、逆に下草の生長を促す働きもあるから。よく見るともうぽちぽち土筆や蓬《よもぎ》が生えている。今さっき食べた山菜もこのあたりで摘んだのかもしれない」

熱で乾いた白い唇を少し開けたまま、泉さんが力ない視線を土手や畦にぼんやり当てている。隣町の総合病院まで後二十分、それが遠過ぎるようにも、あっけないほど近過ぎるようにも感じられる。

「受付はきっと三時までです。そろそろ行きましょう」

総毛立ったような血の気のない顔が頼りなく頷いた。

山を越える上り道で、彼女は少し眠ったらしい。沈黙とは違う安らかな寝息が私の心を鎮めるのにも効果があった。まだほとんど寒林と言えるほどの冬ざれた道をゆっくりした速度で走っていると、病人を乗せていることを忘れて、甘い充溢《じゅういつ》感に満たされてしまう。

「橋を渡っているのでしょう。目をつむっていてもよくわかる」

隣町との境に大きな川が流れていて、旧式の吊り橋がかかっている。大型トラックがすれ違ったりすると揺れることもあるが、今通過しているのは私の小さな車だけだ。

「揺れますか。気分が悪かったら言って下さい」

振り返ることが出来ずに声だけかけたが、その時はもう橋を渡りきっていた。

病院では簡単な診察と検査があって、処置室で採血と点滴を終えた泉さんが待合室にいた私のところへ戻って来たのは四時半だった。

「肺炎になっていなくて、よかったですね。でもまだ安心するのは早い。うちで一泊して休んでいって下さい」

「もう平気。私、こう見えて根は丈夫なんです。句会だって出来そう」

いたずらっぽい笑いを含んだ声で泉さんは首を振った。

「とんでもない。そんなことをうっかり言うと、手ぐすね引いて待っている無慈悲な俳友の餌食になりますよ」

「でも、私のせいでせっかくの吟行句会を台なしにしてしまって」

「大丈夫。山菜は食べたし、カタクリの花も見学した。きっとみんなちゃっかり俳句も作ってますよ」

泉さんに言われるまで、句会のことも、案じて待っている人のこともすっかり忘れてしまっていたことに気づいて慌てた。

「あの橋を渡って帰るんでしょ」

二階にあるロビーの窓から眼下に光る川を見下ろして、彼女が尋ねた。

「土地の名を消して流れる春の川、です。日が伸びたからまだ岸に寄るくらいの時間はあります。先生たちには帰宅時間を少し遅めに言っておけばいい」

泉さんは気づいていないらしいが、三年前の五月の連休の時、同じ川の上流で吟行をした。土地の名を消して流れる春の川、というのは、泉さんがその時に作った句なのだった。

山深い土地にあっては、花よりも緑よりも風よりも、鳥たちの様子で春の到来を感じる。ストールを車内に置いたまま、川岸を歩き始めた泉さんの頭上で賑やかに雲雀《ひばり》が鳴く。襟や袖に川風が入り込んで、薄色の彼女の服を柔らかく膨らませている。腕を軽く組んで、水のほとりを歩く姿の全部を目の中に入れるために、私はわざと少し遅れてついて行った。

田舎に引っ越して来た七年前、私とこの川との出会いは幸福なものではなかった。川岸を覆い尽くす葛や丈高い茅を掻《か》き分けながら、私は周囲に張り巡らされた水の威嚇に脅えてばかりいた。当時は常に持ち歩いていた抗鬱剤や抗不安薬をポケットの中で握り締めて、やっと歩き続ける。靴底から滲んでくる水の気配が、皮膚から血管にまで侵入してくる確かな予感。恐怖で叫び出しそうなのに、後ろ向きに逸散に逃げ出す勇気も出ない。まるで刑場に引かれる罪人のように、無力感に金縛りになって進むしかなかった。

「ここへ引っ越して来て、初めての句会をこの川でしました」

当時の記憶に浸りきらないように声を励まして、沢胡桃の木の下で佇んでいた泉さんに話しかけた。

「地元で最初に知り合った人が渓流釣りの名人で。その人と先生と私たち夫婦の四人で句会をしたんです。釣った山女を食べながら」

大葦切騒ぎやめたる野の訃報
その時の自分の句を不思議なほどはっきり思い出したけれど、口に出すことは出来なかった。

泉さんは少し唇の端を上げて、続きを促すでもなく寛いでいる。彼女の膝下に春水特有の翠と青の縒り合った水が流れついては、とろりと甘く動いていく。

「みずひってていうのを知ってますか。川の源流を辿って行くと最後に行き着く場所。滴った水が集まって流れ始める川の源です。水が湧いているのに、水が干上がると書くんです。みずひってていうのは」

見に行こうと提案したのは誰だったろう。軽はずみにも私は、字からくるイメージだけで、水のまったくない場所だと思い込んで同行したのだ。私たち四人はずいぶん川に添って歩いた。先頭の釣り人はもちろんのこと、妻も先生もだんだん無口になって、それでも誰も音もあげず、引き返そうとも言わず歩き続けた。最終地点では岩と石だけの急な川原を這うように上って、目的地に着いた時は日暮れ近かった。

「なあんだ。こんなちっぽけな湧き水。ほんとにこれが大河の最初の一滴なのかしら」

へたり込んだ妻と先生に釣り人が、湧水をペットボトルに汲んで運んだ。私は黙って水の滴ってくる小さな岩の隙間、下草と苔に洗われた水の口を見つめていた。暗闇でもなく、光でもなく。暗闇でもあり、光でもある水が絶え間なく生まれている。自分があれほど恐れ、逃げ回っていたもののすべての幻影の母胎。私にはまだそれをためらわずすくって、飲み干す勇気はなかった。

しかし、帰途につく頃は自分の中にあった緊張感や恐怖がずいぶん薄らいでいることに気づいた。黄昏から、やがてとっぷりと暮れるまで、せせらぎの音は前になり、後ろになり従者のようについてくる。間もなく本物の闇に包まれ、川辺のテントにいるような水の匂いにすっぽりと覆われてしまったけれど、水干を見る前にあった切迫感はすでに消滅していた。「フロイトの言う徹底操作とはこういうことなのかもしれない」と心療内科の医師の言葉を思い出して納得したりした。

「水の生まれる場所なのに水干。言葉ってそういうものかもしれませんね。いつも真実の片方だけしか表さない」

手を差し出して触れようとしながら、泉さんは水には触れず、ただ身を乗り出したままでいる。決意なのか、迷いなのか。何かを手繰ろうとして、その先を怖れているのか。

考えてみれば、成り行きというのもひとつの魔なのかもしれないと、後ろ姿を見て思った。ぎりぎり近づいて触れないというのは、川でも人でもなく、私でも彼女だけでもない、きっと双方のぎりぎりの意志なのだろう。

「水は生まれるというより、顕れているだけかもしれません。人間は顕れていたものが消えると、死ぬって言うけど。それだって、見えなくなっただけ。ほんとはどこかに顕れているのかもしれない」

生まれるわけではなく、顕れるだけ。消え去って、消滅したと思っていても、またどこかに顕れている。彼女の言うように、この世の生きとし生けるもののすべてにそれが当てはまるのであれば、生も死も束の間の顕現と消滅に過ぎないのだろう。

六年前、水の出会う場所で並んで立っていた時も、彼女は同じことを考えていたのだろうか。


町を取り巻く山々や小高い丘などに、山藤の見事なカスケードが出現して、紫の煙るような飛沫を撒き散らしている。泉さんの体調不良で、たった半日で終わってしまった吟行のやり直しに、五月の末にもう一度先生たちがやって来るという。

「今度は東京句会で知り合った人も合流するから総勢九人。『レストラン山根』のオーナーも誘ったから、車二台で回ることになる。責任重大だから、前もってあちこち下見をして来てよ」

最近ではこと俳句に関しては、実力も意欲も夫の比ではないと自認している妻が、主催者然として下知を下す。当たり前のように指図されると腹も立つが、この頃は少し慣れた。慣れてみれば、指示通り動くことは案外容易で、気楽だった。会社人間を廃業してじきに十年になるのだから、そろそろ主導者交代の時期だったのかもしれない。ただ余りなんでも言う通りになると図に乗るので、時々は任務放棄をして姿をくらますことにしている。

吟行の中継点候補の店で食事をした後、昨年の秋に泉さんが滝を見つけた山にやって来た。放し飼いの夫にもこの程度の気晴らしは必要だ。

山々はまだ盛大に笑う前の、初初しい笑みを浮かべている。

「春到来といっても、里は八分。野は五分か六分。山はせいぜい三分といったところだ」

報告がてら妻に電話を入れると「句会の下見とは思えない無味乾燥なレポートね。五分とか七分とかいう殺風景な描写じゃなくて、芽木光るとか、春闌《た》けるとか言えないの」と、早速季語のレクチャーをされてしまった。

桜が葉桜になり、栃や朴が芽吹いて、木五倍子《きぶし》の花があちこちにぶら下がっている。躑躅《つつじ》と竹の秋と鳥の囀《さえず》り。三春全部をばら撒いた山を従えて、あの幻の滝が白いビニールテープの束のように光っているのが見えた。

泉さんとは結局凍滝はおろか、五年前に二人で見つけた草原の奥の川を眺めることさえ出来なかった。

まて貝や身体というぬるい水

出会ってすぐの頃に彼女が作った句を思い出す。水が怖くて社会から逸脱せざるを得なかった男と、身体をぬるい水と詠った女。私たちの関係は出会った頃からちっとも進展していない。それでも季節が巡り、吟行が近づくたびに心が躍る。二十回別れ、三十回会ったとしても、同じようにときめき、季節ごとに彼女の句を思い出して、忍ぶことに変わりはないだろう。まるで歳時記の恋だ、と自分ながら可笑しくもあり、かすかな哀れみを覚えたりもする。

鳥の囀りが囃《はや》すように高くやかましい。私は出かける時に、妻の目を盗んで持ち出してきた最新号の句誌を開き、切り株の椅子に座ってページを繰った。

水の模様　　　古谷泉

ここ半年ほどで親しい人を二人、相次いで亡くした。喪失感は想像以上に深く、亡者の招く声に耳を澄ませながら、何度か此の世の岸を彷徨った。正気の淵や、生命の切り岸ではない。私の幽明というのは、いつも水の辺であり、川や湖の汀《みぎわ》である。添うでも突き放すでもなく、水は淡々と、嫋嫋と流れる。岸に添って歩きながら私は子どもの頃に読んだひとつの物語を思い出していた。

話の内容は概ねこうである。昔、ある国にわがままなお姫様がいた。一人で川のそばを歩いている時、さざ波の繊細なレースの模様と、七色に光る水の煌めきに魅せられて、父親である王様に「水の模様のドレスを作って欲しい」と懇願する。

とても賢い仕立て屋が、その申し出を受け入れる。仕立て屋は川岸で、お姫様に尋ねる。「お姫様の一番気に入った模様を選んで私に見せて下さい。そうすれば必ず同じ模様のドレスを作って差し上げます」と。もちろん、お姫様は一時も休まず流れ去る水の模様を選ぶことも、手に取って示すことも出来ない。

少女の頃この物語を読んだ私は、小賢しい仕立て屋を少し憎んだ。水の美しさに幻惑されない大人の知恵も腹立たしかった。

けれど自身が成長すると、私は世の中のすべてが水の模様のようなものだと知ることになった。小賢しい仕立て屋に指摘されるまでもない。真に美しいものを所有することも、流れ去る尊いものを留めることも叶いはしない。飛び散る飛沫、寄せるさざ波の一連、紺青の渦の一巻きですら秘匿出来ないのだ。

水の模様のドレスの話などとっくに忘れた頃に、俳句に出会った。五、七、五という透き通った言葉の器ならば、もしかして水の模様をすくい取れるのではないか、そんな気がした。なんでもない日常語がカットの仕方で鋭く光る。想像を縒り合わせ、イメージを研磨すると妖しい輝きを放つ。記憶の水底を覗くと見たこともない異界の景色が写っていたりする。

私にとって俳句は、ずっと以前に諦めていた水の模様を写し取る魔法のようだった。

今年、大切な人に先立たれて、水の音を呑んだままの雪原と、まだ下萌えもない川岸を彷徨っているうちに、春が来て、闌けて、去っていった。やがて不帰の人の呼び声も遠くなった。私はまだまだ現世の岸で、水の模様を写すことを続けるしかないらしい。

水芹の水に汚れていたりけり　　泉

冊子を閉じて、問いかけるように同じ山の同じ位置に目を凝らしたけれど、まるで己自身を引き取ったように、滝は忽然と消えてしまっていた。

水の上で歌う

mizu no ue de utau

商店街を抜けて、教会の角を曲がったら須永さんに声をかけられた。

「庄野さん、お帰りですか。雨が上がってよかったですね」

帰りがけに寄って来たスーパーマーケットの袋を後ろ手に隠して、わざとゆっくり頭を下げた。

「銀座もにわか雨が降りましたけど。こっちもだいぶ降ったみたいですね」

「ええ。春なのにまるで夕立みたいに。そのせいでおつかいに出るのが遅れちゃって」

ろくすっぽ食べられなかった昼食のやり直しに、メンチカツと鯵フライがまだ暖かいうちに、トンカツソースをたっぷりかけて食べたい。

「でも風の強い日が続きましたから、いいお湿りかもしれませんね」

さりげなく身体を自宅のある方に向けて、別れの挨拶をする姿勢になる。須永さんの家は一人娘の八重さんが出版社勤務で毎晩帰りが遅いから、これから夕食の買物をしても充分間に合うのだろう。

家に着くと、確かにまとまった雨が降ったらしく、庭の木々はみなしっとりと濡れ、中二階の灯りがかすかに滲《にじ》んで見えた。

「あら、珍しい。功さんがこんなに早く帰ってる」

買物袋を持ちかえて咄嗟に思ったけれど、鍵を内側からかけた途端すぐに気づいた。

「七回忌の相談に銀座まで出かけたのに、主人が生きていると思うなんて。やだわ。ボケちゃったのかしら」

玄関の扉は開いている。また澄子が施錠し忘れたのだ。ずっと一人暮らしだった彼女でも鍵をし忘れるようなへまをするのだから、同い年の私が夫の死を一瞬忘れるくらい当たり前なのかもしれない。

「ただいまあ」

中二階に声をかけただけで、気もそぞろにキッチンに入った。買ってきた揚げ物で早速遅い昼食をとり、空腹がおさまってから、やっとお茶を飲むゆとりが出来た。

「ねえ、美味しいどら焼きがあるの。食べない」

お盆に大きめの湯呑みと菓子鉢を乗せて中二階のドアを肩で押した。

「ごちそうさま。ちょうど甘いものが食べたかったのよ。有難いわ」

澄子が窓際のライティングデスクから立って来て、テーブルの上に乗っていた本を片づけた。

「あら、またお勉強なの」

「やめてよ。勉強なんてからかうのは。遊びよ、遊び」

菓子鉢に入れてきたどら焼きには、ふっくらとした皮の中央に兎の焼き印が押されている。

「耳が片っぽ曲がっている方が白餡だって」

私も澄子も両耳がピンと立っている粒餡の方を取った。

「雨に降られたでしょ。傘持っていかなかったから」

少し毛玉のついたズボンの膝を揃えて、澄子が窓の方を見ながら聞く。

「ううん。降ってる時にはまだ議論白熱。雷も気づかないくらい論争中だったのよ」

「だって、たかが七回忌の相談でしょ。どうしてそんなに揉《も》めるのよ」

一周忌より三回忌の方が揉めて、三回忌より七回忌の方がさらに揉めた。十三回忌になったら、どれほど紛糾するのか見当もつかない。でももう六年経ったら、どれほどお節介な親戚も櫛の歯が欠けたように亡くなっているだろう。何よりも喪主の私が、七十三歳まで元気でいるという保証はないのだ。

「親戚なんて厄介な者がいると、死んでからも大変なのね」

「そりゃあそうよ。あなたみたいに、千年も前の墳墓にまで興味のある人だっているんだから」

重ねられた古代史の本を横目に見ながら、耳の寝ている方のどら焼きに手を伸ばす。

「発掘のボランティアは死者に興味があるからしてるわけじゃないのよ」

澄子の横顔が心持ち引きつった。他人に自分のことを言われると、唇の端が少しだけ上がる。

「もう寝るわ。出先では気を張っているから感じないけど、帰って来た途端、一歩も歩けないほど疲れきっていることに気づくの」

どら焼きを頬張っていて返事をしない澄子を残して部屋を出た。一階までのたった八段でさえ長く感じられる。死者も生者もどっちでもいいほど疲れきっている。後二段という所まで来て、軽い眩暈《めまい》を感じて階段の手すりにしがみつくと、まるで見知らぬ老婆を見ているような目つきで澄子が私を見下ろしていた。


未亡人になってから六年が過ぎた。功さんが急死したのは、二人の娘も結婚し、定年後に顧問をしていた会社を退いた半年後のことだった。

四十九日も過ぎ、そろそろ母親の今後の生活について娘夫婦が相談を始めた頃、私は原因不明の眩暈と持病の高血圧を悪化させて寝ついてしまった。幼い子どもを連れて娘たちは交代で見舞いに通ってくれたけれど、そんな状態が長く続けられるはずがないのは、お互いよくわかっていた。

長女の美穂は築四十年近いこの家を二世帯住宅に建て替えて、自分たちと一緒に住もうと提案していた。次女の穂波は都心にある家の土地を売って、マンションに住み替えた方が快適に決まっていると主張して譲らなかった。

私にはどんな計画もビジョンもなかった。具体的な生活のことを考えただけで気が遠くなる気がした。銀行とか、役所とか、出さなければならない書類があるというだけで、かあーと頭に血が上り、心臓が締めつけられる。整理も片づけも、日常的な家事さえする気にならない。意志や意欲というものがごっそり抜け落ちて、無力にぼんやりと羽根布団にくるまってうつらうつらと毎日を過ごした。

時々、功さんに呼ばれた気がして、「はあい、ちょっと待って」と返事をしてみたり、とっくに鬼籍に入ったはずの姑の咲の喘息の喘ぎが聞こえた気がして耳を澄ませたりした。孫が寝室に近づく小さな足音。「おばあちゃまはおねんねだから、だめよ」と娘がゆったりした声で言い聞かせているやりとり。それらは潮のように遠ざかったり、また近づいてきたりした。死者にも生者にも遠く、私は一人の安寧だけを呼吸して日々を送った。

そろそろ春が近づき、卒園や入学で若い母親である娘たちは多忙な季節になり、見舞いに通うのも三日置きくらいになった頃、私は高校時代の友人である三條澄子の突然の訪問を受けた。門のブザーを押したものの、インターホンの呼びかけに応じようともしない訪問客をいぶかって外に出てみると、黒っぽいパンツスーツを着た痩せた女が立っていた。

「お久しぶり。今日近くで私の定年退職の食事会があったから、思い出して寄ってみたの。確かこのあたりだなあって思って。一軒家って歳月が経っても、変わらないのね」

「家は変わらないけど。主は変わったの。ついこの間、主人が死んだのよ」

門扉に凭《もた》れかかったまま、私は澄子の肩越しにしばらくぶりに眺める歩道を見ていた。

「ごめん、何も知らないで。幾つだったの」

「六十七歳」

客を案内して部屋に戻ると、室内の暗さと荒廃ぶりに改めて気づいた。半年もの間、見ようともしなかった生活の残骸に躓《つまず》きそうになる。

「この家は売るつもり。大き過ぎて、私一人じゃあ、どうにもならないし」

乱雑さの言い訳もあって咄嗟に言った。

「大き過ぎるって言ったって、ずっと旦那さんと二人暮らしだったわけでしょ。一人と二人って、そんなに違うもの？」

「一人と二人の違いじゃあないのよ。家庭と一人ぼっちの違い」

久しぶりに他人と接して、私は自分が死者とともにこの家に埋葬されかかっていたのだというこことにやっと気づいた。

「二階はお姑さんの部屋だったわね。確か」

「そう。ずっと前に亡くなったから、今はもっぱら娘夫婦が里帰りした時に使ってる」

「外から見たら三階建てに見えた。庭に突き出てる中二階、以前からあったっけ。壁に蔦が絡まってるし、礼拝堂みたいね」

「姑が挿し木にした鉢から広がって、放っておいたら伸び放題。蔦が絡まった家なんて縁起が悪い気もしたけど、夏は緑のカーテンでちょっと涼しいって娘が言うから」

「私が遊びに来たのは遥か昔のことだもの。外も内も変わってるのが当たり前ね」

澄子はそう言って少し傷ましそうな目で室内を見回した。

「あんまり顔色がよくないよ。身体の具合でも悪いの」

「自律神経失調症だって。眩暈がひどいのよ」

盛り上がらない会話を三十分ほど続けてから、澄子は帰って行った。

翌日、私はしばらくぶりに中二階の部屋に入ってみた。澄子が言った「礼拝堂みたい」という言葉が心の隅に引っかかっていた。確かに窓を開けると、伸び放題の蔦の蔓が桟に届きそうなほど触手を伸ばしている。去年の古い枯葉をつけたままの蔓のあちこちに緑色の艶々した新芽が膨らんでいるのが見えた。

「いつの間にか春なんだ」

夫が死んでからすっかり身についた独り言を呟いてから、ぼんやりと窓の外を眺めた。喪の家にはそぐわない賑やかさで花の咲いている庭越しに、隣近所の垣根が続き、目隠し用の植栽が様々な形の葉を広げている。

「これから私一人の人生が始まるのねえ」

礼拝堂の祈りとはほど遠い暢気《のんき》な独り言を呟いて、私は羽化したばかりの羽根のように湿っている蔦の葉を一枚むしった。


それから半年後、澄子は以前姑が住んでいた二階の部屋に引っ越して来たのだった。

数十年ぶりに訪ねて来た友人に部屋を貸すなんて無謀だと、娘二人は私を責め、決心を翻させようとやっきになった。

「いいじゃないか。一緒に住むって言ったって、二階と一階。台所もトイレも風呂も別々。外階段を使って出入りすればプライバシーも保てる。もともと二世帯用に作ってあった家なんだし、何よりも澄子さんは男じゃない。後々面倒なことにもならないよ」

「そうだよ。親を介護した経験もあるって言うし、病気になっても心強い。同居って言うより、今流行のシェアだね。お母さんの方がよほど進歩的だ」

意外にも婿二人が熱心に賛同し、理解を示した。最初のうちこそ折れるのも、強情を張るのも牽制し合っていた娘たちも、それぞれの夫が口を揃えて賛意を表すので、しまいには折れざるを得なかった。

「でも私、お母さんの親友はイネだけだと思ってた。澄子さんなんていう友だちのこと、全然知らなかったわ」

美穂は説得させられてからも、私を責める最後の切札のように何度も言った。

「だけどお姉さん。イネが死んだのはずっと昔じゃあないの。お母さんだって、他の友だちが出来るのは当たり前よ」

「そりゃあナミちゃんはまだ赤ちゃんだったから、お母さんがどんなにイネと仲が良かったか知らないのよ」

四歳だった美穂はイネが息を引き取ったホスピスに毎日連れられて通ったことを、まるでトラウマのように言っては、ことあるごとに私を責めた。

「澄子さんは昔馴染みだけど、親友じゃあないし、親友なんかもともといらないの。イネは別。あの人は世界でたった一人だけ。誰とも比べられない。生きてる時も、死んでからも」

イネへの気持ちをわかってくれる人は誰もいない。一番の理解者だった功さんが死んでから、私はたとえ子どもといえども彼女について語ったり、思い出を共有したりすることはあり得ないとわかっていた。

「親友でもない人と暮らすなんて、私には余計理解出来ない。もともとお母さんって、女友だちと仲良く暮らすタイプじゃないから。だって、今思うとイネって普通の女の人じゃなかったもの」

美穂は素直で優しい娘だけれど、想像力が貧しくて執念深い。それにホスピスに毎日通ったことを四歳の女児がトラウマになるほど記憶しているものだろうか。どうせ美穂を溺愛していた姑の咲が、後年私の悪口とともに吹き込んだものに違いないのだ。

「自分の子どもを産むまでは、私、よくホスピスの夢を見てうなされたのよ。真っ白な壁に、真っ白なカーテン。点滴台の並んでいる廊下。グレーのリボンを胸元にした修道女みたいな人が近づいて来て、私にキャンディをくれようとするんだけど、ポケットに入っているのは楕円形の大きな薬なの。私が首を振りながら逃げると、注射をしようとして追いかけて来るのよ。怖くて怖くて。ナミちゃんにはわからないでしょ」

「ふうん。でも子どもの時って、みんな病院や注射は怖いものよ」

神経質そうに眉をひそめる姉を一瞥して、穂波が私に「また始まった」というような合図を送ってくる。

「大事な友だちが末期癌だったのよ。四歳の子と乳飲み子をどこに預ければよかったって言うの。でも、いたいけな幼児まで臨終の場に連れて行ったみたいにおまえは言うけど、死に目には会っていないのよ。だあれも。私だって、イネの家族だって」

思い出すと目と鼻の奥がじーんとしてくる。何十年経ってもイネの死はまだ生々しく私の胸を揺さぶる。まるで小娘に戻ったような怒りと悔しさ。置いて行かれた悲しみが胸の奥に染みのように広がる。四十年近く寄り添った末、死んでしまった夫のことをこんなふうに思い出すことはないのに。

私の様子を窺《うかが》っていた婿が美穂の膝を軽く突いたので、その話は打ち切りになって、結局肝心の澄子に対する言及は曖昧なまま終わった。

たとえ澄子との関係についてこれ以上の詮索や、同居に至った経過を問われても私は何も説明することが出来なかっただろう。

友だちと知人の中間。彼女との関係は同居を始めた七年前から変わっていない。もともと特別親しかったわけでもない。今思えば、澄子とならば知人と友だちの中間という距離をそのまま維持出来ると直感したことが、同居を決めた一番の理由だった気がする。

外階段を下りていく足音を耳にしたのは何時頃だったろう。こんな朝早く、と寝惚け眼で思っただけで、またすぐ寝てしまった。外出した翌日は午前中ぐずぐずとベッドで過ごすことが多くなった。長い間寝るのに、睡眠は深くも甘くもない。ぼんやりとぬるい覚醒の岸に鯨が白い腹を見せて横たわっている気分で目が覚める。こんなふうに目覚めた途端うんざりするのは、寡婦になってから体重がどんどん増えているせいだ。

時計を見たらもう十一時近かった。だとしたら早朝に聞いたと思った足音は八時くらいだったのかもしれない。

空腹の谷間を深くすると、食べ過ぎる確率が高いという話を娘から聞いたことがある。私は紅茶を淹れる前に、ビスケットを数枚取り出して齧《かじ》りながらカレンダーを見た。遅くやってきた春は格別逃げ足が速い。明日はもう四月の第二土曜日、ケンと面会する日だ。

イネが死んだ時、一人息子のケンは小学生だった。美穂は私に連れられてホスピスにいるイネに毎日のように会ったけれど、ケンは一週間に一度母親の面会に来るだけだった。父親と祖父母が楯のように直立した後ろで、私に向かってコンニチワと声をかけ、オダイジニと言って帰るのよ、とイネは可笑しそうに言っていた。

「今度来る時、水彩絵具を持ってきて」

今は四十歳を過ぎているだろうケンに頼まれていた買物を思い出す。三月は粘土だった。お正月はトランプ。クリスマスの時にせがまれたのは昆虫図鑑だった。そして、その前の月はなんだったのか、もう思い出せない。

毎月第二土曜日。二時から三時までの間、私はイネになったつもりで、息子のケンに面会する。ケンは私を「おばさん」と呼んだり、「イネ」と言ったり、症状の軽い時は「あなた」と柔らかい声で呼びかけたりする。たった一年にも満たなかったという結婚生活でも蘇るのだろう、親しげに手を握って「おまえ」という時もある。

花冷えの日が続いて足元と首筋が薄ら寒い。草木が繁り始めると一階の日照時間は二階の三分の一になってしまう。澄子に二階を貸すんじゃあなかったと、束の間後悔するのはこんな時だ。七年前、齢をとると人間はこんなにも寒さに弱くなるものだと知らなかった。肌を老化させる紫外線が怖いという理由だけで、迷うことなく日当たりのいい二階を提供してしまった。おかげで色黒の娘が羨むほど肌は美白を保っているけれど、太ると柔らかな肉はいっそう垂れ下がった餅のようになるということまでは予測出来なかった。

白くてもっちりとした摑《つか》みがいのある手頸《てくび》をだらりとぶら下げて「おばあけー」と言うとケンは笑う。お化けでも幽霊でも、狐憑きでもいいから、イネに会いたい。

軽い朝食を済ませ、私はスミ・ジョーの歌曲をステレオにセットする。死者もお化けも一掃するための、これが一番有効なお呪《まじな》い。考えないために、くよくよ悩まないために、私はスミ・ジョーとともに歌う。

一本の堂々たる大樹を意識して、窓に向かって胸を張り、肘を緩やかに曲げて腕を組む。大きく息を吸って、ゆっくりと長く吐く基本の腹式呼吸。一本、二本、三本。蝋燭《ろうそく》の火を消すように。次はせわしく、口を尖らせ頬を膨らませ、八本、九本、十本、と見えない焔を消していく。声楽の先生は私に一日三十本以上の架空の蝋燭を消すようにという宿題を出し続けている。

肺も喉も声帯もこうして鍛え直していくのだという。

イネとはよくホスピスの屋上で歌を歌った。イネの好きだったザ・ピーナッツの歌。彼女は鳥のように痩せ細った脚の太股まで見せて「フッリムカナハハイーデ、イマネ、スカート、ナオシテルノ、アナタノ、スキナ、タータンチェック」と振りをつけた。

「コレカラ、ナカヨク、デートナノ」

私も並んで歌いながら、頬骨が尖って、もう肉なんかひとかけらもない彼女の窪んだ眼窩に、強烈な流し眼を送りながら片足を上げた。

今思うと、とても不思議。絶望していても、心の中で号泣していてもあんなふうに歌が歌えた。永遠の別れが迫っているのを知りながら、私たちは歌っていればみんな忘れて、女学生のように他愛なく楽しかった。

歳月って一体なんだろう。吐く息に、吸う息に、私は問いかける。春が過ぎれば、当然のように夏が来て、今年の半分が過ぎる。二十二本。二十三本。呼吸を整え、お腹に力を入れて、私は新しい息を生成する。架空の蝋燭の焔が揺れる。二十七本、二十八本。答えのないまま、瞬き続ける焔の向こうから死者の息だけが私に触れてくる。

三十五本、三十六本。

親が死に、子どもが生まれ、友だちが死んで、孫が生まれて、夫が死んで、やがて私もこの世からいなくなる。何千本の蝋燭を消したら、私もきれいな音の粒子のように微塵に消えることが出来るのだろうか。

四十本目を消し終わったら、チャイムが鳴った。

「私よ。悪いけど玄関で塩を撒いてくれない。お葬式に行って来たから」

塩の容器を抱えて玄関へ行くと、時代物の古い喪服を着た澄子が立っていた。

「塩は持ってる。はい、これをかけて。形だけでいいから」

「そうよね。なめくじじゃあるまいし、こんなにいらないわよね」

つい冗談を言うと澄子が薄いお義理の笑みを浮かべた。

「あっ、ごめん。ご不幸だったのに、冗談なんか言って」

澄子は強いナフタリンの匂いとともにするりと玄関に滑り込んだ。

「いいのよ。たいして不幸でもないの。八十二歳だったし」

そのまま二階に引き上げると思っていたら、中二階の踊り場で足を止め、浮き浮きした様子で「お茶でも飲まない。葛餅貰ったから」と小さな箱を持ち上げてみせた。

澄子から誘われることは滅多にないので、お茶を淹れて中二階に行った。

「ああ、やっと人心地ついた。お葬式は斎場でするべきね。今どき自宅で告別式するなんて、ちょっと迷惑」

澄子は滅多に誰かを批判したり、不満を言ったりしない。事実を最小限の言葉で話し、それでも後で喋り過ぎたと思うらしく「まあ、人間って、みんなそうよね」と喋ったばかりの意見を消しゴムで素早く消すように言うのが常だった。

「八十二歳なら、今は早い方よ。ご家族は自宅から送ってあげたかったんじゃないかしら」

ぬるい歯茎に似た触感の葛餅を食べながら、いつものズボン姿に着替えた澄子に言った。

「まさか。だって三年もほとんど寝たきりだったのよ。親孝行にも消費期限ってものがあるでしょ。潮時よ」

黄粉をつけたままの口を横に伸ばすようにしながら、澄子は珍しく率直な意見を言う。

「でもいざ死なれたらつらいものよ。生きているうちは、どんなに厄介だと思っても。私だって、姑が死んだ時は心底ほっとしたけど、それなりに悔いも喪失感もあったもの」

澄子は横を向いて黄粉のついた口をぬぐい、向き合った時はいつもの取り澄ました表情に戻っていた。薄化粧をしているらしい顔には剃り残しの産毛がたくさん光っている。醜くはないが、魅力的という言葉から一生無縁だったであろう女の平べったい顔に奇妙な興奮の一刷けがうっすらと残っていた。

ケンに会う日は申し分のない晴天だった。汗っかきの私はバッグに扇子を入れ、鍔《つば》広の帽子をかぶった。サングラスをしようとして、これではまるで変装だと気づいて苦笑した。今日は死者が生者の姿を借りて息子に会うのだから、変装なんて無意味なのだ。

「頼まれていた水彩絵具、これでよかったかしら。たくさんあって、どれがいいかわからなかったから、店員さんに選んでもらったの。イギリス製だって」

ケンは用心深そうに私を見て、すぐには近づいて来ない。今日の私はイネだろうか。彼の奥さんだった女性だろうか。あるいは変装した看護師に映るのだろうか。

「ありがと。でもまだいらない。だって絵具があっても紙がないんだ。今度紙を買ってきて。あのね、セヌリエがいいな。二十枚綴りの。フランス製だから高いけど」

タカイケド、とケンは私の近くに寄って来て囁《ささや》いた。イネにまったく似ていない整った顔立ちの壮年の男の顔が異様な迫力で迫ってくる。

「平気よ。私、お金持ちだから。夫が死んで、保険金がたくさん入ったし。もう年金だって貰ってるもの」

息子に甘い母親の顔になってにっこり笑う。

「イネはいい声だね。怒らなければ、もっといい声なのに」

不意に涙が出そうになる。

フリムカナイデ、アッハハッハ、イマネ、クツシタナオシテルノ、アナタノ、スキナ、クロイクツシター。

突然イネとデュエットしたホスピスの屋上の青い空が私の目に突き刺さる。静脈の透く骨ばった手の甲にケンがセルリアンブルーの水彩絵具をぐにゃりと絞り出して見せたのだ。

「臭いねえ、この絵具、腐ってるんじゃないの」

手の甲に出した絵具を右手の掌に移し、それを私のクリーム色のスーツになすりつけようとする。

「やめて。今度紙を買ってきてから塗るのよ。ここで使ったら、もったいないじゃないの。高かったのよ、それ」

高かったという言葉はケンに効果てきめんの鎮静剤のように作用する。タカカッタ、それはケンを叱ったり、抑制したりする時の誰の口癖だったのだろう。

彼は途端にしょんぼりして、抜き取った絵具をもう一度丁寧に並べ始める。首を極度に曲げた独特の仕草で、絵具を仔細に眺め、それを抜いたり、元に戻したりを繰り返す。

アオ、アカ、キイロ。クロ、クロ、クロ。またアオ。変だな、またアオ。またアオ。低い声で呟き続ける顔は次第に切羽詰まった表情になり、興奮してくると掌についたセルリアンブルーの絵具を身体中になすりつける。

「じゃあね。ケン。さよなら」と私は呟いて、「セヌリエの二十枚綴り」とメモした手帳をパタンと閉じる。

死者に身体を半日貸した私の空腹の谷間は深い。病院の玄関を過ぎるとすぐに、幼馴染みの恭一に電話をかけ、「どう、一緒にお蕎麦でも食べない」と年甲斐もなく華やいだ声で誘った。

「おっ、待ってました。龍子さん、すっとんで行くよ。どこまで行けばいいの」

「渋谷。すぐ来れるなんて、暇ねえ」

勝手に誘ってくすくす笑うと、電話からも笑いを含んだ弾んだ声が返ってきた。

「マドンナのお呼びじゃあね。たとえ、火の中、水の中。蕎麦屋なんてお安い御用だよ」

六十七歳の、ずいぶん老けたマドンナはよく晴れた四月の空を眺めて、現世にやっと辿りついたかのように軽い溜息をつく。

恭一と鴨南蛮の昼食を終え、馴染みの甘味屋でクリーム餡蜜を食べようとした時、ショーケースに葛餅セットがあるのが見えて、うっすらした吐き気を覚えた。

「この間、澄子と葛餅を食べたけど。ぺたぺたしてて不味かった。水っぽいのに、変な弾力があって。あれに黄粉をまぶすなんて、誰が思いついたのかしらね」

「まだ二階をオールドミスに貸してるのかい。物好きだねえ。なんか疚《やま》しい秘密でも握られているんじゃないの」

恭一は煙草をやめてからもっぱら甘党になって、二杯目の白玉餡蜜を前に相好を崩している。

私たちと同世代の男性は一人で甘味屋に堂々と入るには面子という厄介な残骸があるらしい。二人でイタリア料理を食べても寿司屋に行っても、まるで女学生がねだるように、必ず私を甘味屋に誘う。

「まさか。貴方じゃあるまいし。むしろその逆。私の方が彼女の重大な秘密を握っているの」

「秘密って、年下の恋人とか。宝くじを当てたとか？」

「ううん。もっと深刻で、本質的なことよ。彼女はね、すっごいケチだったの」

「なんだ、そんなことか。齢をとってくると多かれ少なかれケチになるよ、特にオールドミスは吝嗇だと昔から相場が決まってる」

スプーンで黒蜜を名残惜しそうにすくいながら恭一が言う。

「私が言っているケチって、金銭のことだけじゃないのよ」

「食い物でもケチるのか。やだねえ。色気のない年寄りは」

ジカンオ、ケチリ、アイジョウヤ、オモイヤリチ、ケチル。テマヒマオ、ケチル。ジブンノ、ジンセイノ、スベテヲケチル。減るのが怖いのでも、惜しいのでもない。ケチっても、決して貯まらないものを澄子はケチル。

春が進んでくると風の吹く日が多くなって、窓もドアも部屋の空気が淀むほどきっちり閉めて出て行くのに、帰って来ると埃が溜まっている。

「おばあちゃま、この部屋、くさあい」

私の前をすり抜けて居間に入った緑子が、鼻をつまみながらベランダのガラス戸を慌てて開けた。

「だめよ、みぃーちゃん。埃が入って来るから」

「逆じゃないの、おばあちゃま。臭い埃が出て行くのよ」

穂波から頼まれて、急遽孫の緑子を夜まで預かることになった。前もって言ってくれたら、私だって掃除機くらいかけておいたのに。

「スリッパに埃がついてくる。ちっちゃい猫の尻尾みたい。ふわふわしてて」

参ったなあ、と呟きながらそれでも五歳になったばかりの孫の愛らしい声と仕草に思わず笑みがこぼれる。四人いる孫の中で緑子は私の一番のお気に入りだった。

「今、おやつのプリンを出してあげるから、ちゃんと手を洗って、うがいもしてきなさい」

甘ったるい香りのアップルティーを作り、途中で買ったプリンを出しても、洗面所に行ったはずの緑子はなかなか戻って来ない。庭に出た気配もないので、慌てて中二階に探しに行った。

子どもというのは昔も今も階段があると上らずにいられないらしい。

「おばあちゃま、お二階って、こわい」

中二階付近まで上がって行くと、澄子の部屋から緑子が忍び足で下りてくるところだった。

「二階はおよその人に貸しているから勝手に入っちゃいけないって、お話したでしょ。忘れたの」

澄子は図書館に行っているはずだと思いながらも、私はつい叱る口調になっていた。

「だって、お兄ちゃんが二階には秘密があって、それを隠すために蔦の葉がいっぱいいっぱい生えているんだって、言ってたもん」

不服そうに唇を尖らしながらも、私が立っている所まで後三段という所で小さな足がもつれるほど急ぎ足になった。

「こわかったの、とっても」

私のブラウスにしがみついて脅えた目つきをしているので、ふいにいじらしくなった。

「何がそんなに怖かったの。大丈夫よ。お婆ちゃまと一緒にもう一度行ってみる？」

澄子に部屋を貸してから私も二階へ行くことは滅多にない。家賃を貰っているといっても、雀の涙ほどの友だち価格だ。家主が留守の部屋を見るくらい遠慮することはないだろう。私はふいに家主らしい猜疑心が湧いて、孫の柔らかい手を取った。

「一緒に冒険しよう。お化けが出たら、やっつけてあげる。お婆ちゃまは強いのよ。この家の女王様だもの」

ためらっている緑子の手を引いて階段を上り始めた。幼い孫の動悸が握り締めた手から伝わって、私の胸の鼓動も早くなった。プライバシー云々ではなく、単なる点検だと無理やり言い聞かせても、動悸は早くなる一方だった。

「やめて。おばあちゃま。もう絶対行かないから。ごめんなさい、お願い、緑子を二階に連れて行かないで」

丸い目から柔らかく盛り上がった滴が次々とこぼれてくる。小さな頭を激しく振って、全身でいやいやを繰り返す。

「お婆ちゃまは緑子を怖がらせて、罰を与えるために二階に連れて行こうとしたわけじゃないのよ。わかったから、もう行かないから」

後三段で二階に行きつく所で、私は孫をそっと後ろ向きにさせ、かばうように背中を支えて階段を下りた。

緑子は安堵からだろう、途端に甘えた声でしくしく泣き始めた。

「お二階はね、おばあちゃまのお家じゃなかったの。遠い所にある知らないお家。だからね、緑子はもう絶対、絶対お二階には行かないの」

興奮したらしく首筋や指先まで汗をかいている孫の小さな手をぎゅっと握ると、私までが緑子の訴える通り、二階の部屋はもう私の家ではない、遥か遠くの全然知らない人の住処のような気がしてくるのだった。

「庄野さん、今日、張りきって来たでしょ。だめよ。歌はね、寛《くつろ》いで、自然体。そうそう肩の力を抜いて、身体の重心は後ろ、顎を下げて、声を下に押しつけないで。〈初恋の痛み〉っていう、ミの一番高い音、この間教えた通りに、手にバケツを提げてる感じでね」

葉月先生の声と手が私の身体の部分や、皮膚の表面や髪の上を愛撫するように滑らかに撫ぜて過ぎる。

「はい、鼻の奥を広げ気味にして。そうそう。その感じ」

レッスン室のうっすらと甘く透明な空気が、過度の高揚や情緒を鎮め、息と声と、血流さえも心地よい安定と緊張に導いていく。

「歌いたくて意気込んで来ると、歌詞にのめり込んだり、歌っていることに酔ったりしがち。自分のそばに小人でもいるみたいに、ちょっと心を逸らして。声だけを解き放って」

私は葉月先生の言葉も声も動作も、レッスンのすべてを目で吸い尽くすように見つめる。先生はどんな反応も、どんな視線も受け止めて立っている。少し染めているらしい豊かな髪。男性にしてはふっくらとした唇と胡桃みたいな顎。厚い胸板。筋肉の鍛錬によって生み出された肉体とは違う、歌うための共鳴板のような肢体。身体のどの部分を切っても、その血管からは妙なる美しい音色が聞こえてくる気さえする。

「だめ、いつも言ってるじゃない。胸に音を溜めないで、はいっ、これっきりってところまで吐いて、吐ききれば、必ず豊かに吸える。そうそう」

遮られても、叱責されても、どんなにやり直しをさせられてもうれしい。息切れがして、声がかすれて、立っているのがやっとになっても、教えられるまま、まるで操られているように繰り返し歌う。

息継ぎは楽譜にある箇所だけ。なるべくカンニングブレスをしないように。母音を繋いで。〈初恋の痛みを　遠く遠く　ああ　思い出ずる日〉のミの一番高い音は、片足を上げて歌った、今朝の予習を思い出して。

あっ、歌えた。この音域。この声の、この感じ。慌てて頬の上に手を置き、自分の声を確認する。どうしても納得のいく声が出なくて、失望や挫折感でいっぱいのまま訓練を繰り返す時もあれば、まったく唐突に、望んでいた声に到達することもある。その時の驚きと感動。それは若い時にも経験したことのない陶酔感で私を満たす。

「はーい、よく出来ました。ブラボー。たった一年でこの進歩、たいしたものよ、庄野さん。今まで喉を酷使してこなかったのがよかったのね。それに、喉っていうのは遺伝なの。親にうんと感謝しなくちゃあ」

先生は年齢を感じさせない軽やかさで、ピアノの伴奏をしていた奥さんの方へ歩み寄る。

「優秀な生徒さんに巡り合って、私たちも張合いがある。成長著しくて、恐ろしい気もするって二人で話すくらい」

ピアノの横に無造作に垂らしている奥さんの手に先生が触れる。再婚だという奥さんの百合さんは先生より二十歳以上若いらしい。

「ありがとうございます。でもたとえ少しくらい元がよくても、こんな齢ですし。時間だって体力だってそれほど残されていないことはよくわかっているんです」

「とんでもない、庄野さん。外国には九十歳近い現役のソプラノ歌手だっているのよ。レッスンさえ怠らず、歌う心を失わなければ、声はずっと保持出来るはず」

百合さんは優しげな笑みを湛《たた》え、私にはわからないようなサインを先生に送る。微笑みは甘く返され、先生は私の背中をわずかに抱えてちょっと押す。これが本日のレッスン終了の合図。スタジオの控え室には次の生徒さんが待っているのだ。

深々とお辞儀をしてからドアを閉じた後も、私の喜びは途切れない。もっともっと歌いたい、と喉の奥で音が鮎のように跳ねる。声楽を習ってよかったという満ち足りた思いと、「なぜ思いきってもっと前に習い始めなかったのだろう」という悔いが同時に込み上げる。せめて功さんが死んですぐに始めていたら、きっともうドイツ語の歌曲くらい歌えたはずなのに。つまらない暇潰しに明け暮れて大事な歳月を無駄にしてしまった。

でも功さん、見てて。私きっと取り戻してみせるから。生まれつきいい喉ですってよ。だから先生の言う通り、後十年はたっぷり歌える。あなたにもイネにも、あの世でいっぱい歌ってあげる。「初恋」だって、「野ばら」だって、「宵待草」だって。

私は今まで習った歌を喉の奥でおさらいしながら、若い娘のように胸を高く持ち上げて、大股で歩く。傍から見たら、初老の女がぶつぶつ呟きながら、年甲斐もなく張りきっているようにしか見えないかもしれないが。

商店街を抜けて教会の脇を曲がったら、まるで待ち伏せていたようなタイミングで須永さんに呼び止められた。

「お歌のレッスンの帰りですか、庄野さん」

どうして私の外出先を知っているのだろう。私は曖昧に頷いて、相手の出方を待った。

「いくつになっても、何かに挑戦して学ぶことって大切ですよね」

善良だけれど、思い込みが深くて、ピントのずれた意見ばかり言う須永さんに私はどうしても打ち解けることが出来ない。

「ご存じの通り、娘は以前からコーラスの会に入っていますでしょ。でも日曜日の朝早くから大きな声で発声練習されるとねえ。ご近所の方に気兼ねして。はらはらすることもありますよ」

彼女の仄《ほの》めかす近所の迷惑というのが、二階に間借りしている澄子のことだとすぐにピンときた。確かに私は発声練習も毎日欠かさず続けているし、予習復習のために、カラオケよろしく音量を調整することもなく伴奏のテープを流している。

「ほんとに、お恥ずかしいわ。六十半ばの手習いで。若い生徒さんの何十倍も練習をしないと、ちっとも覚えられなくて」

近所の人には出来るだけ正確なことを言わないというルールを私はずっと守っている。たとえ何か知られても、本人が認めさえしなければ、最悪の事態は避けられる。

「とんでもない。もともときれいな声ですもの。とてもお上手だって澄子さんが褒めていらっしゃいましたよ」

やはり私が声楽のレッスンに通っているという情報源は澄子なのだ。以前から私は彼女が自分のことはどんな無意味なことでも秘密にするくせに、他人のプライバシーに対しては呆れるほど意識が低いことに気づいていた。

「マンション住まいだったら、声楽のレッスンなんて、この齢でとっくに諦めていたでしょうけど。幸いに一戸建てですからね。せいぜいドアや窓はしっかり閉めて、もうちょっと頑張ってみようと思ってますの」

近所の人とやむを得ず連れ立っている時はなるべく早く歩き、出来るだけゆっくり喋ることにしている。やっと須永さんの家の大きな赤松が見えてきた。

「とんだお喋りをしてしまって。では失礼します」

須永さんの猫背を見送ったら、ついさっきまで胸に溢《あふ》れていた歌う歓喜も陶酔も、瞬く間に霧散してしまったことに気づいた。


暦のうえでは立夏も近い。庭の緑は日ごとに鮮やかさを増し、花や蕾に触れてくる風は清々しく甘い。一年中で最も夕暮れが心地よい季節になった。木蓮も芍薬も散ったけれど、どこの家の庭にも薔薇の蕾が膨らみ、足元からは鈴蘭のいい香りがする。

一人暮らしは自由で気楽だけれど、ささやかな満足や季節の美しさをともに味わってくれる相手がいないのが寂しい。娘の家族は年寄りの感傷につきあうような余裕はないし、いちいち訴えられても迷惑なことくらいよくわかっている。こんな時、猫でも犬でもいいから話しかけて、かまうことの出来る相手がいたらどんなに楽しいだろう。

「ねえ、猫か犬を飼わない」と私は澄子と暮らし始めた頃に提案した。世話をしたり可愛がったりする動物がいれば、生活が賑やかになるし、初老の女が二人で暮らす家の多少の用心にもなると思ったのだ。それに四人いる孫たちは揃って動物好きだからどんなに喜ぶかしれない。

「私が意見を言っていいのなら、反対。猫は臭いし、部屋を汚す。犬はやたら吠えるし、散歩が面倒じゃないの。もしあなた一人で飼ったとしても、二階に上がらないように躾《しつ》けることは出来ないでしょ」

「じゃあ、鳥はどうかしら。私が一階で飼うわよ。籠に入れて」

「でも、あなたが旅行に行ったりしたら、きっと私が面倒を見ることになる。鳥の世話って結構大変。水やりとか籠の掃除とか。それに鳥は可愛がっても、簡単に死ぬのよ」

澄子の意見は明快で理路整然としていたので、私は引き下がるしかなかった。当初は赤の他人に二階を貸すのだから、お互いの意見は尊重しなくてはいけないと単純に考えていたのだ。動物を飼うことを断念した私は、たまたまガーデニングブームだったこともあり、庭仕事に精を出すことにした。自分の住んでいる家の庭がきれいになることを喜ばない住人はいない。誰だって、季節ごとに花が咲き、緑が繁り、とりどりの実が色づけばうれしいに決まっている。一階に住む私が自分の庭を丹精するのだから、澄子だってきっと賛同し喜んでくれるだろう。

でも澄子は賛成もしないし、喜んでもくれなかった。

その夏は記録的な猛暑だった。長女の家族と北海道旅行に出かけて十日ほど家を留守にしていた私は自宅近くまで来て、我が家の様相が一変していることに愕然とした。

中二階を覆っていた蔦の葉が枯れて薄茶色のぼろのようにぶら下がり、外壁の染みや亀裂が丸見えになっている。どんな猛暑でも枯れることのなかったノウゼンカズラが黒くちぢれて、花弁のいくつかが不気味な血糊のように歩道を汚している。功さんが大好きだった芙蓉の花は蕾ごと萎《しお》れ、当然のように鉢植えの草花はすでに半分生ごみ化していた。

私は汗と涙でぐしょぐしょになった顔のまま二階に駆け上った。もちろん二階に澄子はいた。涼しそうな痩せた顔が何ごともなかったように「おかえりなさい」と挨拶をした。

「庭、どうしたの。一体何が起こったの」

「庭って」

澄子が質問に質問で返す時は、微妙に時間を稼ぎたい時なのだ。

「ひどい有様じゃないの。まるでボヤでもあったみたいよ。わかってるでしょ」

「いくら暑くても、ボヤなんてオーバーねえ。北海道は涼しかったかもしれないけど、東京はすごい日照り続きよ、ここ何日か夕立もこないし」

「日照りも夕立がこないのも私の庭だけじゃないでしょ。お隣の庭だって街路樹だって、みんな元気じゃないの。それに蔦って憎らしいほど丈夫で、それこそもらい火が移ったって、枯れたことがなかったのよ」

口惜しくて腹立たしくて、私は握り締めていたハンカチを彼女に放った。一生のうちで他人をこんなに憎いと思ったことはない。しかしその発作的な憎悪には味わったことのない怖れのようなものがひとかけら混じっていた。硝子《がらす》の鱗ほどのひとかけらが私の喉元に込み上げた言葉をかろうじて押し留めた。

　イマスグ、デテイッテ。

　声に出さなかった言葉を彼女は聞いたのだろう。狼狽の影が落ち着き払った目によぎって、わずかに宥《なだ》めるような口調になった。

「木や花には寿命ってものがあるんじゃないの」

　私は自分で放ったハンカチを拾い上げ、彼女に言い返した。

「一度として種も撒かず、水もあげない人に、生き物の寿命がどうしてわかるの」

　翌日私は庭中に白く残る除草剤を洗い流し、被害の大きかった土は業者を使って入れ替えて、やっと三割ほどの植栽を残すことが出来た。手段を尽くして庭を再生することは澄子に対する抗議であり、家主の意地であり、彼女に対する初めての示威行為となった。

　イマスグ、デテイッテ。

　私はどうしてその言葉を胸に押し留めて叫ばなかったのだろう。平然と開き直って、見え透いた言い訳を言った。澄子のふてぶてしい態度に怯《ひる》んだのだろうか。わけもなく裏切られたと思い、狼狽したのだろうか。

　あの時、喉を塞いだひとかけらの怖れを思い出すたびに、「おばあちゃま。怖い。もう絶対に行かないから、緑子を二階に連れて行かないで」と泣きじゃくった孫の脅えた声が蘇る。

「功さん。この家はやはりあなたとの思い出とともに封鎖すべきだったのかしら。私が自分の家さえ守れない意気地のない年寄りになる前に」

あの夏以来花の咲かない芙蓉の木を見ながら、私は重い溜息をつく。芳しい春の宵を、秋の透明な朝を分かち合いながら、誰かと楽しく暮らす生活は二度と巡って来ないのだろうか。それならせめて相手は親族や友だちでなくてもかまわない。猫婆さんになっても、愛犬に仕える愚かな老女になっても厭《いと》わないと思ったりもするのだった。

もの思いの樹影に囲まれているうちに、庭はゆっくりと青色を深めてそろそろ夕暮れも終わろうとしていた頃、聞き慣れない声で名前を呼ばれた。

「五月の庭の香りは格別ですね。庄野さん」

門の外にベージュのスーツを着た須永さんの娘の八重さんが立っていた。

「あら、今お帰りですか。お早いですね」

「私としては早い方かな。じき七時ですけど」

園芸用のゴム手袋を脱いだ手で門扉の内錠をはずすと、明るい人魂のようにふんわりと八重さんが入って来た。

「花と緑の息の匂い。私、こういう野原に似た自然な感じの庭が一番好き。いかにも、五月の住処みたいで」

出版社に勤めている人はさすがにおしゃれなことを言うと感心しながら、眉も唇もくっきりと描かれた八重さんの顔を見た。

「うちの庭なんか、父親が松ばっかり植えたから植木屋さんを喜ばすだけで、季節感が全然なくて」

八重さんの声は少しセクシーにかすれている。

「須永さんのお庭は立派ですよ。ここなんて手入れもろくすっぽ出来ず、ただ無闇に草木が詰め込んであるだけ。いかにも未亡人の庭って感じでしょ」

「気ままで楽しくて、豊かですよ。庭って、住人の気質そのものですね。私なんて仕事を辞めて暇になっても、未亡人の庭も作れない」

薄暗がりの中で微笑むと白い歯が目立った。イネは美人でも魅力的でもなかったけれど、死ぬまできれいな歯をしていた。余命半年とわかった時、形見にあなたの歯を頂戴と言うと、「移植するならあげてもいいけど、人間の歯が龍の牙に移植出来るのかしら」と笑いながら言った。

「少しハーブを頂戴していいですか。それと鈴蘭」

「もちろん。すぐお採りしますよ」

私たちは並んでミントやセージの枝を折り、鈴蘭の株を手探りで切り取った。

「退職してから庭作りをなさるのだったら、どんな花の種でも苗木でも差し上げますよ」

私のさりげない言葉に、八重さんは鈴蘭とハーブのブーケを胸元で揺らして、清々しい笑い声をあげた。

「私は仕事を辞めたら、母も、この町も、この国も捨てて放浪の女になるんです。だから一生、自分の家も庭も持たないの」

冗談ばっかり、と世間話の続きのようにさりげなく振り仰ぐと、八重さんの顔は夜気を払って咲く新種の花のように冴え冴えとしていた。

「それもいいかもしれない。女が家を一軒守っていくことは、思ったよりずっと大変なことですものね。私だって」

言いかけて、近くで足音が聞こえた気がして、私は思わず外階段の方を振り返った。

「大丈夫、誰も聞いていませんよ。それに、澄子さんは少し耳がご不自由なようですし」

鈴蘭のブーケを飾ったテーブルに背を向けて、私は夜の発声練習を始める。両腕をしゃぼん玉を弾ませるイメージで広げ、ブーブー紙を吹くように唇を震わせて声を転がす。謡《うたい》をする要領で頭の位置を固定して中腰のまま声をあげて歩く。傍から見たら、完全に痴呆老人の幼児体操のように見えるだろう。架空の蝋燭を五十本吹き消してから、私は歌い始める。

待てど暮らせど来ぬ人を

宵待草のやるせなさ
「私は放浪の女になるんです。母も、この町も、この国も捨てて」
すっかり暗闇になった窓に向かって歌っていると、誰もいないはずの庭にまだ八重さんが立っているような気がしてくる。
もともと私と須永家とのつきあいは、ごくありふれた近所づきあいに過ぎない。数年前、たまたま路上で熱中症にかかった須永さんを美穂と一緒に自宅まで送り届けたのが縁で、外で会えば立ち話をする程度だ。仕事が忙しいらしい娘の八重さんとは会うことは滅多になく、出版社に勤めていることも母親の口から聞いただけ。それなのに、なぜ八重さんはあんな思いきった打ち明け話を私にする気になったのだろう。
夕暮れの庭でふいに感傷的になった私のように、彼女もまた五月の庭の魔法にかかって、心の閂《かんぬき》が緩くなってしまったのだろうか。
今宵は月も出ぬそうな
〈こよいは〉のイは後ろに声を引いて。胸に息を溜めずに、頬の位置を高く上げたままストローの中に声を通すみたいに集中して歌う。群青色に暮れた窓ガラスに白い面ざしが浮かび、八重さんだと思ったくっきりした眉と唇の輪郭に真っ白い歯を見せて笑うイネの顔が重なる。

五月の宵、八重さんとの会話がもたらした衝撃はゆっくりと醸し、思いがけない挿し木がつくように私の胸に根を下ろした。

「澄子さんは少し耳がご不自由のようですしね」

七年も同じ屋根の下にいてまるで気づかなかったことを、どうして八重さんは知っているのだろう。しかし言われて見ると、思い当たることは数限りなくあった。あのことも、もしかしたらあの時のことも、と、思い返すときりがないくらいだった。

声楽のレッスンを受けるようになって間もない頃のことだ。

ド、レ、ミ、ファ、ソ、ラ、シ。

ド、レ、ミ、ファ、ソ、ラ、シ。

繰り返し音階の練習をしても、どうしてもシの音が気に入らなくて途中で声を止めてしまうことが何度も続いた。その夜は十一月だというのに真冬並みに気温が下がって、空気が澄みきっていた。レッスンを続けていると暖房した部屋はすぐに顔が火照って、廊下側のドアを少し開けた。と十分もしないうちに、全身寒気でそそけ立った顔をした澄子が見たこともないような切羽詰まった様子で飛び込んで来た。

「どうして、ド、まで歌わないの。途中でわざとやめるなんて、神経を逆なでされるみたいで落ち着かないのよ。いい加減にして」

いつもの取り澄ました態度をかなぐり捨てて、興奮して詰め寄って来る澄子に思わず「ごめんなさい」と謝った。

「わざとドアを開けっ放しにしたわけじゃないのよ。まさかあなたが中二階にいるなんて思わなかったから」

「こんなに寒いのに、二階のだだっ広い部屋でじっとしてはいられないのよ。手がかじかんで本も読めないし」

不機嫌を露にして、いつまでも責めてくる。

「だったら、暖房をつければ。二階だってちゃんと閉めきれば密閉性は高いのよ。私の声くらい気にならないと思うけど」

「歌声がいやだって言ってるわけじゃないの。自分のしていることがちっともわかってないのね。どうして、ドレミファソラシドって全部発声しないの。おかしいわよ。嫌がらせみたいで」

ドレミファソラシドと発音する時澄子の目は一瞬泳ぎ、ふいに私に触れるほど身体を近づけた。

「ド、よ。発声してないんでしょ」

私は咄嗟にどんな釈明も出来なかった。なぜなら彼女は返事を怖れるように突然身を翻すと、慌ててドアを閉めて出て行ってしまったから。

「澄子さんは耳が少しご不自由みたいだし」という八重さんの言葉を聞いて、私はあの時の澄子のただならぬ興奮と苛立ちの理由がやっとわかった。彼女の怒りの真の原因は、私が発声練習を途中でやめたことよりも、ドの音が自分だけに聞こえなかったのではないか、という不安の方にあったに違いない。

他にも「私は言ったはずよ」「でも確かに私は聞いていない」という行き違いが悶着のきっかけになることは数限りなくあった。私はそのつど、「またしらっぱくれている」と腹を立てたけれど、澄子にとっては、文字通り「私には聞こえなかった」というのが事実であったのかもしれない。

せっかく買ったセヌリエのスケッチブックをケンに渡すことは出来なかった。

「申し訳ありません。わざわざお越しいただきましたが、今は外部の方の面会をお断りしています。病棟の転室の件につきましては、ご家族の方にご了承をいただいております」

受付の説明は丁重で簡略だった。病室に入ることも出来ず、私はかさばった紙袋を抱えたまま病院の待合室で流れる汗をぬぐった。持ってきた見舞い品を預けていこうかと思案していると、薄青い病院の制服を着た女の人に声をかけられた。

「あのう、もしかして、庄野龍子さんじゃありませんか」

声の主をまじまじと見つめたけれど、どうしても思い出せない。焦ると一度引っ込んだ汗がまたもや吹き出してくる。

「ごめんなさい。思い出せなくて。ここの病院の看護師さんですか」

タオル地のハンカチを引っ張り出して、臆面もなく首筋から胸までこするようにぬぐう。声楽を始めてから、新陳代謝がよくなったのか、胸が苦しくなるようなことはないが、まるで汗腺が全開しっ放しのように汗が止まりにくくなっている。

「無理もありません。思い出した私の方が驚いているくらいですから」

人なつっこい笑みを浮かべて、懐かしそうに近づいて来た。

「まだお互い若かった頃、あのう、イネさんの入院していたホスピスへ、ちいちゃなお嬢さんを連れていらして。私、あの時の看護師だった希恵です」

途端に汗で化粧の落ちた頬に、新たな水分である涙が盛り上がって私は慌てた。

「キエちゃん？　まさか。あの時のキエちゃんなの。ほんとに？」

セヌリエのスケッチブックが音を立てて落ち、私はもうたまらなくなって両手で顔を覆った。自分の声ではないような嗚咽が漏れた。

「はい。キエです。お久しぶりです。三十年ぶりくらいでしょうか」

わずかに膝を寄せてキエが私のそばで呟くと、彼女の声も震えているのがわかった。

「もし、お時間がありましたら、喫茶室で少し待っていていただけますか。あちらの方が冷房が効いていると思いますから」

きちんと応答出来ないほど涙と鼻水と汗が溢れてくるので、仕方なく子どものように大きなこっくりをした。

ガラス張りの喫茶室は広く、さりげなく客同士を隔てるように席はみなブースになっている。葉を茂らせたプラタナスの木立が見える席に落ち着くと、清々しい冷気がやっと私を平静にした。

ケンの面会謝絶による動揺が収まらないうちに、記憶の淵からとっくに消えていたキエが出現したのだ。長い間生きていると、なんとたくさんの思いがけないことに遭遇するものだろう。

「すっかり驚かせてしまって。本当に申し訳ありませんでした」

薄青い制服を脱いだキエはずいぶん若返ったシャツ姿で現れた。

「でもよく私がおわかりになったわ。あなたと違って、こんなに太ったお婆さんになった私のことを」

「忘れるはずがありません。イネさんは私がホスピスで最初に看取った患者さんでしたから」

キエの目はまっすぐで、視力の衰えなど微塵も感じさせないほど力に溢れていた。長い間責任のある仕事を続けている人は視力も記憶力も鍛えられるのだと、私は改めて感嘆の眼差しを向けた。

「偶然というか、運命というか。まるで奇跡みたいです。私、今日は退職の挨拶に来て、ちょうど帰るところでした。ほんとに。まさか庄野さんに会えるなんて」

「ずっとここにお勤めしていらしたのかしら?」

私の質問に答える間もなく、喫茶店の入口に白衣の人が現れて、キエに遠会釈をした。

「ここは知り合いが多く出入りしますから、外へ出ましょう。すぐ近くに静かな公園がありますから」

返事を待たずに俊敏な動作で立ち上がったキエを追うように外に出た。

私たちが旧知の親しさで、肩を並べて話の続きを再開したのは、人気のない公園の藤棚の下だった。

「ホスピスには十年近くいました。当時はああいう施設は制度自体が黎明期でしたから、試験的に色々なことを導入したり、改善を重ねたりして。やっと責任のある仕事を任せてもらえるようになった頃には青春時代がとっくに終わってました」

私の方には格別報告することはなかった。幼かった娘たちは成長し、姑を看取り、長年連れ添った夫が死んだ。要約すれば家族の平凡な歴史だけで、改めて言葉にする必要もないように思えた。

私の無言の相槌をどんなふうに受け取ったのか、キエはさばさばした口調で話を続けた。

「あそこでたくさんの死を見過ぎたのかもしれません。ホスピスを出てから、まるで命を遡るみたいに産婦人科に移って。小児科から婦人科。外科や内科や整形外科まで、あちこちで働いて。最後の十年は老人医療です。半生をかけて今の自分の年齢にやっと追いつき、定年を迎えました」

「お疲れ様でした」

私は思わず深々と頭を下げた。半年以上もホスピスに通い、ついに一度もキエに頭を下げたことがなかったことを同時に思い出していた。若さというのは、礼も感謝も思いつかないほど今に没頭しているものだ。それとも私とイネが特別そうであったのだろうか。

「イネのこと思い出すことがありますか、今でも」

忘れていなかったからこそ、こんなに齢をとって変わってしまった私をフルネームで呼ぶことが出来たのだとわかっていながら、尋ねずにはいられなかった。懐かしさより飢えてでもいるように、無性にイネのことを話したかった。ケンに会えないのならせめて、イネがかつて生きていたという記憶を誰かと分かち合いたかった。

「患者さんを看取るたびにイネさんのことを思い出しました。初恋を忘れられない女が次々と恋愛しても、そのつど初恋の人を思い出し、現在の恋人と比較するみたいに。恋愛と死をおんなじように言うのは変だけれど」

　語尾に震えはあったもののキエの顔は平静そのものだった。三十年以上病院でありとあらゆる種類の涙を見てきて、泣くという行為を抑制する術を身につけたのかもしれない。

「今はこんな泣き虫になっちゃったけれど、私はホスピスに通っていた頃、泣いたり取り乱したりした記憶がないの。それとも齢をとって忘れてしまっただけなのかしら」

「いいえ。お二人一緒だといつも笑っていらっしゃいましたよ。冗談言ったり、歌ったり。命が終わるまで、楽しいことばかりだというように。一人の時にはどんな苦痛でも我慢するから、面会時間がくるまでに全部終わらせてって。イネさんは私たちスタッフに厳命していましたから」

「きっと、そうなのね。だから最後の三日間は面会させてもらえませんでした」

「はい、他の誰とも。たまたま私一人の時でした。ぎええーがそこにいるのなら、ここはまだ地獄なのねって、最後に言われました」

　私はちょっと笑った。キエがあまり穿刺《せんし》が下手なので、私たちは陰で彼女のことを「ギエエーッ」と呼んでいたのだ。

「イネは苦しまなかった？　上手に死ねた？」

「ええ。穿刺の下手なギエエーの手助けなんかいらないほど、上手に」

私たちは他愛ない思い出話にふける姉妹のように微笑み合った。風がキエの髪を吹き抜けると根元の部分がずいぶん白くなっているのがわかる。もう少し戸外にいれば、汗っかきの私はまた見苦しいほど汗まみれになることは目に見えている。キエもきっと忙しい合間を縫って出て来たに違いない。樹冠の隅にちらりと病院の屋根を認めると、私はゆっくり立ち上がった。もう看護師ではないキエにイネの息子の近況を知らせる必要もないだろう。

「いつかどこかでまたお会いするかもしれませんね。イネがあの世で、同じような気まぐれを起こした時に。今日は私を思い出してくれて、声をかけてくれて有難う。どうぞ、お元気で」

「私はまだ一週間に一度はボランティアでこちらに通います。またお目にかかれますよ、きっと」

私は駅に向かう歩道を歩き出し、キエはすっかり葉桜になった公園の側道を颯爽とした足取りで戻って行った。

キエとの再会は、イネのたった一度の気まぐれではなかったことを、私はわずか三日後に知ることになった。

「庄野さん、宅急便です」

宅配便の男から受け取ったかさばった包みは、見慣れぬ文字で、どこかで見たような包み紙がかかっていた。

「先日は余りの懐かしさで、つい不躾《ぶしつけ》に声をかけてしまいました。ご迷惑ではなかったでしょうか。私は三十年ぶりの再会がどうしても偶然とは思えず、柄にもなくしばらく不思議な高揚感に包まれていました。昨日、病院に用事があって出向いた際に、喫茶室の人から忘れ物があるといって、この包みを渡されました。言われてみて、最初お目にかかった時に庄野さんが持っていた物だとすぐに思い出しました。不躾ついでに、来訪者名簿を辿って、ご住所を調べました。中身はそのままに梱包し、取り急ぎご返送申し上げます」

私はケンに頼まれたスケッチブックを病院の喫茶室に忘れていたことをまったく失念していた。キエの言う高揚感とは異なるが、やはりずいぶん動揺していたのだろう。ケンの父親に病状を尋ねてよいものかと迷いながらも、スケッチブックのことは一度も思い出さなかったのだ。キエから思いもかけずに忘れ物が転送されてきたことで、私はやはりそこに故人の意思のようなものを感じないわけにはいかなかった。

キエが私の招きに気楽に応じて、自宅を訪ねてくれた日は生憎の雨だった。

「私は昔からすごい雨女なんですよ」

レインシューズを履いた足をひょいっと上げて、キエは雨女らしからぬ明るい声で挨拶をした。

「晴れた日より雨の日の方が、遺族の悲しみも内輪のような気がずっとしていました。青空よりも雨の方が受容力があって、嘆きや悲嘆に添うのかもしれませんね」

「キエちゃん、昔からそんな難しいこと言ってたっけ」

軽く茶化すとキエは照れ臭そうに笑った。

「ずっと好きだったドクターがいて、みんなその人の受け売り。彼が言うと難しいことが、変にカッコよく聞こえちゃって。でも、最後まで片思いでした」

キエは職業的な習慣なのか、スリッパの音もさせずに居間まで歩いて来て、聞き耳を立てるように階上を見上げた。

「庄野さん、誰と住んでいるんですか。娘さん？」

「知り合いに貸しているの。気にしないで。二階の彼女はちょっと耳が遠いみたいだから」

キエは頷いて、みやげらしい箱を私に手渡した。

「果実の入っていない色だけゼリー。ずいぶん探しちゃいました。最近のお菓子って贅沢過ぎる。これも果肉は入っていないけど、果汁百パーセント。でもいいですよね。イネさんに供えるんじゃなくて、二人で食べるだけだから。二階の人にも差し上げて下さい」

キエに呆れられても、私は泣かずにはいられない。余命半年のイネが口にすることの出来た果汁ゼロパーセントの色つきゼリー。赤と黄色と緑。私とイネと四歳の美穂がジャンケンで好きな色を食べた。私たちは信号ゼリーと呼んでいた。

「よく覚えているのね、ずいぶん昔のことなのに。私だって、忘れてたのに」

「でも見れば思い出す。忘れてなんていませんよ。私も今日、思い出したんです、イネさんに囁かれたみたいに突然。だから、おつかいのようなもの」

赤と黄色と緑のゼリーが二列に並んでいる箱を開けたまま、私は涙をこらえることが出来ない。「危険」と言って赤いゼリーを食べたイネ。「進め」と言って、青いゼリーを食べた私。「わかんない」と言っては黄色のゼリーを当てがわれた美穂。

思う存分涙を流すと、思いきり歌を歌った時のような空っぽの充足感に浸れる。いつか夫の好きだった塩大福が並んでいるのを見て、こんなふうに泣く日が来るのだろうか。

「私、忘れ物を届けるために来客名簿を見ました。本当はプライバシーの侵害ですけど。ついでに、どの病棟の、どの患者に面会にいらしたのかも、知ってしまいました」

硝子としか思えない繊細なプラスチックのゼリー容器にスプーンを突っ込んだまま、キエは急に顔を上げて私に言った。

「そうなの。ケンは死んだイネの一人息子です」

両手で抱え込んだメロンゼリーの中を覗くように私は答えた。ススメ、とイネの声がした。

「あの人が狼少年、ケンですか」

あっと驚いて、途端にスプーンを引っかけてメロンゼリーをこぼした。甘い果汁の匂いが滴って、私は思い出した。そうだった。長い間、私はケンに面会に行っていたのに、一度も思い出さなかったのだ。イネの息子は狼少年ケンだったということを。

「あなたに会った日、ケンには面会出来なかった。病棟が変わったって言われただけで、どんな状態なのかも教えてくれなかった」

不服そうに水を向けたけれど、キエは何も答えなかった。倒れているカップに目を据えて黙っている。

「庄野さんはピアノを弾かれるんですか。歩道に出っぱっている部屋は音楽室？」

空の容器を片づけて、新しい紅茶を入れ替えて戻って来ると、キエはドアの隙間に立って中二階へ上がる階段を見ていた。

「娘たちが嫁いでからピアノは処分したの。今はただの空き部屋。でも蔦の葉に雨粒が当たるせいで雨音がとても近くて、雨宿りしてる気分よ。よかったら、どうぞ」

テーブルに置かれたばかりのお盆を両手で持つと、キエは私の後ろからいそいそと階段を上って来た。

「ほんと。空気まで違いますね。窓だけじゃなく、壁からも雨音がしてくるみたい」

「部屋そのものが階段と階段の中間にある孤島みたいでしょ。夫が元気だった頃、夫婦喧嘩をするとよくこの部屋に閉じ籠もったの。ここは家で唯一鍵のちゃんとかかる部屋なのよ。意地を張って籠城している間に雨が降り出すと、雨音が波のように聞こえて、島流しの気分がした」

お喋りというのは不思議なものだ。さりげなく受け答えをしているだけなのに、忘れていたことを思い出したり、それまでまったく気がつかなかったことが、ついでのように判明したりする。雨が降り出すと、決まって澄子が中二階に下りて来るのはこの部屋で雨音を聞くためだったに違いない。

「雨音は雨女に活を入れる。だから思いきって一人の看護師として、庄野さんに会いに来た本当の理由を言います」

私は自他ともに認める晴女なので、こんなふうに雨音に取り囲まれると急に心が湿っぽく、陰鬱になる。キエの本当の目的なんて別に聞きたくもない、と思いながら窓に映る蔦の葉を見ていた。

「庄野さんはなぜ親友の息子さんに会い続けるんですか。故人に対する義理ですか。恩返しみたいなものですか。それとも病人に同情してですか」

キエは細い目を幾分つり上げて、切り口上になって言った。

「どうしてそんなこと、あなたに問い詰められなくちゃあならないの。昔お世話になったからって、お答えする義務はないと思うけど。もう看護師でもない人に病人のことを相談しても仕方ないでしょ」

　ケンに対して私はいつも自分の意志というより、イネに依頼されたという感じがしていた。娘たちにも、夫にも内緒にして会っていたのは、どこかで死者との密約のように思う気持ちが強かったからだ。

「庄野さんだったら、ご存じですよね。彼がイネさんご夫婦の間に出来たお子さんじゃないってこと」

　なんだ、そんなことかと思いながら、私は無造作に頷いた。

「社会人としての務めを果たした今だから告白出来ますが、実は私も父親のいない私生児として生まれました。希恵と言うのは未婚の母が願いと贖罪《しょくざい》の意味を込めて、希望の希を恵む娘としてつけた名前です。それなのに、イネさんは不倫の子を平然と狼少年ケンなんて呼んで。母親としてずいぶん無神経で、無責任な気がしませんか」

　キエは誤解している。イネが息子を「狼少年」と呼んだのは彼女の想像しているような理由からではない。

「イネさんは早く死んでいくことで、自分の犯した罪も過ちもみんな帳消しになると思っていたんじゃありませんか。余命いくばくもない病人の前では、誰でも慈悲深く寛容にならざるを得ませんから」

キエが見当違いなことにムキになる癖は変わっていない。私やイネの他愛ない悪ふざけに本気で怒ったキエの若い顔が、定年を迎えた看護師の顔と二重写しになる。

「狼少年ケン」と言い出したのはケン本人なのだ。彼は父親の態度から推測したのか、ごく幼い頃からずっと「僕は貰われてきたんだ」本当は狼の仔だから、いつかきっと目が光って、身体中に毛が生えるんだ。と言い張ってきかなかった。ケンの病気が遺伝的なものか、後天的なものか知らないけれど、彼は物心つく頃から、自身の力では制御出来ない他者が内部に棲みついていると感じていたのかもしれない。

「私はたくさんの病人を看取ったけれど、イネさんほど死に対して無頓着に振る舞った患者を見たことがありません。あの人は自分の精神や肉体だけでなく、血を分けた子どもにすら、本当は無関心だったんじゃないですか」

義憤に火照った希恵の顔を見ていたら、三十年前彼女がなぜイネに対してだけ穿刺が下手だったのかわかった気がした。ギエエーは痩せ細ったイネの腕を叩いたり、きつく縛ったりして、それでも血管が浮いてこないと、患者の手の甲や首や鼠径部などに穿刺をして、痛ましい痣《あざ》を身体中に作った。

コノ、オンナニハ、ハハオヤトシテノ、アタタカイチガ、ナガレテイナイ。

私生児として生きてきた意地と、若い女特有の潔癖さが、彼女の看護師としての有能さを妨げたのかもしれない。

「イネさんは最期まで受洗せず、懺悔も許しも拒みました。自分の罪を、残していく親友や息子にまで受け継がせることをなんとも思わないみたいに。だって私、ここに来る途中で思い出したんです。庄野さんの大きい方のお嬢さんの名前が美穂さん。まだ赤ちゃんだった次女の方の名前が穂波ちゃん。どっちも稲さんと所縁のある名前ですよね」

生まれてきた子に母親がどんな名前をつけようが、勝手ではないか。美しい稲の穂と、自由に波立つ稲の穂が地上に溢れますように。長女を産んだ時、私はまだイネが乳癌を患っていたことを知らなかったけれど、穂波を産む前にはもう親友の身体のあらゆる場所を癌が占拠し始めていたことに気づいていた。

「ヨハネ伝第十二章二十四節。一粒の麦もし地に落ちて死なずば、ただ一つにてあらん、死なば多くの実を結ぶべし。庄野さんにとってイネさんはそれほど尊い一粒の麦だったのですか」

部屋の中まで入り込んでいた雨の音が突然消えると、イネが死んだ後の病室がまざまざと脳裏に蘇った。畳まれた白いシーツ、背や脚やパイプのむき出しになった空のベッド。私は泣きもせず、取り乱しもせず、赤ん坊だった穂波をベッドの上に降ろし、いつもと違う病室の様子にポカンとしている美穂を隣に座らせた。ギエエーもいなかったし、ケンもイネの夫もいなかった。

「もうイネはここにねんねしてないの?」

美穂はペタンコになった枕のあたりを振り返って不思議そうに尋ねた。

「イネはいなくなったけど、ママには美穂ちゃんと穂波ちゃんがいるから、平気よ」

私は美穂に嘘や強がりを言ったわけではない。絶望ではなく、希望。喪失ではなく、不在。一粒の孤独な麦はそういう生き方と死に方をして地に落ちた。

「もしかして、ケンは死んだの? あなたはそれを私に伝えに来たんじゃないの」

キエは来てすぐに、雨が好きな理由を「晴れた日より、雨の日の方が死を受容しやすい」と言ったではないか。片思いのドクターの話にかこつけて、彼女は私に色なしゼリーと訃報を届けに来たのではないだろうか。

蔦の葉に当たった雨音がしめやかに進む櫂の音に聞こえる。遠ざかっていく死者たち。私はもう二度とイネに変装して、その息子に会いに行くことはない。震える声で「イネ」と囁かれることはない。記憶の波を分けて帰って来て、繰り返し去って行く死者たち。

蔦に覆われた礼拝堂に似た部屋に、私はこうして何度も何度も取り残される。

夢の中で私は歌を歌っている。

音をひっぱり続けて落ちないように。そうそう。フェルマータがついているから伸ばして。

葉月先生の声に耳を澄ましながら、観客席を見ると夫と須永さんとケンが並んで座り、うっとりと耳を澄ませている。死者と生者が一堂に会して、ここは浄土の岸なのだろうか。三途の川の船着き場なのだろうか。

暗い波飛沫《しぶき》が押し寄せる岸で、私は見えない水平線を招き寄せるように歌う。ブレスの瞬間に声帯を緩め、胸郭を緩め、もっともっと歌うためにエネルギーを補充する。言葉の流れを切らないように。いない人もいる人も、死者も生者も掻《か》き分けて、私の声は真っ暗な荒波を渡っていく。

夢の中でどれほど長いリサイタルを続けていたのだろう。すっかり疲れ果てて目覚めると、新鮮な朝の光が部屋に満ちていて、現世の眩《まぶ》しさが目に痛かった。

一時、夢の中のシーンを反芻し、そうだ今日はレッスンの日だったと思い出す。

声楽の教室に行く日は忙しい。朝食を少なめにして、リラックスした室内着のまま、はっ、はっ、はっと腕立て伏せの要領で息を吐くことからトレーニングを開始して、三十分くらいは教わった通りの方法で発声練習をする。

あまり夢中になっていたので、澄子が部屋に入って来ていたのに気がつかなかった。

「ノックをしたのよ。一応。でもまるで鳥か獣か、赤ん坊みたいな声で叫んでいたので、気がついてもらえなかったみたい」

澄子は春用の薄いジャケットにいつものパンツ姿で、ペットボトルの入ったショルダーバッグを肩から斜めにかけている。

「あら、おでかけ？」

私は歌うために、緩めたり緊張させたり、頬の位置を上げたり、顎の力を抜いたりして、ぐちゃぐちゃに捏《こ》ねた顔の筋肉を一定させるのに、数秒かかった。

「暑いの？　血圧が上がってるような変な顔つきよ。何かの発作の前か、後みたいに」

心配より呆れているような顔つきで、澄子は改めて私の様子をまじまじと眺めた。

「身体はいたって、元気。ただ喉の状態はあまりよくないみたいだけど」

本当を言うとお喋りで無防備に声を使いたくなかった。葉月先生はコンサートの前日はいっさいお喋りもしないし、電話にも出ないと言っていた。声というのはとても微妙で繊細で、鍛えれば鍛えるほど強靭で豊かな声量を保持出来るというものでもないらしい。

「なんだか大変そう。まるでコンサートを控えた本物のオペラ歌手みたい」

「そうなのよ。齢をとると体調を整えるまでが大変なの。今日はなんとなく鼻が詰まってるみたいで」

お喋りを早く切り上げるために、私はわざとらしくあー、あーと声をならして見せた。

「鼻うがいをしてみたらどうかしら」

「えっ、何、その鼻うがいって」

澄子は上着の袖をめくるとキッチンの流しで両手に湯を溜め、慣れた動作でその中に鼻を突っ込んだ。息を止めた瞬間後、吸い込んだらしい湯をフッ、フッフッと鼻息とともに吐き出して見せた。

「そんなことして、噎《む》せないの？」

私はその奇妙な行為に驚いて、思わず彼女の顔を覗き込んだ。

「ああ、いい気持ち。鼻も耳もすっと通った気がする。あなたもやってみたら。最初は難しいけど、すぐ慣れる。特に声楽なんか習っていたら、喉をちょっと閉めて、あまり奥へお湯が入らないようにするのは簡単だと思うけど」

そう言いながらも上品とは言えない仕草で、鼻息を短く吐く動作を続けた。

「さんざん練習させられた。小さかったから、上手に呼吸出来ない。苦しくて怖しくて死んでしまうかと思った」

「当たり前よ。子どもには難し過ぎるでしょ。まるで折檻じゃないの」

「似たようなものよ。苦しいだけで、期待してた効果もなかったし。だけど、おかげで知ったの。人間が息を引き取るのは、吸った息が吐けなくなるから死ぬんだって。ふっふっ。こうしてると息を吐く練習なのか、死ぬ練習なのかわからなくなっちゃう。ねえ、やってみて」

「もし噎せて喉を傷つけたら大変だから、今日はやめておくわ」

気はそそられたけれど、澄子と一緒に息を吐く練習も、死ぬ予習もしたくはなかった。

「そうね。私もやめよう。今さらなんの役にも立たないんだから」

濡れた手をキッチンタオルで丁寧に拭くと、澄子は上着のポケットに入っていた薄い角封筒を取り出してテーブルに置いた。

「ちょっとお願いがあるの。夕方、八重さんが来たらこれを渡してもらえないかしら」

心なしかいつもより明快な声で言うと、まだ鼻から息を小さく吐く仕草を続けながらそのまま出て行ってしまった。


レッスンが終わり、スタジオを出た途端、空の隅でごろごろと雷が近づいてくる音が聞こえた。急ぎ足で駅に向かいながら、突然このまま帰りたくないという気になった。歌い足りない不完全燃焼気味な思いと、何かに呼ばれているような胸苦しい気持ちに突き動かされて、私は自宅に帰るのとは反対方向の電車に乗り込んだ。

黒い雲が盛んに湧き上がる車窓に川が現れ、それを渡り終わった次の駅で降りた。ひなびたロータリーを突っきり、人気のない踏切を渡り、三差路を右に折れる。風にあおられる欅《けやき》の大樹が見えてきた時、私は自分がこの町をはっきり覚えていることに気づいた。

イネが若い時に、ケンの実の父親と短い間暮らしていた町だ。東京のはずれ、まだ畑や屋敷杜の残る旧街道沿いの低い土地。不動産屋と焼き鳥屋と、サンダルや運動靴くらいしか置いていない小さな靴屋。昔は銭湯だった場所は駐車場になっているが、錆びた看板があるだけで車は一台も置かれていない。

有刺鉄線に昼顔の蔓が巻きついている奥の私道を抜けた所に、イネが住んでいた二階建ての古びたアパートが建っていた。ドクダミがはびこっているだけで、今は更地になっている。身重だったイネが一日中、アルバイトの翻訳の仕事をしていた二階の部屋。網戸もない小さな窓から空木の白い花が見えたことをふと思い出す。

ずいぶん昔の話だ。思い出の嵩《かさ》はどんどん減って、じきに底をつくのかもしれない。ケンを産んで、イネがどのくらいの期間ここで暮らしたのか、相手の男といつ頃別れたのか、もうはっきりと思い出せない。空き地の真ん中で空を見上げると、私の問いに答えるように遠くで雷の音がした。

すぼめた日傘を振り回し、草を払いながらどんどん歩く。こっちに行けば川があって、川岸は低い土手になっている。そのことは車窓から確かめるまでもなく知っている。

地理は身体のどこかに記憶していても、町や道や坂が秘めていた物語は消滅しかかっている。土手に立つと、道案内をしてくれたはずのイネの面影はほとんど散り散りになってしまう。

「待ってよ。ちゃんと思い出すから、もっとゆっくり歩いて」と草の揺れるあたりに声をかけても、イネは振り向きもしないし、立ち止まってもくれない。

「思い出す必要はないよ。今、一緒にいてくれれば、それでいい」

イネは見舞いに行くたびにそう言った。死んでからも、同じことを言い続けている気がする。だから私がイネのことを思い出す時は、私か彼女のどちらかが一緒にいたい時だけだ。

もともと無口な人だった。思っていることや、感じたことを詳しく説明したりしない。「口を開くと悪いものが飛び込んでくるよ」と言っていたくせに、歌う時は喉まで見えそうなほど大きく口を開けて歌った。言い訳も自慢もしなかったから、知らない人は警戒したり、軽んじたりしたけれど、彼女は好きでもない人に何を言われても気にしなかった。

思いがけない時に笑い出したり、わけも言わずふいっと帰ってしまったりする。問い詰めると「だって可笑しいもの」とか「面倒くさくなったから」と短く答えた。

旦那さんがイネを迎えに来た時も、どんな説明も謝罪もしなかったのだという。

「俺たちの子として届けて、また一緒に住もう」

長い葛藤の末、やっと出した答えをまるで当たり前のように受け取って、格別うれしそうでも済まなそうでもなく頷き、そのまま帰り支度を始めたと、イネの夫は不満げに私に言ったことがある。

四十年前と同じように土手には茅が伸び、まだ若い芒がいっせいに靡《なび》いている。引っ越してすぐに、イネと二人で川の対岸まで立ち泳ぎをして渡った。泥と藻と石のごつごつした水底を探りながら、競い合って進んだ。途中瀞《とろ》のように深い所があって、イネの首近くまで水がきた。「ほら、土左衛門」髪をびしょ濡れにした彼女があっぷあっぷした真似をしたのでずいぶん慌てた。あの時すでに、イネの胎内にはケンがいたことになる。

イネはいつでも、どんなことをしても他の人とは違っていた。遊んでいたかと思うと真剣になっていたり、夢中になっていたはずなのに、あっけなくやめたりした。その理由や目的が傍からはさっぱり見えない。

「人がしないことをするっておもしろいのよ」

咎《とが》めても心配しても無駄だった。管理されたり、団体行動を取ることを「蕁麻疹《じんましん》が出るから」と極端に嫌った。気まぐれで自分勝手、というレッテルを自ら全身に張って、人づきあいを上手に避けていた。

女友だちなんていらないように見えたイネが、なぜ平凡このうえない私を友だちに選んだのか最初から不思議だった。

「どうして?」と聞いたことがある。

ちょっと考え込んでから、恥ずかしそうにイネが言った言葉を忘れない。

「きっかけは名前。龍子なんて勇ましい名前はざらにはないでしょ。それにどんな人間だって、自分の人生に立ち合ってくれる人が一人くらい必要だもの。私にとってあなたはそのたった一人」

タッタ、ヒトリ。それはなんと魅惑的な呪文だったろう。まだ誰も気づいていない自分の価値を認められたようで、有頂天になった。

「龍子なんて、変な名前でしょ。任侠映画の主人公みたいで。辰年でもないのに龍子だなんて」

「ううん。結構似合ってる。お龍さんはきっと達者で長生きするよ」

予言のようにきっぱり言われて、私は妙に納得してしまった。

いつもそばにいて、私はイネの言動に少しずつ慣れたけれど、旦那さんは慣れることが出来ず、そのつど呆れたり、叱ったり、心配したりした。だからイネがあんなに早く死んでしまった時「ちょっとほっとしている」と言った彼を責める気は今でもない。

この川を泳いで渡ってからどのくらいの歳月が経ったのだろう。季節は夏の初めだったか、もう秋に近かったのか。水から上がった私たちは、濡れたままの身体で遊びの続きのように暢気に歌を歌った。

「わくらばーを、きょうもうかべーて、まちのたーにー、かわはながれるー」

ちょうどその頃流行していた歌をもの悲しい歌詞なんか無視して、大きな声で力いっぱい歌った。今ならもっと上手に歌えそうな気がするけれど、もう後の歌詞をすっかり忘れてしまった。

生温かい川風が吹き、雨が降り出したのは突然だった。霧状になった雨滴がみるみるうちに草や地面を濡らしていく。仕方なく持っていた日傘をさしたが、あっと言う間にレースの生地に薄い小豆色の染みが広がる。身体中が湿っぽくなって、対岸も橋も雨煙に霞んでいくのに、私はどうしても立ち去る気になれない。ずっとずっと待っていれば、髪をびしょ濡れにしたイネが向こう岸から渡って来るような気がして。

通りかかったタクシーが濡れそぼった私を自宅に降ろした時には、すでに夕立は上がっていた。

「功さん。私、ずいぶんお婆さんになっちゃったみたい。頭の中がやけに軽くて、何ひとつまともに考えることが出来ないの」

かつてないほどの疲労に打ちのめされ、仏壇の前で中身をほどいた風呂敷みたいにへたり込んだら、もう動けなかった。イネもケンも功さんも死んでしまった。二度と会えない。悲しさや寂しさだけではなく、齢をとってくると無力感で涙が出るらしい。思い出なんかなんの役にも立ちはしない。一緒に生きていた時間が恋しいだけ。でもどうしようもない。歌を歌っても、この家に住み続けていても、誰も、なんにも戻ってこない。

ソファまで這うように辿りつくと、功さんが死んだ直後のようにすべてを投げ出して眠った。夢うつつの状態で玄関のブザーが何度も鳴っているのを聞いた。「はあい、ただいま」と言う声とともに、二十代の、三十代の、四十代の自分がしなやかに立っていく。わずかにたゆたいながら、五十代の私がその後に立ち上がる。声がする。ドアが開けられ、人の足音がする。歌声が聞こえて、食器を重ねる音もする。水音も、足音も、子どもの笑い声も遠くでする。そういう音に囲まれて生きていた時代があった。

テラス越しに入って来た人が窓ガラスを優しく叩く。もう庭は水色に暮れかかっている。

「八重さんなの？　どうして。えっ、いつからいらしたの」

そう言えば澄子から「夕方八重さんが来たら渡して」と何か頼まれていた気もするけれど、そんなことはずっと昔のことのように思える。テラス側の窓を開けて、私はやっと現実の空気を弱弱しく吸った。

「ごめんなさい。門扉は開いているし、電気もついているのにちっともお出にならないので、心配になって、不法侵入しちゃいました」

八重さんは何歳くらいなのだろう。私はまだ覚醒しきっていない目で彼女のくっきりと描かれた眉と唇を見つめた。

「今日は声楽のレッスンの日だったの。帰り道で夕立にあって。やっと帰りついたら、とても疲れてて。それで私」

訊かれてもいないのに、まるで緑子のように脈絡もなくしどろもどろに言い始めてしまった。

「夢の中で、もう死んでもいいような気でいたの。だから、こんなふうに話していても、あっちにいるのか、こっちにいるのか。心も身体もふわふわしてる」

功さんが死んでから、娘の美穂にも穂波にもこれほど年寄りらしい頼りなさで訴えたことはなかった。一人で持ちこたえられないことは抱え込まず、日常にさりげなくこぼし、忘れていく修練を積んでいたのに。

八重さんは不思議がることも、過度に心配するふうもなく、落ち着いて頷いてくれた。信頼というより、甘えなのだと途中で気づいても、一度手放した節度はたやすくは戻らなかった。

「昼寝でもないのに、あんなふうに無気力に眠ってしまうことって、年寄りには危ないの。覚醒に手間取っているうちに、向こうに心も神経も引っ張られていて。もうどっちでもよくなるの。呼ばれたからって、簡単に死ねるわけじゃないのに。生き返るわけじゃないのに。一人きりで、どうしていいかわからないの」

細い割りにがっしりした手が私の肩を抱くように支えて、腕だけ静かに揺さぶった。揺さぶられるまま、私は壊れかかった人形のようにだくだくと喋った。

「歌を歌っていれば元気でいられたの。陶酔感っていうのかしら。見たことも、味わったこともない感情が胸に溢れてきて、歌っているうちに晴れ晴れしてくるの。とってもいい気持ち。多幸感ていうのかしら。脳のどこかからアドレナリンだかドーパミンだかが出て、ねっ、八重さん」

「ええ。スポーツ選手にもあるらしいですよ。たとえばウォーキング・ハイみたいな。でもいいじゃないですか。陶酔感も高揚も自前ですもの。私も聞きたいわ、庄野さんの歌。少し落ち着いたら、歌って下さい」

「私の歌を。ほんとうに？」

何を歌おう。今日レッスンしてきたばかりの「アリランの歌」はどうだろうか。私の声質に合うと先生が言っていた。でも、でも。果たして歌えるだろうか。葉月先生の前で歌ったみたいに。イネとデュエットしたように。

「だけど、ちゃんと声を出すには準備がいるの。それに、先生以外の人の前で歌ったことがないのよ。ねえ、社交辞令じゃあなくて、こんなお婆さんの素人の歌を、ホントに聞きたい？」

八重さんはまっすぐな目で励ますように私を見つめていたけれど、私は歌い出せなかった。その代わりに、水から上がったばかりのように川の匂いのする涙を、ただたらたらと流し続けた。

中二階で裁縫をしていると、澄子がノックと同時に入ってきた。

「最近は、あまり外出しないのね。身体の調子でも悪いの。あなたが中二階で縫物をしてるなんて」

「梅雨がなかなか明けないし、蒸し暑くて食欲もないから、外に出る気がしないだけ。一階は電気をつけても暗くって裁縫も出来ないのよ」

「薄暗いのは二階も同じ。今日は降らないと思ったら、やっぱり降り出したから避難してきちゃった。ここで本を読んでいても、邪魔にはならないでしょ」

「どうぞ。少ししたら、お茶でも淹れるわ」

浴衣の生地で夏用の座布団カバーを作っていた。昔からどういうわけか袋を縫うのだけは好きだった。使う時はくるりと裏返すのだから、いい加減な縫い目でも人目に触れない。大きさに応じて様々なものを詰めたり、覆ったり出来る。浴衣一反でちょうど五枚の座布団カバーを作れる。じきに二枚目が縫い上がるはずだった。

「涼しそうな柄ね。藍染めなの？」

「ううん。そんな高級品じゃない。柄が気に入って去年の夏物バーゲンで買っておいたの」

図書館のスタンプが押してある本を窓際の机に置いて背中を向けていたから、澄子には半分ほどしか聞こえなかったのかもしれない。曖昧に頷いただけで、すぐに老眼用のメガネをかけて読書を始めた。

初老の女同士黙って、それぞれ勝手なことをして過ごす。一人は粗い縫い目で雨の模様を連ね、一人は黙読のページに雨音を刷り込みながら。半世紀前の女学生の自習のように。

「最近は歌声を聞かないけど。練習していないの」

声や音に関して、澄子はどんな発言でも微妙に質問風になる。私たちは美穂が昨日買ってきてくれた金鍔《きんつば》をつまみながら一休みして、お茶を飲んでいた。

「先生が本場のオペラを聴きに行って、旅行中なの。ちょっとお休みしようと思っていたから、私も都合がよかったくらい」

「やめちゃうわけじゃないでしょ。せっかく本格的に習ってたのに」

八重さんの前で歌えなかったことが、どうしてこんなに堪《こた》えたのかよくわからない。あの夕立の日を境に、歌いたいという欲求がパタリとやんでしまうと、まるで長年の飢えか宿痾《しゅくあ》から解放されたように心は虚ろで平淡になった。

「裁縫が出来るくらい目がいいんだから、読書でもしたら？　数千年前の壮大な歴史は下手な小説読むよりためになる。読んでいる間はどんな英雄にもなれるし、様々な時代を生きられるって感じよ」

「ずっと昔のロマンなんて、興味ないもの」

別に澄子の趣味を云々したわけでもないのに、私の答えが彼女をひどく傷つけたらしかった。そそくさと自分の湯呑みを机に戻し、冷淡さを露に私に背を向けた。

言い繕ったり、謝ったりしても仕方ない。といって自宅の中二階から気まずく逃げ出すのも癪《しゃく》なので、私は木綿針に不必要なほど長く紺色の糸を通すと、波頭の白い部分にぶすぶす針を刺し、前よりいっそう粗雑に縫い続けた。立浪と千鳥の模様を裏側からかざすと、いつか自分が夢の中で死者を相手に暗い海で歌っていたことを思い出した。

「何か言った?」

椅子の背凭れをぐいっと逸らして、澄子が険しい表情で振り返ったのはその五分後くらいのことだ。

「いいえ。空耳じゃないの。私は独り言なんて言ってないけど」

一応耳を澄ますふりをしたけれど、空耳どころか雨の音も聞こえてこない。今朝から降ったり止んだりを繰り返していても、しめやかな糠雨《ぬかあめ》らしい。

「ふうん。でも私には聞こえるのよ。やだやだ、生きていてもしょうがない。いっそ死んでしまいたいって。溜息みたいな独り言。一生分聞かされ続けたから、耳についちゃったのね。とんだ後遺症だわ。聞きたくない声にばかり敏《さと》いのよ」

発声した覚えはなくても、単調な縫物の一針一針に澄子の指摘した通りのことを呟いていた気がしないでもなかった。

「聞かせたいわけでも、独り言を言った覚えもないけど。言われてみれば、同じようなことを心の中で呟いたかもしれない。齢をとると内と外の区別が曖昧になって、知らずに独り言を言ってたりする。澄子はそういうこと、ない？」

「えっ、やめてよ。私は絶対口に出して言ったりしない。だって、そんなの惨めでみっともないじゃないの」

寂しさは惨めだろうか。心細さや漠然とした傷心を訴えることがみっともないことだろうか。だとしたら喪失と忘却が絶え間なく合流して流れ続ける年寄りの時間というのは、岸辺の花に目を止めることも、行き過ぎる船に手を振ることもない、無音で侘びしいただ行き過ぎるだけの川の水なのだろうか。

「あなたと違って私は意気地なしだから、愚痴や泣きごとをつい誰かに言いたくなるけど。それはその時の息継ぎや、呼吸みたいなものよ。またいつか歌い出すための」

澄子が頷いたのか、聞かなかったのかわからないけれど、私は自分で喋っているうちに、先日八重さんが帰りがけに、私を励ましてくれた言葉をはっきりと思い出していた。

「大丈夫。庄野さんはまた歌いたくなりますよ。歌うことは呼吸することと同じですもの。語りかけたり、囁いたり、遠くの人に呼びかけたりする。自分の一番美しい声で。相手に必ず届く澄んだ声で、晴れ晴れと息を継いで。自分は生きているんだってことを誰かに伝えるために、きっと歌い始めますよ」

生きていることは、歌うこと。歌は呼吸をするのと同じ。

あの時の私はわけもなく打ちひしがれていたから、八重さんの言葉をしっかり受け止めることも出来なかったけれど、澄子に喋っているうちに、その言葉の意味が慈雨のように胸に満ちてくる。

「澄子、コーラスの会に誘われたのに断ったんですってね。八重さんが言ってた。あなたは歌が嫌いなの？」

「歌が嫌いなわけじゃない。歌うのが嫌いなの。コーラスでも独唱でも。自分が人前で歌うなんて、想像しただけでぞっとする」

縫い終わった三枚目の座布団カバーを膝に畳んで、私は澄子の言葉を反芻した。歌うことがぞっとするなんて。一瞬、除草剤を浴びて瀕死の状態だった庭がフラッシュバックするように蘇った。もしかしたら、私は昔馴染みというだけで、とんでもない変人とひとつ屋根の下で暮らしているのかもしれない。

「声を出して人前で歌うなんて、恥ずかしいじゃないの。自分の内部をどうぞ見て下さいって、開けっぴろげてるのと同じよ」

私は針山に針を戻すと、紺青の布を胸に当てた。仕舞われていた生地の匂いか、染料なのか、かすかに湿り気を帯びた布の匂いが、イネと渡った川の気配を引き寄せた。

長い梅雨がやっと明け、夏らしい晴天が続く頃からメールボックスに『永代供養付き霊園のご案内』とか『都市型公園墓地の受付開始』などというＤＭが次々と届くようになった。

「みんな澄子宛てなのよ。単なるアンケートの類いならこっちで勝手に処分するけど」

外階段を下りてきた澄子に訊いた。

「また草むしりなの。この暑いのに、ご苦労様ねえ」

紫外線防止の大きな帽子をかぶり、中腰になったままの私の問いは、正確には聞こえなかったのだろう。泥のこびりついた運動靴がむしったばかりの草の上で立ち止まった。

「手伝ってくれるの？」

少し意地悪に聞き返すと、単刀直入に「やめとく」という答えが返ってきた。

「どうして急に墓地や霊園の案内がくるようになったのかしら。ここの住所、何かの申込用紙に書いたんじゃないの。心当たりがある？」

他意のない問いに過ぎなかったのに、澄子はふいに怒りを露にして私を睨んだ。

「自分の持ち家じゃなくても、住所くらい書くわよ。それがイヤなら他人に部屋なんか貸さないことね」

大きな帆布のバッグを持ち直すと、わざとらしい急ぎ足で門を出て行った。

どうしてあんなことくらいで、ムキになって怒ったのだろうと思いながら、私は草むしりを続けた。

「おばあちゃま。お庭が死んだ草だらけ」

振り向くと穂波が緑子を連れて立っていた。

「どうしたの、急に。また臨時のベビーシッターかしら」

立ち上がった時、ひどい眩暈がしたので近くの木に摑まった。立ち眩《くら》みにしては長過ぎる。門扉のあたりに目を据えたまま数秒過ぎても右半分が崩落したように視界が戻らない。緑子のフレアスカートあたりから黒と金色の斑《まだら》の蝶がどんどん増えていくようだ。

母親の目つきの異常さに気づいたらしい穂波がさりげなく近づいて腕を取った。日向臭い皮膚は意外なほどひんやりと感じられた。

「お母さん、熱中症になるまで草むしりなんかしなくてもいいじゃないの」

隣で緑子が花のついた草を選んで平らに伸ばし、ティシュペーパーの上から小さな掌を鏝代《こて》わりに押しつけている。

穂波に腕を支えられたまま室内に戻って、スポーツ飲料を飲みながらクーラーの風に当たっていると身体の火照りが引いていく。

「最初は一坪くらいでやめようと思っていたのに、ついきりがなくなって」

「気をつけて、お母さん。もう十時過ぎじゃない。午前中の日差しは意外と強いのよ」

娘の言葉に頷きながら、眩暈の症状を七年前の時と比べていた。歌を歌わなくなって以来食欲が減退し、熟睡出来ない夜が続いている。

「この際だから言うけど。こんな暮らし、そろそろやめたら。同じ屋根の下に暮らしていても、下宿人はまるで当てにならない。今日だって地下鉄の入口ですれ違ったから挨拶しても知らんぷり。澄子さんっていう人は自分以外のことには全然興味がないみたい」

穂波はコップに飲み物を注ぎながら、心配そうに私の顔を窺っている。その傍らで緑子は平たくなった草を並べて、ティシュの上から手の平鏝を押し続けている。

「お兄ちゃんの夏休みの宿題に、これあげるの。おばあちゃま、もっとちっちゃなお花がたくさん欲しいな。ちょうちょも」

「ちょうちょは無理。それより、大きなお花の方がきれいな押し花になるよ」

「いやっ。ちっちゃいのがいい。もっと採ってくる」

駆け出していく緑子の後ろ姿を見つめると、黒と金色の蝶だった染みは不吉な金魚の尾のようになってひらりひらり増える。

「澄子さんが耳が遠いっていう話、ずっと疑ってたの。電話やテレビの音はちゃんと聞こえるみたいだから。だけど最近、学校で奇妙な話を聞いたの。小学三年生の男の子がね、突然お母さんの声だけが聞こえなくなっちゃったんですって。気づかないでいたら、今度は担任の女教師の声も聞こえなくなったらしいの」

「えっ、小学生でも突発性の難聴になるの？」

「ううん、聴覚の機能は正常なのよ。ストレス性の疾病。信じられないような話だけど、その男の子、お母さんと異なった波長の声は正常に聞こえるの。父親や友だちとは普通に受け答えしたり、喋ったり出来る。教育ママの小言と叱責をずっと我慢し続けて、限界だったのね。心より身体の方がギブアップして、お母さんの声だけ耳から締め出したってことみたい」

いつだったか、中二階で澄子が「生きててもしょうがない、とか死んでしまいたい、とかいう声だけが耳についている」と呟いたことを思い出していた。聞きたくない愚痴や泣きごとには病的なほど敏く、歌声や親しいお喋りは勝手にカットする耳。彼女の聴覚障害は、かつてどのような苛酷なストレスに晒《さら》された結果なのだろう。

「人間の心と身体って、とっても複雑に結びついているのねえ」

だとしたら私自身の心の弱りや翳《かげ》りは身体の不調とどのように関連しているのだろう。気を抜くとたちまち視界が漂い出してくるようで目を閉じた。すると今度は瞼の奥に細い草が生えて、それが高速画像でも見るようにするする育つ。伸びながら草は囁く。つい今さっきまで根こそぎにしたはずの夏草の声が耳に靡く。

「いやだ、お母さん。お父さんが死んだ後みたいな顔してる。また七年前みたいに病気になっちゃ、ダメよ」

穂波は本気で心配する目つきになって私の顔を覗いた。

「ちょっと横になるわ。おまえはそろそろ緑子の様子を見て来なさい。夏の庭って、小さい子には色々危険なこともあるんだから。水分もとらせるのよ」

話している途中から猛烈な睡魔が襲ってきて、私はそのままソファに沈み込んだ。

「おばあちゃま、お庭の毒草に触ったのよ、きっと。ねえ、死んじゃうの？」

緑子の身体が屈み込むと、かすかに草汁と虫の匂いがする。知らずについうとうとしてしまったらしい。どのくらい眠ったのか、意識が遠のいた程度ですぐ目覚めたのか、判断することが出来ない。

「死んじゃうと石になるの？　お墓みたいに。真っ暗で冷たくて、そしたら、二度とお歌も歌えないの？」

緑子の心配そうな声がはっきり聞こえるのに、口の中が異様に乾いて応じられない。

「バカなこと、言うんじゃありません。おばあちゃまのほっぺは柔らかくて、唇だってピンク色じゃないの。これはね、生きている証拠。石なんかじゃないってこと。お喋りだってするし、お歌だってとっても上手よ。今度ピアノに合わせて一緒に歌おうね」

二人の名を呼んで、笑いかけて、安心させてあげたいのに。何か得体のしれないものに乗っ取られたように身動きが取れない。そして澄子が幻聴で「生きていたくない」という言葉を聞くように、私の頭の中で執拗に囁く草の声がするのだ。そのうち間違いなく、おまえは緑子が作った、あの半乾きの押し花みたいになるのだと。

「あのね、ママ。ナイショなんだけど。お歌が歌えなくなるのは、べろが石になるからだよ。死んじゃってから、べろが勝手に秘密を喋らないように、緑色の石になっちゃうの」

「そんなこと、誰が言ったの？　幼稚園の先生に嘘ついて、叱られた時？」

「嘘なんか関係ないよ。緑子、知ってるもん。二階のおばちゃんが言ってた」

澄子はいつ、何が目的でそんな不吉なことを幼い孫の耳に吹き込んだのだろう。

「まさか。そんなバカなこと、絶対ありません。デタラメよ。青黴《かび》が生えているのは、二階の一人ぼっちのおばちゃんの舌じゃないの」

怒りなのか不機嫌なのか穂波の口調は容赦がない。青や赤の黴が生えた澄子の舌を想像して、私は目をつむったまま薄く笑う。

「おばあちゃまのお昼寝、長いねえ。つまらないから、またお外に行ってくる」

緑子と一緒に穂波も部屋を出て行く気配がする。一人になった途端、耳鳴りのように遠くで蝉の声が聞こえ始める。

六十八回目の夏の盛り。目をつむっていても私には夏の真ん中にある家と庭がありありと見える。朝と夕べに水撒きを欠かさなかった姑。稲光がすると犬のジャスパーが逃げ込んだ楓の根元。功さんも、娘たちも、夏の庭が大好きだった。毎日野良猫が昼寝にやってきた日影の庭石。金魚鉢を吊るした軒下。近所の子どもたちが集まって花火をしたガレージの隅。賑やかな、忙しい、たくさんの夏をしまって、庭は子どもたちとともに生き、主とともに齢をとった。

澄子から家を出ると告げられたのは、旧盆のだいぶ後のことだった。

「ずいぶん急なのね。遠くへ引っ越しでもするの？　また働くわけでもないんでしょ」

自分への私的な質問をされた時は、聞こえないふりをする得意技を遺憾なく発揮して、澄子は質問には答えずに話を続けた。

「あなたから一緒に住まないかと誘われた時は渡りに船だったの。退職後は家賃が負担だったし。それに保証人のない初老の女に部屋を貸してくれるとこはなかなかないから」

澄子の口調は意外なほど滑らかだった。虚勢を張る必要がなくなったせいか、さばさばした顔をしていた。もともと他者との関係を結んだり、深めたりするより、解いたり、さばいたりする方が得意なのだろう。

「入る時に契約書を書いたわけじゃないから、出る時もこっちの勝手でいいわけでしょ」

その気になればずいぶん率直にもなれるのだと、呆れるよりむしろ感心していた。

「ずっと団地やアパートで暮らしていたから、一度くらい一軒家に住むのもいいかなって思ったの。ここに来て、家庭の瘤みたいに突き出た中二階を見た時に」

聞き役に徹して、問い返すことも、頷くこともなく聞いているというのは意外に居心地がいい。半分無関心のふりをしていれば、どこまで本音を言うのだろうと興味も湧いた。

「私って、若い頃からずっと、自分の行く末や老後のことばっかり心配してきたの。あなたと違って、頼りになる身内もいないし、まとまった財産があるわけじゃないから。でも結婚も含めて、誰かと一緒に暮らすのだけはいやだった。昔から生きものが苦手なのよ。血の繋がった家族でも厄介でうんざりだったのに。六十を過ぎてから赤の他人とひとつ屋根の下に住むことになるなんて、思ってもみなかった」

ワカラナイモノネエ、と呟いてから尖った舌を出して唇を舐《な》めた。ふいに私は彼女が高校生の時にも、教師から叱責されるたびに同じ仕草をしたのを思い出した。叱られれば、うつむきがちになるものの、視線を小狡《ずる》く逸らせて唇を舐める。教師の一人がそれを見咎めて「あなたって人は、ほんとは他人に何を言われてもちっともこたえてないのね」と呆れたように言ったこともついでに思い出した。

「私がここに来た時、あなた、言ったよね。一人と二人の違いは、家庭と一人ぼっちの違いだって。誰と暮らしても、どんな関係でも、ずーっと一人ぼっちの人間は一人ぼっち。猫や犬や鉢植えの花で、隙間なんか埋めても所詮、おんなじよ」

薄い唇は繰り返し舐められても、潤う様子もなくすぐに白っぽく乾く。空いてきた歯の間から獣の息のようなスッスッという音がひっきりなしに漏れた。

「七年過ぎて、あなただって、わかったと思うけど」

そんなこと、昔からわかっている。イネは「一人くらい自分の人生に立ち合ってくれる人が必要だ」と私を選んでくれたけれど、私が澄子を選んだのは、私の残りの人生に立ち合って欲しかったからではない。喪の家に訪ねて来て、中二階を「礼拝堂みたいだ」と言った一人ぼっちの女なら、この家の看取りを一緒にするのにふさわしいと思ったからだ。

「他人の家に間借りなんて、どんなに不自由かと思ったけど、暮らしてみたらさほど気にならなかった。私って、昔から人の気配や、物音なんかを無視するのが得意なのよ。聞き流すっていうより、入ってこなかったことに出来るの。慣れると簡単で便利よ。疎まれても嫌われても、こっちが最初から無視してれば、平気でいられる。なんの問題もないってわけ」

私の沈黙をどのように解釈したのか知らない。単に告白することによって陶酔感を得ているだけかもしれないが、澄子は喋ることに夢中になっているようだった。

「あたし、もともと家運がいいみたいなの。母親を引き取る羽目になったら、タイミングよく都営アパートに当選したし。一人になった途端、取り壊すまで会社の古い寮に移れて、家賃はタダ同然。定年になって住居手当てがなくなったら、ここ、みつけたんだもの」

そして、今度はどれほど条件のいい老人ホームか、格安の墓地を見つけたの？　と聞きたいのをぐっと我慢した。しかしこんなふうに彼女が自分勝手な心情を突然吐露したからといって、反感や嫌悪は湧いてこなかった。

「でも澄子。七年もいたんだから、便利なだけじゃなく、この家に住んでよかったって思ったこともあったでしょ」

同じ質問を彼女からされたら困るけれど、聞かずにはいられなかった。

「あったよ。雨の降る日、中二階で本を読んでいると、私は今海の上で、知らない港に向かっているところだって、気分になれた。私、子どもの頃に船で世界一周するのが夢だったの。だから七年間ここにいて、雨の日だけの航海でも世界一周くらいしたことになる」

雨音を聞いて時を遡り、歴史上の人物と世界中を航海する。家庭の瘤のような中二階の部屋で、彼女はどんな架空の人生を体験していたのだろう。

「だけど、六十八歳になったことだし、これで雨音の世界一周旅行はおしまい。後は魂の引っ越しを残すだけ」

思いきりよく話を打ち切って、澄子は満足げな笑みを浮かべた。

風変わりな告白の一週間後、「手続き上のことで、一旦住所を移す必要があるから、半年間くらいはこの住所に仮住まい。郵便物があったら、転送してよ」と澄子は引っ越し屋のトラックの助手席から手を伸ばして一枚の紙切れを渡すと、あっさりと去って行った。礼も詫びも、しみじみとした別れの挨拶もなかった。

澄子がいなくなり、二階が空っぽになってから、すぐに短い秋がやってきた。


初めて降り立った町は、空だけが高く広く、地上はやけにのっぺりと退色した緑がなおざりに刷いた絵具のように広がっていた。

「あっ、飛行機雲」

ベビーカーを押した若い母親が誰に言うともなく言った。新しくて広い道路には私の他に人影はない。空を見上げたついでにさりげなく覗き込むと、ベビーカーの中に赤ん坊はいなかった。

「あなた、赤ちゃん、忘れてるわよ」

そう言ってやりたい衝動を抑えて私は乳母車を追い越した。もしかしたらこれから住むかもしれない六十階建ての高層マンションを突っきっている飛行機雲が、私の真上で消えかかっている。

『第二期　モデルルームオープン。申込み受付中』と書いた幟の隣にパンフレットを積んだ机が据えられていて、中年の男が所在なげに立っていた。

「モデルルーム、見せてもらいたいんですけど」

マンションを見学するのは初めてなので、私は試着室に洋服を持ち込む時、店員に断るようにそっけなく言った。

「あっ、えっ。ここですか？」

「もちろん。ここより他にあるの？」

男の目はそらぞらしいほど急に活気を取り戻して、値踏みするような目つきで私の全身を見回した。

「何階をご希望ですか」

男は階数が記されているボードを持ち上げると、成約の印がついていない階を丸い指先で示した。

「なるべく高い所。住むかどうかは別として、上から見たいの」

「かしこまりました。じゃあ、五十七階からご案内します。カードキーを取って参りますのでしばらくお待ち下さい」

試着室なら勝手に一人で入れるけれど、モデルルームともなるとそれほど簡単にはいかないらしい。私は積まれてあったパンフレットを一式掻き集めて、再びマンションを見上げた。五十七階なんて肉眼では確認することも出来ない。

高層マンションの敷地のゲートをくぐると中庭があって、音のしない噴水が上がっている。まるで書き割りの絵のようにすべての建て物がうすっぺらで奥行きが感じられない。

「お客様のほとんどの方は上層階をお望みで、こうした高層マンションは上から埋まっていきます。確かに眺望は素晴らしくて、まるでシャングリラです」

シャングリラなんて、見たことも住んだこともないのに無意味なたとえだと思いながらも口を慎んでいた。美穂や穂波からマンションの下見に行く際には、自分の意見や情報を軽々しく漏らしてはいけないと忠告されている。一緒に行くというのを無視して来たので、ばれたらまた一悶着あるだろう。

「鍵だけじゃなくて、カードや人証チェックまで、ずいぶん厳重なんですね。これじゃあ物忘れが進んだら、自分一人で出ることも入ることも出来ないかもしれない」

「お一人でお住まいですか」

間髪入れずに発せられた質問を、私はエレベーターの壁にぴったりと張りつくことで聞かなかったことにした。

「安心安全で豊かな生活を送れるように、セキュリティも万全で、様々なサポートもございます。ご入居の際はご家族と一緒でも、実際は一人暮らし、という方もたくさんいらっしゃいますよ」

一軒家と違って、家族構成に変化があろうと名義人が変わろうと、つつがなくローンが払われればどこからも苦情はこない。ライフスタイルも使用目的も一切干渉しないのがマンションの利点だと穂波から常々聞かされている。

「着きました。どうぞそのまま。まず眺望をご覧下さい」

一番の売りの景色を効果的に見せるためにカーテンではなくて、窓の両側のブラインドがするすると滑らかに開けられた。「ジャーン」と口に出して言い出しかねないほど自慢げな男の背後で、私は余りの眩しさに思わずよろけた。

「今日は少し上空がもやっていますが、富士山が見える時もありますよ。あっ、飛行機が飛んでいます。向こうが飛行場です。双眼鏡を使えば飛行機の中まで見えるそうです。あちらは海です。わかりますか？」

慌ただしい男の説明に視線がついていけない。手庇《てびさし》で光を避けながら見上げても、マンション群の隙間を縫うように高速道路と線路が縦横に伸びているのを確認するのがやっとだった。

「方角や日当たりなども存分にご確認頂いて、おいおい内部も見学なさって下さい。こちらにあるのが部屋の詳細な間取り図になっております。FⅡと書かれているのが、この部屋の型です。水回りは玄関の左側に。お台所はこちらです」

「そんなに次々言われても、年寄りはてきぱき動いたり考えたり出来ないのよ。もちろん、部屋の内部や設備などは娘たちと後でゆっくり検討させてもらいます」

窓際に突っ立ったままベランダに出ようともしない客を促すように、男がブラインドのそばに立った時、背広のポケットから携帯電話らしい音楽が溢れ出た。

「すいません。ちょっと、失礼して」

男が玄関の方へ移動したので、私はやっと心おきなく視線を巡らせて窓の外を眺めることが出来た。

道路と線路が縦横に宙を横切っている。雲が高層マンションやビルの途中階に引っかかりそうにゆっくり動く。すべてが高い。あまりに高過ぎる。建物も道も、遠くの山並みもジオラマを見ているように小さく見える。ベランダに出て仔細に見渡せば、神様が七日間で世界を作った時よりもっとたくさんのものが一望出来るに違いない。

普通の人間が果たしてこんな高い場所で生きていけるものだろうか。持病の眩暈が出たら、窓の景色が迫ってきたり、退いたり、ペコペコと凹凸を繰り返したりしないだろうか。ご飯を食べていてふと窓の方を見たら、ベランダの手摺《す》りすれすれに飛行船が通ったり、夕立の時に稲光がまるで手榴弾のように近くで爆発したりしないだろうか。

老人の妄想などにまったく無関係に空は澄み渡り、景色は四隅を固定されたように動かない。疵《きず》ひとつ、曇りひとつない無音な世界を見ていると、私がずっと暮らしていた地上の生活がどれほど雑多な音や、気配とも言えない空気の振動に囲まれていたのかがわかる。車の走り去る音。遠いスピーカーの残響。愛犬を呼ぶ声や子どもを叱る声。木々は風に鳴り、雨は屋根や軒を叩く。それなのにここから見える世界は完成した巨大なタピストリーのように微動だにしない。

男が摺り足で近づいて来て、身体を半分折り曲げる格好で話しかけてきた。

「あのう、お客様。申し訳ありません。一件、どうしても同席しなければいけないお客様との商談がございまして。ちょっと失礼させていただくわけには参りませんでしょうか」

言い終わると、すぐに私を追い出したい素振りで、鍵の束をじゃらじゃらさせて、玄関の方を見る。

「でも私、まだ窓しか見ていないんですよ」

「お部屋がお気に召しましたか？」

お気に召しましたか、なんて唐突に言われても返答に困る。マンションは洋服を試着した時のように似合えば即決というわけにはいかない。正確には私はまだこの窓と景色が「とても高い」ということを確認しただけなのだから。

「自分がもしかしたら、住むかもしれない所なのよ。もっとちゃんと、丁寧に見たいのよ。また出直すのも億劫だし。勝手にもう少し見学して行くことにします。一人でいても差し支えないでしょ」

「了解致しました。外出先からアシスタントの女性を呼びましょう。二十分くらいでここに着けると思います。何かあったら携帯で私を呼んで下さい」

男は手際よくパンフレットに携帯番号らしい数字をすらすらと書き込んだ。

一人きりになると私は靴を脱ぎ、備えつけてあった椅子に深く腰掛けた。ベージュ色の絨毯《じゅうたん》に靴を脱いだ足を直に乗せると、意外なほど自然に「私がここに住むとしたら」というモードになっていた。部屋の中は換気が行き届いて、ホテルのように籠もった室内の匂いもない。身体を伸ばして五十七階の空気をしみじみ味わってから、バッグの中にあったペットボトルの水を飲んだ。

寛いだ気分で仔細に壁や天井を見回す。家具のない四角の空間は二DKに区切られている。十二畳くらいの居間と八畳ほどの部屋が二つ。多分寝室用らしい部屋の背後はクローゼットになっているのだろう。台所や玄関や浴室には穂波のマンションと同じようにスイッチの並んだボードがあって、年寄りの目では判別が難しい記号や細かい字で指示が色々書いてあるに違いない。その明滅する突起の一列が、六十八歳の老人の衰え行く頭脳の代わりになるのだ。

そこまで考えると一瞬すべてが億劫になって、思考停止したまま窓の外を見た。生きていく場所を選ぶなんて、もう私の能力では手に負えないような気がする。こんなふうに「家を売る」と決めた時から、一日のうちに何度も「きっと何かが始まる」という期待と、「もうどうでもいい」という投げやりな心境が翻りやすい布のようにたやすく変化するのだ。

気分のムラは急激な疲労をもたらす。ペットボトルに三度くらい手を伸ばそうとしてはやめ、私はマンションを見に来る決心をするまでの一ヵ月間、自分の周囲に起こったことをぼんやりと思い出していた。

順番はよく覚えていないけれど、町内で二度ボヤ騒ぎがあったのと前後して、近所の二世帯住宅で息子さんが自殺した。斎場に行く途中、今まで家が建っていた場所が売地になっているのをいくつも見た。三十年以上往復していたはずなのに、まだ生々しい色の泥を見ても、私はそこにどんな家が建っていたのかちっとも思い出せなかった。

「いつの間にか更地が増えて。結局、老人世帯は櫛の歯が欠けるように少なくなり、空き地にはマンションが建つのでしょうねえ」

喪服の似合う須永さんが、自分とはなんの関係もないといわんばかりにこともなげに言った。

その数日後、須永さんの隣家に空き巣が入ったことを聞きつけてきたのは穂波だった。

「あんな大きな家で、セキュリティもバッチリなのに被害にあうのよ。プロ集団っていうのはどこに金目のものがあって、どこがセキュリティの盲点か一目瞭然でわかるのね」

ほんとに一軒家は物騒よ、と大袈裟に驚いて見せる穂波のそばで、緑子が母親の顔色を窺うように、声をひそめて私に尋ねた。

「イチモクリョウゼンってどういうこと。おばあちゃま」

「それはね。誰に何を聞かなくても、調べなくても、一度見ればみんなわかってしまう。隠していることや秘密がすぐ知れるってことなの」

説明を聞いた途端見開かれた緑子の目に、激しい怖れが閃《ひらめ》いたのを、その時はただ泥棒に対する恐怖のためだとばかり思っていた。

翌日、穂波から報告を受けたらしい美穂が、一段と深刻な口調で電話をかけてきた。

「こんな物騒なことが矢継ぎ早にあって、お母さんを一人にはしておけないって主人も言うの。珍しく穂波も私と同意見。いい機会だから今度こそ引っ越しのこと、真剣に考えてよ。近いうちに三人で相談しましょう」

いい機会、というのは厄介な同居人がやっと出て行ったから、ということだろう。また母親が奇妙な下宿人でも置かないうちに、さっさと身の振り方を決めさせようという魂胆は見え透いている。だが本音を言うと私自身も、ガランドウになった二階に、いないはずの澄子の気配が充満しているようで憂鬱になりかかっていたのだ。

秋の長雨が始まった数日後、穂波が予告もなく緑子を連れてやって来た。

「どうしたの、突然。緑子は具合でも悪いの。幼稚園はお休み？」

玄関に立ったままの孫は雫の滴る傘を背負ったまま、母親が玄関でレインシューズを脱ぐのを恨めしそうに見つめている。

「いいから、入りなさい。ちゃんとお婆ちゃまに謝るって約束したでしょ」

穂波はいつになく厳しい声で言うと、私の視線を避けるようにさっさと居間に入ってしまった。

「どうしたの。お婆ちゃまは緑子が大好きだから、きちんと謝れば、どんなことだって許してあげる。ママに叱られないうちに早くいらっしゃい」
二、三度重ねて笑顔を向けると、やっと孫は小さな長靴を脱いだ。
「お母さん。お茶もお菓子もいらない。緑子の言うことを聞いてあげて。そのために来たんだから」

濡れた髪と濡れた目をして、身体いっぱいで怖れと悲しみに耐えているまっすぐな目。泣くまいと懸命に見開いているいたいけな視線と向き合った時、私はずっと昔のよく似た情景を思い出した。

「イネは絶対に生き返らないの？」

私にそう聞いた時、長女もちょうど緑子と同じ年頃だった。

「そうよ。イネはもういないの。死んだ人は絶対生き返らないの」

三十数年前、私は確信に満ちた声で宣言したけれど、今ならそんなふうにはっきりと言えないかもしれないと、緑子の震える肩に手を置きながら思った。

「おばあちゃま、これ。隠したの。二階のおばちゃんに内緒で」

開いた拳を奇妙な形に捩《ね》じり、孫は小さな声を振り絞った。

「緑子。隠したんじゃないでしょ。正直にお婆ちゃまに言いなさい。その石をほんとはどうしたのか。なぜその石をおまえが持っているのか」

小さな掌に顔を近づけて見た瞬間、私はそれを蛙の玩具のようなものだと思った。差し出されたまま受け取ってまじまじ見ると、くすんだ緑色の三、四センチほどの石にはうっすらと羽根のような彫りが施されていた。

「この石はなんなの？　どこにあったの？　二階のおばちゃんって、澄子のこと？」

いつだったか、二階から孫が下りて来たのを見咎めたことがあるのを思い出していた。あの時、緑子は澄子の部屋からこれを持ち出して、ずっと隠していたのだろうか。それにしてもこんな子どもの玩具のようなものをなぜ澄子が持っていたのだろう。

「これを二階の澄子の部屋から緑子が持ち出したってことなの？」

見かねた様子で穂波が近づいて来たので、直接尋ねた。

「ええ。でもね、ただの玩具の石なら私だってこんなに大騒ぎしないんだけど。実はこれ、高級品じゃないにしても、本物の翡翠《ひすい》みたい。似たものを中国で見たことがあるってパパが言うの」

「翡翠？　でも透き通ってもいないし、薄緑のぼやけた石よ。細工だって、粗末だし」

そう言いながら私はつい「澄子らしい」と思って、少し唇を緩めたまま、安心させるような顔つきで緑子を見た。

「まあね。翡翠と言ってもこんなちゃちな細工するくらいだから宝飾品に使えるものじゃない。でも、石の価値より、問題はこれを緑子がなぜ持っているかってことなの。お母さん。そこが一番大事なんだから」

「緑子。ママの言う通りよ。どうしたの、これ。どこにあったの。なぜ、持ち出したりしたの」

持ち出すと言った時、孫の手がそこだけ小さな動物のようにぴくっと動いた。引きつった右手をかばうように左手でぴったり抑えた途端、微小な水溜まりのようだった目が決壊するように涙が溢れ出した。

「だって、これ、これはっ、おばあちゃまの。おばあちゃまが、お歌を歌えなくなるから、だから、あたし、あたし。盗んだんじゃない。だって、おばあちゃまの印だもん、だから、だから」

鼻水と涙としゃくりあげる嗚咽の中でやっとそれだけ言うと、やがて全身が痙攣《けいれん》するようなすさまじい号泣が始まった。

玄関の方でチャイムの音がして我に返った。半睡状態のまま一瞬、ここの場所も、今の状況も忘れて、ぼんやり周りを見回した。空しか見えない。それでやっと自分が五十七階に宙吊りになっていることを思い出した。

扉を開けるのに手間取っていると、外からドアが開いて、まだ二十代らしい紺のブレザーを着た女性が立っていた。

「すいません。お客様にお留守番なんかさせちゃって。私、蓮野と申します」

薄いピンク色の名刺を受け取ってから初めて、自分が靴を脱いだままだったことに気づいて恥ずかしくなった。

「ソファで休んでいたら、ちょっとうとうとしちゃって。これだからお婆さんはダメねえ」

髪を無造作に束ねた色の黒い蓮野さんは、持っていた紙袋からさっとスリッパを取り出して履いた。

「とんでもない。ここはまだテレビを見ることも出来ませんから、退屈するのは当たり前です。だけどリラックス出来たんですね、この部屋で」

係りの男に「お気に召しましたか」と聞かれた時は答えに詰まったが、彼女の問いには自然に口元が緩んだ。

「リラックス出来たわけでもないの。こんなに高い部屋、初めてだから」

「そうですよね。でも、意外とすぐ慣れるみたいです。お客様はやはり上層階がお望みなんですか」

「ええ、どうせこの齢で引っ越しするなら、今まで住んでみたことのない所がいいかなって思ったの。余生は天国に近いとこ。でもここは天国より高いみたい」

蓮野さんが新味のない年寄りの冗談にあまり素直に笑ってくれたので、私は急に活気づいた。こんなふうに最近の私はささいなことで、気分がころころ変わる。

「むしろもう少し低い階で天国に近そうな部屋、あります？」

客の冗談半分の問いに困惑するだろうと思っていたのに、蓮野さんの返答は素早かった。

「三十七階。ちょっと向きが違って、E棟になりますが。ご覧になりますか」

私は彼女のあらかじめ用意してあったような即答に驚いたけれど、同時に一人で留守番をし、一眠りした後ではもうこの部屋を存分に味わったという気もした。

エレベーターで一階まで降りて、ゼラニウムの花盛りの回廊を抜け、違うエレベーターに乗り直して最上階まで行った。

「どうぞ。お履き物はそのままで。今日私が午前中いたので、換気もしてあります」

まるで自宅を案内するように蓮野さんはまっすぐベランダに向かい、慣れた様子で窓を開けた。

五十七階の時のように一挙に流れ込んできた光によろめきはしなかったが、代わりに声が漏れた。

「まあ、景色が全然違う」

光線の角度によって景色というのはこんなにも違うものだろうか。展望台で望遠鏡の向きを変えたかのように、建っている場所すらまったく異なって見えた。

「E棟はここが最上階なの？　モデルルームがあるっていうことはまだ売れてないの？　上層階から埋まっていくって聞いたけど」

ベランダ用のスリッパを手早く揃えて、蓮野さんがちょっと困惑気味に笑った。きれいな歯だった。白くて大きくて牙の乳歯みたいな歯。イネもほぼ同じところに同じような歯があった。

「実はお客様をこの時刻に、この棟にお連れするのはご法度なんです。だから内緒ということで」

「ゴハットなんて。若いのに古いこと言うのね。でもどうしてゴハットなの」

「理由はじきにわかります。ここの向き。西日がもろに当たるだけじゃなくて、バルコニーのカーブのせいで、部屋に熱が籠もりやすいんです」

「つまり建築家のミスってことなのね」

「まあ、そういうことかもしれません。でも、カーブがあるのはこちら側だけですし」

言い淀んだ割りに蓮野さんの顔にはうれしそうな笑みが浮かんでいる。

「実は私、この部屋に泊まったことがあるんです。それで、すっかり気に入ってしまって。あーあ。お金があったら、ほんとに欲しいんです」

バルコニーに身を乗り出した横顔があまりあどけないので「こんな少々難ありの部屋を案内するなんて」という苦情も忘れて、私もつい笑った。

「この景色のどこが気に入ったの。西日が当たるからってわけでもないでしょ」

「もちろん。でも西日なんか忘れるほど、特別素晴らしいものがこの部屋から見えるんです」

蓮野さんが憧れに満ちた目で見つめたあたりに、新幹線らしい電車が音もなく現れてあっと言う間に消えて行った。

「最初に見た時、寝惚けてるんじゃないかと思いました。だって、朝日に輝きながら、ドクターイエローがまっすぐこっちに向かって来たんだもの。自分の目が信じられなかった。でも、ほんとなんです。通常の新幹線よりちょっとスピードを落としてたから、はっきり見えたし。ドクターイエローって知ってますよね。幻の新幹線」

「ええ。乗客を乗せないで、架線や線路の点検をする列車のことでしょ。孫の一人が鉄道マニアだから」

「だったら、お孫さん、きっと喜びますよ。だって、ドクターイエローって、時刻表にも載ってないし。あれを見た人は幸福になれるって言われてるから」

興奮のあまり、つい客に対する敬語まで忘れている蓮野さんの目は、茜色に染まり出した夕陽を映してキラキラ輝いている。

「あら、建物と建物の間に銀色に光る水みたいのが見える。蓮野さん、あれ、もしかして川じゃないの」

「ほんとだ。全然気づかなかった。あんな方まで流れてる。長い川ですねえ」

並んで立って、同じように身を乗り出すと紛うことなく、かつてイネと泳いだ川なのだった。老眼と白内障気味の頼りない目を眇《すが》めたり細めたりして、視界の届くぎりぎりまで川の姿を確かめる。

川が遠くから私に手を振っている。思わず身を乗り出した時、まるで胸のボタンを誰かがそっと押したかのように、歌声が心の奥に溢れた。

——照りかえす光のきらめく波のさなかを
白鳥のようにゆらゆらと舟はすべって行く
ああ、やわらかに光をちらつかせる波の楽しさにひかれて
舟のように魂もまたすべって行く

まだ若くて瑞々《みずみず》しい声。百合先生だろうか。澄んだ高音がかすれると、少しセクシーな八重さんの声にも思える。何度も何度も飽かずに聞いたエリザベート・シュワルツコップの澄んだソプラノのようにも響く。

「知らなかった。水って、上から見るとあんなに光るんですね。すっごいきれえ」

息がかかるほど近くで蓮野さんが興奮した声をあげる。

「いいなあ。朝にはドクターイエローが見えて、夕方はこんなきれえな夕焼けの川が見えるなんて。ここに住めたら、ほんと、天国みたい」

興奮すればするほど、喋れば喋るほど、いかにも蓮野さんは若いのだった。もしかしたら、私とイネがあの川で立ち泳ぎしたくらいの齢かもしれない。あどけない口元からこぼれる白い歯。牙の乳歯。浅黒い横顔を見つめると、イネと並んで地上の川を見下ろしているような錯覚

に陥る。

——時間は消えてゆくのだ　昨日や今日とおなじく
　より高く輝く翼にのって　私自身がうつろう時の中に消えてゆくまで

　シューベルトの作った最も美しい歌曲を歌っているのは若いイネではないだろうか。川で泳いだ時の私の声にも似ている。歌の調べと歌詞とともに胸の動悸は高くなり、蓮野さんに聞こえてしまうのではないかと思ったりする。

「あっ、また水が光った。夕焼けに照らされた黄金色の大きな龍みたい」

　蓮野さんの指さす方を見つめるまでもない。不思議な高揚と陶酔感が高まるごとに、黄金色の龍の化身となった川が私を誘うようにうねり、うねりつつ近づいて来る。

　金と銀が縒《よ》り合わされて煌めく水面。遠く近く、光の鱗を飛び散らせてあの龍は私に言っている。おまえはここで生きろ。ここで歌いながら生きていけと。そのために五歳の孫が「閻魔様に舌を抜かれる危険」を冒して、取り戻してくれた歌う力なのだから、と。

　あの日長い号泣をやっとおさめて、しゃくりあげたり、鼻水をすすったりしながら緑子が告白した内容は意外なものだった。

「この石はね。死んだ人のべろの上に乗っかってたの。緑色のべろのお呪いで、おばあちゃまはお歌が歌えなくなっちゃう。だから、あたし、二階のおばちゃんに内緒で、お庭に埋めたの。だけど、ママが泥棒はイチモクリョウゼンでわかるって。だから怖くなって掘り出したら。みつかっちゃったの。でも、でも、盗んだんじゃない。だって、これはあの怖いおばちゃんのもんじゃない。だって、このべろにはおばあちゃまの印があるもの。ほら」

幼い言い訳をしどろもどろに言い終えてほっとしたのか、緑子の目が初めて得意そうに光った。その視線に促されるまま石を裏返すと、石の隅に小さな龍の彫りがあった。

「これはおばあちゃまの石だって、緑子があんまり言い張るから、パパが調べたの。この翡翠は偉い人が亡くなったりすると、死者と一緒に埋葬される玉《ぎょく》らしいの。舌に乗せたり、口に含ませる蝉の形の翡翠が玉蝉。一種の腐敗防止なんでしょうけど。貴重な埋葬品でもあるし、呪術の要素も濃いから、小さな子どもが盗んだりするなんて、とんでもないって」

「呪術とか、貴重な埋葬品って感じには見えないけど。いかにも緑子くらいの幼児が気に入りそうな、なんかちょっと、可愛い感じがする」

孫のいないところで、私は翡翠をしみじみ眺めながら穂波に言った。

「でも、きっと埋葬品よ。なんだか気味が悪い。澄子さんって、発掘のボランティアをしていたでしょ。ねえ、後から面倒なことにならないうちに、事情を話して返しておいて。よろしくお願いします」

それからすぐに私は澄子の新しい住所に謝罪の手紙とともに翡翠の玉を送ったけれど、手紙は『あて所尋ね当たらず』というスタンプが押されて返ってきてしまった。

「きっと石はおばあちゃまのところに帰りたかったんだよって、緑子が言うの。悪いお呪いじゃなくなったから、おばあちゃまはこれからずっとお歌が歌える。緑子も閻魔様にべろを抜かれないなんて、けろっとしてるの」

しかし私は幼い緑子のように「もう二階のおばちゃんがいなくなったから」という理由だけで、そのまま翡翠を手元に置いておくわけにもいかず、幼馴染みの恭一が骨董好きなのを思い出して相談してみた。

「俺も詳しくはないけど、翡翠の玉蝉っていっても、これは意外と新しいものかもしれない。現世で秘密を抱えた奴が、死んでも決して口は割らないっていう覚悟で作らせたんじゃないか。そういう酔狂もいるよ。やたら故事に詳しい変り者が」

恭一は掌で暖めたり、光に透かしてみたりした後で、ひやかすような、半分労わるような声でつけ加えた。

「こりゃあ玉の空蝉かもしれない。出自や価値はともかく、龍の印がある玉なんて、滅多にあるもんじゃない。貰っとけばいいよ。これから俺たちはどんなお呪いだって、お守りだって有難くなる齢なんだから」

私の掌を包み込むようにして翡翠を戻した時、恭一の手に夫の手の甲にあったのと同じ老斑を発見した。その蜆蝶《しじみちょう》ほどの染みが触れた時、「もういい。家も俺も存分に看取りはしてもらった」という功さんの声が聞こえて、私は家を出る決心をしたのだ。

「ああ、川下の方から少しずつ暗くなっていく。秋って、日が暮れるのが早いですねえ。周りが青暗くなっていくのに、川だけ光ってる」

看取りの終わったあの家も、あの庭ももう私を守ってはくれない。今、あんなに輝いて見える川もやがて衰弱と喪失の色に少しずつ陰っていく。永遠の別れと死の影は空の彼方から静かにゆっくりと滲んでくる。

でもまだ水の上だけはあんなに明るい。

「ここで生きろ。ここで歌え」と金色の龍は私に訴え続ける。

逆光の位置に蓮野さんが退いた時、白い歯が光って「ウタオウ」と囁くイネの声が聞こえた。

夕映えを呑んでうねる川を見つめながら私は胸を上げて、大きく息を継いだ。

本文中、差別的表現ととられかねない表記がありますが、作品の文学性を重んじ原文を尊重しました。（駒草出版）

著者

魚住 陽子（うおずみ ようこ）

1951年、埼玉県に生まれる。

1989年「静かな家」で第101回芥川賞候補。1990年「奇術師の家」で第1回朝日新人文学賞受賞。1991年「別々の皿」で第105回芥川賞候補。1992年「公園」で第5回三島賞候補、「流れる家」で第108回芥川賞候補。

2000年頃から俳句を作り、『俳壇』（本阿弥書店）などに作品を発表。2004年、腎臓移植後、2006年に個人誌『花眼』を発行。

著書に『奇術師の家』（朝日新聞社）、『雪の絵』、『公園』、『動く箱』（新潮社）がある。

水の出会う場所

二〇一四年一〇月八日　初版発行

著者　魚住 陽子
発行者　井上 弘治
発行所　**駒草出版**　株式会社ダンク 出版事業部
〒一一〇―〇〇一六
東京都台東区台東三―一六―五 ミハマビル九階
TEL　〇三（三八三四）九〇八七
FAX　〇三（三八三一）八八八五
http://www.komakusa-pub.jp/

印刷・製本　日経印刷株式会社

［撮影］　新堀 晶（駒草出版）
［ブックデザイン］　宮本 鈴子（駒草出版）

落丁・乱丁本はお取り替えいたします。

定価はカバーに表示してあります。

ISBN 978-4-905447-35-1